Les Héritières

*

# ALINE

## Du même auteur

ROMANS

*La Grande Triche*, Grasset, 1977
*Une voix, la nuit*, Grasset, 1979
*La Rumeur de la ville*, Grasset, 1981
*Maria Vandamme*, Grasset, 1983
Prix Interallié
*Alice Van Meulen*, Grasset, 1985
*Au début d'un bel été*, Grasset, 1988
*Catherine Courage*, Grasset, 1991
*Laura C.*, Grasset, 1994
*Théo et Marie*, Robert Laffont, 1996

BIOGRAPHIES

*Saint Éloi*, Fayard, 1985
*Jean Bart*, Le Seuil, 1992

ESSAIS

*Les Catholiques français sous l'Occupation*
1966, nouvelle édition, Grasset, 1986
*Les vents du Nord m'ont dit*, Albin Michel, 1989
*Jésus*, Flammarion-DDB, 1994
*Le Dieu de Jésus*, Grasset-DDB, 1977
*Le Bonheur en 36 vertus*, Albin Michel, 1999
*Dieu expliqué à mes petits-enfants*, Seuil, 1999

À PARAÎTRE

*Les Héritières* : *Aurélie* (tome II), Plon
*Les Héritières* : (tome III), Plon

JACQUES DUQUESNE

Les Héritières

*

# ALINE

Plon/Le Seuil

ISBN 2-259-18692-0

# I

« Tonnerre en janvier, misère en juillet », avait annoncé, grave, la grande Augusta, lourde matrone au chignon en chou-fleur qui régissait le petit monde des bonnes. Quelques roulements de tonnerre, au matin de l'Épiphanie, avaient surpris, tellement absurdes dans ce ciel neigeux, grêlant, encombré de noirs nuages qui parfois s'écartaient pour laisser filtrer, un instant, la blanche lumière d'un soleil anémique. Les Roubaisiens et les Lillois en avaient presque ri, incrédules. Avant d'oublier. Sauf Augusta, qui attendait juillet et ses misères. Mais juillet, après quelques jours de glace, faisait le beau. Ce qui surprenait Céline.

Céline aimait la compagnie des bonnes. Un peu moins l'hiver parce que l'office était à peine chauffé. Quand même : ces jeunes femmes-là riaient, osaient se raconter devant une fille de patrons des histoires d'amoureux transis restés dans leurs villages des Flandres ou de la région minière, de grands benêts à les entendre, nés paysans ou mineurs et qui mourraient paysans ou mineurs. Alors qu'elles se voyaient épouser un employé aux écritures, un conducteur d'omnibus, voire un boutiquier qui leur permettrait de trôner derrière un comptoir. Et de vivre en ville.

Céline écoutait surtout, révérait presque, la grande Augusta. Qui égrenait jour après jour, sentencieuse, une inépuisable provision de proverbes. De « tel qui rit vendredi, dimanche pleurera » à « chacun fait son lit comme il veut se coucher » (elle disait « sin lit »), il en existait pour chaque circonstance. A croire qu'elle les inventait. Ce qui agaçait Madame Surmont-Rousset, la mère de Céline « Quand on pense par proverbes, bougonnait-elle, c'est qu'on n'est pas capable d'avoir des idées personnelles. »

Madame Surmont-Rousset n'appréciait guère les longues stations de sa fille à l'office : chacun doit tenir son rang, on ne peut, dans la compagnie des bonnes, acquérir que de mauvaises manières — à commencer par leur accent vulgaire —, tout comme à l'école on apprend le mal plutôt que le bien. Sauf, à la rigueur, chez les Dames du Sacré-Cœur ou de la Sainte-Union.

Que juillet amenât la misère, Laurent Surmont-Rousset ne le croyait vraiment pas, cette année-là. On disait bien que le Sénat s'apprêtait à voter le principe de l'impôt sur le revenu — une folie. Et que les gouvernements des Balkans, une fois de plus, s'énervaient depuis qu'un fanatique serbe avait assassiné l'archiduc François-Ferdinand d'Autriche. Mais les usines tournaient rond.

Surtout, Laurent Surmont-Rousset était sur le point d'atteindre un objectif longtemps poursuivi. Il allait s'offrir un gendre. Qui serait d'abord son adjoint, puis son successeur.

Négociant en laine et coton, Laurent Surmont-Rousset avait suivi les traces de son père, l'un des premiers à ne plus se fournir en matières premières sur le marché de Londres : Anselme Surmont avait ouvert un comptoir d'achats au bout du monde, à Sydney. Son fils en avait fait autant en Afrique du Sud, dès le lendemain de son mariage avec Célestine Rousset, lointaine cousine d'une riche famille de la place. Dont il s'était empressé d'ajouter le nom au sien.

Laurent Surmont-Rousset, peu à peu, s'était acquis une réputation internationale d'expertise. On le disait capable de reconnaître « à l'aveugle » — comme les amateurs de vins identifient un grand cru — la provenance d'une balle de laine, ou celle d'un lot de coton. Les bureaux officiels mesuraient, lents et méticuleux, la longueur des fibres, le poids, le taux d'humidité. Tandis qu'il palpait un ou deux flocons, les portait au nez, tranchait vite. Cette laine était bonne pour le peignage, ferait une toile bien lisse ; celle-là non. Ce coton sentait son Égypte ; celui-là son Tennessee. Et ainsi de suite.

Au bout du compte, il s'était convaincu de garder pour lui quelques-uns des meilleurs produits en ajoutant au négoce une filature et un tissage. Qui tournaient bien. Malgré les crises et les menées des ouvriers collectivistes.

Mais qui les dirigerait demain ? Madame Surmont-Rousset ne savait apparemment lui donner que des filles : Aline, Blandine, Céline, Delphine. L'ordre alphabétique des prénoms suivait celui des âges. C'est elle, Célestine, qui avait imposé ce système, le jugeant original et élégant. Il l'avait laissée faire — des filles ! —, se moquait comme d'une guigne des plaisanteries de son beau-frère Lucien qui lui promettait, pour suivre, une Églantine, une Florentine, et une Géraldine. Il avait, en revanche, juré devant témoins, le 1er janvier 1901, d'aller pèleriner à pied jusqu'à Notre-Dame de Boulogne si le bon Dieu et sa Célestine de femme lui accordaient, en ce nouveau siècle, un garçon. Mais après Delphine, tardivement arrivée — tout juste quatre ans en ce mois de juillet 1914 —, les médecins l'avaient prévenu. Il ne fallait plus rêver, implorer tous les saints du Paradis : son épouse ne lui donnerait plus de rejeton.

Il affectait de l'admettre, mais rêvait parfois qu'un veuvage propice lui permette de trouver avec une plus jeune femme une nouvelle chance d'héritier ; il chassait aussitôt, bien sûr, cette méchante pensée et feignait de plaisanter en disant à ses rares amis que quatre enfants suffiraient déjà largement à diviser, dilapider peut-être, l'héritage, que la machine à en fabriquer de nouveaux avait été en conséquence rangée au grenier. Il faisait, lui, fonctionner parfois la sienne dans une discrète maison lilloise. Et s'était enfin résigné à la nécessaire recherche d'un gendre.

Pas facile. Sa fortune attirait, ses qualités impressionnaient, son caractère inquiétait. Les pères poussaient leurs fils vers Aline, l'aînée, qui devait passer la première, bien sûr, devant maire et curé. Les fils appréciaient les charmes de la proposée mais reculaient devant la perspective de longues années de travail sous l'œil aigu et la férule d'un tel maître. Un roc, en outre, qu'aucune maladie ne semblait devoir atteindre. Les souhaits de mort naturelle des gêneurs sont rarement exprimés. Mais très souvent ressentis. Il arrive que le cancer suscite des espérances.

Quand même, l'affaire s'était faite. Avec un Vanhoutte de Tourcoing. Un garçon au cursus impressionnant, disait le père jésuite qui avait enclenché la rencontre : le baccalauréat obtenu chez les Dominicains d'Arcueil où fréquentaient des Motte, des Le Blan et des Descamps, l'Institut catholique des Arts et Métiers de Lille ensuite, et enfin trois ans dans l'entreprise de tissage de jute que les frères Motte, justement, avaient achetée à Odessa.

Une fortune modeste, certes. Mais les parents laisseraient à cet Oscar Vanhoutte un peignage qui compléterait la chaîne lilloise des usines Surmont-Rousset.

Les rites avaient été respectés : après débat entre les deux pères, un dîner avait réuni les familles. On avait évoqué l'actualité, l'entrée d'un Noir, Blaise Diagne, à la Chambre des députés, les discussions sur la privatisation du téléphone, qui agitaient le monde de la finance, et, comme toujours, les incertitudes du marché. Mais, bon, pour l'instant, l'avenir souriait : les industriels de la région s'installaient en Pologne, en Allemagne, en Angleterre, en Italie. Quelques-uns, des Lillois, regroupés dans « le Consortium du Nord », venaient même d'acquérir des terrains pétrolifères en Galicie. Le Nord, en somme, partait à la conquête de la planète.

Il ne fut pas question de mariage lors de ce dîner. C'eût été incongru, malséant. Oscar Vanhoutte observait Aline

Surmont-Rousset, belle blonde à la poitrine que l'on devinait généreuse sous un corsage tout en ruches et volants. Elle regardait à la dérobée ce dadais à la barbe brune, taillée en pointe, et au teint un peu jaune de ceux qui ont vécu aux colonies. Elle s'interrogea longtemps : Odessa, tout de même, n'était pas l'Afrique. Mais, bon, ce n'était pas l'essentiel. Elle finit par conclure que cet homme-là, elle pourrait le gouverner. Et qu'elle aurait pu tirer un plus mauvais numéro.

Le lendemain, elle annonça un « oui » à sa sœur Blandine. Qui s'empressa de le répéter à sa mère. Laquelle, vexée de ne pas avoir été la première informée, n'en dit rien d'abord à Laurent Surmont-Rousset. Qui s'impatientait. Une petite scène familiale s'ensuivit. Elle s'acheva en embrassades et pleurs. On fixa le mariage au 29 juillet. Un mercredi, pour éviter de se mêler le samedi, en mairie, à la populace.

Céline s'étonnait : sa sœur Aline allait donc se lier pour la vie à un homme dont elle ne savait rien, qu'elle n'avait jamais vraiment rencontré ? C'était ainsi dans le « grand monde », répondait la grande Augusta. Comme les princes et les princesses, les rois et les archiducs, à qui on mariait des gamines de six ans qu'ils n'avaient jamais vues. Suivit l'inévitable proverbe : « Là où la chèvre est attachée, dit Augusta, il faut bien qu'elle broute. »

Aline n'allait pas brouter longtemps.

« Mariage pluvieux, mariage heureux », assura un jour la grande Augusta. Et le lendemain : « S'il pleut le jour de son mariage, la mariée pleurera jusqu'à la fin de son âge. » Céline s'interrogeait, s'inquiétait de ces contradictions, scrutait le ciel où de gros nuages blonds, blancs, gris, s'étiraient, se déchiraient, formaient d'étranges figures, rondes comme des fesses ou longues comme des jambes de hérons.

Il avait plu le matin. Un de ces petits crachins que l'on croirait éternels. Puis soudain, le soleil. Pour saluer la sortie de la mariée, cascade de plumes, de tulle et de dentelles. Céline oublia tous les proverbes, décida de s'amuser beaucoup.

Un déjeuner d'enfants réunissait dans le grand parc tous ceux qui n'étaient pas en âge d'apprécier les moules d'Ostende, les homards de Normandie ni le caviar d'Iran. Céline jugea ses compagnons trop jeunes pour ses douze ans, s'éclipsa, retrouva au détour d'un bosquet encore humide l'oncle Lucien qui s'était lassé, lui, de la conversation des adultes. Afin d'honorer sa nièce, il avait revêtu, gentiment, la riquimpette qu'il fallait. Mais n'estimait pas que ses devoirs lui imposaient de participer à de passionnés débats sur l'ouverture des entreprises familiales à des capitaux extérieurs, à laquelle rechignaient la plupart des industriels invités.

Depuis que, tout gamin, sa mère l'avait emmené courir dans les vents et les dunes de la côte flamande, histoire de fortifier des poumons fragiles, l'oncle Lucien n'avait rêvé que brumes, flots et vagues. Jusqu'à s'embarquer pour la pêche « à Islande », comme on disait de Dunkerque à Fécamp. Une vie de chien, de poisson plutôt puisque l'eau envahissait tout. Des heures face au vent et aux embruns glacials, à tenir la ligne et à la hisser dès que la morue avait mordu, et la hisser encore et la hisser toujours, les mains cassées par le gel et le sel, la flotte ruisselant sur tout le corps en dépit des hautes bottes, des chausses de toile, des bonnets de laine bleue enfoncés sur les oreilles, des vareuses de tricot qui avaient un jour, peut-être, eu des couleurs. Et puis, la bordée — le temps de travail — finie, le coup de genièvre et l'effondrement sur la paillasse de la couchette. Pas un poil de sec, jamais. Mais la fierté de s'en tirer. A moins que les glaces, qui enserraient parfois les goélettes jusqu'à les craquer comme des noix... ou les espadons.

Les espadons passionnaient Céline depuis qu'il lui avait raconté comment ces costauds, précédés d'une sorte d'épée, d'où leur nom, s'introduisaient au beau milieu des bancs de poissons, engloutissant tout ce que l'océan leur amenait et perçant à l'occasion — leur demi-tonne de chair et de muscles lancée à toute vitesse — les coques des bateaux. Ou encore tuant les pêcheurs sur le pont, avant de les précipiter dans des eaux froides comme la mort.

Pour la contenter, pour satisfaire la curiosité de cette blonde nièce, Lucien Rousset avait, peu à peu, tout appris des espadons. Il lui racontait comment, seules, quelques espèces de baleines, les requins marteaux aussi, osaient prendre pour cible ces corsaires de la mer qui se mariaient dans les Caraïbes avant de remonter, l'été, vers les eaux glacées de Terre-Neuve et d'Islande. Pour tuer.

Laurent Surmont-Rousset les surprit alors qu'elle l'interrogeait, une fois encore, sur la pêche à l'espadon, parce que certains hommes se risquaient aussi à cette aventure, traquant ces costauds avec des hameçons de taille à transpercer leur main ou à les faire passer par-dessus bord s'ils accrochaient au vol leur suroît ou leur vareuse. Le père écouta, quelques secondes, l'oncle et la nièce. Mais il avait en tête d'autres combats.

Le repas officiel, celui des grands, s'était défait à l'heure des cigares et des alcools. Les dames s'étaient éparpillées dans le jardin, faisant valser leurs ombrelles pour se protéger du soleil, garder à leur visage la blancheur de neige recommandée par les manuels de beauté. Le bal, bientôt, commencerait enfin. L'orchestre, disait-on, ne limitait pas son répertoire aux Tiroirs, aux Visites et aux Moulinets, les grandes figures du Quadrille des Lanciers. Ni à l'inévitable galop final. Il osait même jouer le cake-walk, une danse nègre menaçante pour l'équilibre social, à en croire les bons journaux.

Un groupe d'hommes s'était formé, près de la longue véranda, qui s'inquiétait de la décision de la famille Lepoutre d'installer quelques rejetons aux États-Unis, dans une région proche de l'Océan, peuplée, il est vrai, de Canadiens francophones et catholiques. Une implantation risquée, jugeaient la plupart. Les marchés de l'empire russe semblaient plus accueillants et prometteurs.

Laurent Surmont-Rousset les avait bientôt quittés. Ce débat lui paraissait absurde, hors de saison : le matin, à la sortie de l'église, le jésuite-entremetteur qui venait de bénir le mariage l'avait douché en lui apprenant que l'affaire balkanaise, décidément, tournait mal ; l'Autriche venait de déclarer la guerre à la Russie.

Laurent Surmont-Rousset n'en avait soufflé mot à ses invités. Ce n'était pas le jour.

Il fallait parer aux urgences. Si le feu allumé à l'Est s'étendait à toute l'Europe, les armées devraient se fournir en couvertures, en toiles de tente, en draps d'uniforme. Il avait envoyé son chauffeur quérir son comptable, cherchait dans les allées du grand parc le directeur du tissage, Clément Boidin, un fils d'artisan qu'il avait remarqué dans ses bureaux, sorti du rang, et fait passer au-dessus des ingénieurs parce qu'il avait du nez et de l'autorité.

Laurent Surmont-Rousset eût aimé, pour une fois, écouter son beau-frère décrivant à Céline les mœurs des espadons. Mais ce n'était décidément pas le moment. Il les quitta vite. Et découvrit soudain, dans un fourré touffu, son gendre affairé à lutiner la demoiselle allemande en charge de la plus jeune de ses filles. L'offensive du nouveau marié semblait déjà bien avancée et les seins de la Fraülein, comme on l'appelait, jaillissaient, laiteux, hors de son corselet vert. Le garçon, se relevant, rougit un peu, balbutia. A peine.

— Ah, mon gendre, dit Laurent Surmont-Rousset à qui ce spectacle fit oublier un instant ses soucis, je vous avais sous-estimé.

Aline attend. Sa mère l'a presque enlevée de la fête, embarquée dans la Delaunay-Belleville familiale, poussée dans cette chambre au lit immense, couvert, en dépit de la chaleur, d'un édredon de velours sombre aux galons dorés. Aux murs, des glaces tarabiscotées surmontent des fauteuils, des bergères et des poufs du même velours cramoisi, un sofa jonché de coussins, quelques meubles encombrés de bibelots, de bronzes et d'un large vase en porcelaine de Sèvres, bleu lapis et or.

C'est donc là que cela doit se passer.

De « cela », Madame Surmont-Rousset n'en a rien dit. Seulement : « Tu feras comme il voudra. Tu verras : au début, ça fait mal. Mais après, ça peut être agréable. » Elle avait accroché à ce dernier mot un léger sourire, gêné ou rassurant, découvrant comme chaque fois cette canine droite mal placée qui agaçait toujours Aline.

Elle a aussi montré la chemise, un chef-d'œuvre de dentelles, de crêpe et de mousseline, étalée comme une nappe d'autel sur une longue commode en marqueterie florale : « Veux-tu qu'Augusta vienne te déshabiller et te la passer ? Je lui avais demandé d'attendre dans l'antichambre. Toutes ces épingles qui ajustent ton voile et ta robe, c'est compliqué. Ce serait plus simple, si elle t'aidait. Précieux pour ta robe aussi. Tu sais que l'on m'en a fait beaucoup de compliments ?... Tu serais prête, tout de suite. »

Prête pour quoi ? Pour « cela ».

Aline a refusé, chuchoté :

— Lui, il pourra m'aider s'il le faut.

Sa mère a baissé les yeux. Pas trop surprise : déçue de ne pas donner dès la première naissance à Laurent Surmont — elle ne l'appelle que Surmont, elle n'a pas vraiment apprécié qu'il s'approprie son nom — le garçon qu'il attendait, elle n'a guère chéri sa fille. Ni partagé avec elle la moindre confidence. Elle la croit dissimulée. Penserait peut-être : sournoise. Mais elle n'ose pas. C'est sa fille. Il faut aimer ses enfants. C'est un devoir.

— Un homme ? Il pourra t'aider ? Tu sais bien comme ils sont.

Aline sourirait presque. Mais ce n'est ni le jour, ni l'heure.

— On verra bien. C'est son affaire, non ?

Madame Surmont-Rousset a baissé les yeux. Soupçonnant quelque secret. Comment Aline aurait-elle pu apprendre ? Elle garde le souvenir d'une Exposition internationale — un bien grand nom pour une mince manifestation, à Dunkerque, en 1912 — où se dressait un curieux pavillon exhibant des couveuses d'enfants dans lesquelles reposaient, disaient les réclames, des bébés vivants. Elle en avait bien vite écarté ses filles. Mais pas évité les questions. Qu'elle avait éludées. Seulement voilà : l'oncle Lucien, son aventurier de frère, coureur de mers et peut-être de femmes, était là. Qui avait informé Aline ? Lui ? Ou bien la petite Vercruysse, la fille d'un teinturier qui passait la moitié de l'année aux eaux de La Bourboule où elle aurait connu, à en croire la rumeur, les lits de plusieurs amants ?

Alice s'est un peu amusée du trouble de sa mère. A failli tout lâcher, lui expliquer comment, au pensionnat des Dames de la Sainte-Union, une élève revenue d'Algérie où elle avait suivi un père officier, apprenait, à qui le souhaitait, les divers usages de ce qu'elle appelait « le trou du devant ». Elle n'avait d'ailleurs pas fait long feu chez les religieuses, cette Laure Combloux qui voulait absolument, en dépit de toutes les interdictions et mises en garde, ôter sa chemise pour se laver.

« Je sais tout. » Ces trois mots — un demi-mensonge quand même, car elle s'interrogeait sur quelques mystères — avaient brûlé les lèvres d'Aline. Mais non. Elle pouvait bien s'offrir cette petite revanche, laisser planer le doute. Faire payer à sa mère son mutisme. Elle l'embrassa pourtant, affection et compassion mêlées. Elle la devinait malheureuse, inquiète. Mais ne parvenait pas à lui pardonner tout à fait ce silence. Songea soudain qu'elles devaient paraître gauches, ridicules, se faisant ainsi face, les yeux ailleurs, les bras vides, alors que l'autre, son mari — elle avait un mari ! —, pouvait surgir à tout instant.

Elle embrassa encore sa mère, rapide, le temps de constater qu'une petite larme coulait sur sa joue droite, qu'elle effaça d'un coup de lèvre. Et du même mouvement la repoussa, douce, gentille maintenant. La guida presque jusqu'à la porte.

— Ne vous inquiétez pas, mère.

— Mais... les épingles ?

Les épingles, encore. Comme un prétexte ridicule. La seule manière qu'elle ait trouvée d'éviter l'essentiel, de refouler ce qu'elles devaient se dire. Une futile diversion de la part d'une dame respectée par le Tout-Lille de l'industrie et du négoce, une dirigeante de la Ligue patriotique des femmes françaises, une maîtresse de maison qui contrôlait, sévère, les horaires de son mari, menait ses filles à la baguette et faisait trembler les bonnes.

— Ne vous inquiétez pas, mère. Les épingles, ce n'est plus votre affaire. Mais la nôtre.

Ce « nôtre » a tout tranché. Comme une lame sur un cordon ombilical. La mère a compris, accepté, capitulé. Elle est sortie presque aussitôt, d'elle-même. Mais dans le couloir, avant d'affronter le chauffeur de la Delaunay-Belleville, Madame Surmont-Rousset a redressé la tête, s'est composé une sorte de sourire. Qui s'arrangerait, paraîtrait presque vrai quand elle pénétrerait dans la salle de bal.

Aline, donc, attend.

Sa mère sortie, elle s'est acharnée sur les épingles, arrachant le tulle, faisant voler les plumes. Elle s'est piquée, bien sûr. A l'index. Le sang a commencé de couler. Agacée, elle l'a sucé. Avant de décider d'essuyer le doigt sur le drap de satin blanc. puisque, de toute manière, du sang coulerait là, cette nuit. Laure Combloux lui avait même affirmé qu'au matin de la nuit de noces, chez les Arabes, l'époux arborait à la fenêtre un linge taché de sang afin de prouver qu'il avait bien eu la virginité de sa gamine de femme.

Elle suçote encore l'index lorsqu'on gratte à la porte. C'est lui. Oscar Vanhoutte qu'elle a rencontré quatre fois avant le mariage. Deux soirées (la deuxième pour la bague de fiançailles), une après-midi au théâtre de Lille, toujours avec les deux familles, et la formalité du contrat chez le notaire. Des rencontres qui ne lui ont pas fait regretter l'accord donné à ses parents. C'est qu'il ne manque pas de charme. Plutôt bien fait, même, sauf les doigts, longs et noueux, comme malades, qui vont bientôt, elle sait quand même cela, courir sur son corps. Discret, à ce qu'il semble. Et une réputation de compétence dont elle s'enorgueillit déjà puisque l'usine en tirera profit. Pour le reste... l'inconnu. Mais on ne se marie pas par amour, sauf dans les romans interdits. Et l'amour n'empêche pas les bévues, les erreurs, les regrets.

Entré, il l'observe. Étonné, cela se lit dans ses yeux gris, de la trouver encore vêtue de cette longue robe de mariée dont les plis amples l'allongent, lui donnent la solennité d'une statue.

Il va s'approcher. Un peu embarrassé, semble-t-il. Un embarras qui trouble Aline, la ferait peut-être vaciller. Mais elle se ressaisit :

— Attendez, je vous prie.

Il fait encore un pas, pourtant.

— Accordez-moi ce plaisir, mon ami.

Ce « mon ami » lui a arraché un sourire, un peu fat. Il s'arrête. Va l'interroger. Elle lui demande à nouveau d'attendre. D'un ton un peu suppliant qui lui a échappé et qu'elle regrette aussitôt. Mais qui le trompe peut-être, lui, l'attendrit, le convainc.

Et voilà qu'elle ôte l'épingle d'or sertie de brillants qui fermait le haut de sa robe. Elle commence à ouvrir son corsage que retenaient des rangées de perles, et laisse apparaître la douce vallée de sa poitrine. Puis, comme pour réparer un oubli, élève, rapide, le bras, arrache son voile et les roses de dentelle qui formaient sur sa tête une couronne. Elle retire ses peignes. Sa chevelure ruisselle, recouvre presque ses épaules.

Il détourne un instant le regard, comme pour chercher du secours, un recours, une explication.

— Promettez-moi d'être patient, mon ami.

Elle a insisté sur ces derniers mots, mais n'attend pas de réponse. Elle finit d'ouvrir son corsage. Et voilà sa poitrine presque offerte.

Elle hésite alors. Il le devinerait s'il n'était abasourdi, éperdu d'étonnement et de désir mêlés.

La main d'Aline tremble, légère, lorsqu'elle dégrafe la ceinture qui retient encore la robe sur ses hanches rondes. La robe qu'elle fait quand même glisser, couler le long de ses jambes, à petits gestes saccadés, et dont elle sort dans un bruissement de soie.

Elle l'observe à nouveau. Il n'a plus ce teint d'ivoire qui l'avait surprise le premier jour. Il a rougi. Et — se trompe-t-elle ? — on le croirait à son tour agité d'un faible tremblement.

Alors elle se précipite. Oublie toute pudeur. Se viole peut-être. Elle déchire presque, en l'enlevant, le long jupon blanc qui voile encore ses jambes. Défait ses bas. Arrache le corset qui l'enfermait. Jette ses souliers. Les joues brûlantes, les lèvres frémissantes, les yeux brûlants de fièvre. Superbe.

Il a reculé, ouvert sa cravate et ce col montant, très haut, qui lui repoussait la tête vers l'arrière. Des gouttes de sueur perlent à son front.

Elle s'attendrit. Hésite à nouveau. Mais depuis des jours elle s'était répété cette scène.

Elle retire, tremblante, son pantalon de soie, porte doucement une main sur le ruban de sa chemise, en fait glisser une épaulette, puis l'autre, plie un instant — un instinct — les bras devant ses seins. Les ouvre enfin tandis que la chemise découvre doucement, comme à regret, son ventre blond et poli.

La voilà nue devant lui.

Il va tituber, il est presque à genoux.

Elle sourit enfin. A peine. Tremble. Pense que c'est le

froid de cette chambre sombre, fermée à la chaleur de juillet.

Elle a peur. Mais refuse de se l'avouer. Elle sait qu'elle a gagné.

— Maintenant, dit-elle.

## II

Ils se sont abattus dans la maison, comme un vol d'oiseaux rouge et noir qu'un tir de chasseurs aurait fauché. Quelques-uns gémissent, pleurent, appellent leur mère. Oscar Vanhoutte s'est laissé tomber contre la cheminée tapissée de roses carreaux de faïence. Un peu essoufflé d'avoir tiré Chapourot jusque-là. Chapourot qu'il connaît à peine, qui s'est comme accroché à lui dès le premier jour, quand ils se sont retrouvés dans la grande cour de la caserne d'Arras, parmi quelques dizaines de mobilisés dont les vêtements civils et les uniformes mêlés formaient un étrange et grotesque carnaval. Et Chapourot qui ne cesse de répéter : « J'l'ai toujours su que j'serai dans les premiers touchés. J'l'ai même pensé quand ils ont assassiné Jaurès. »

Oscar Vanhoutte connaît l'histoire par cœur. Chapourot, ses trois ans de service à peine terminés, avait repris du travail dans une fabrique de siphons pour eau de Seltz, quartier Picpus à Paris. Qui a flambé le 31 juillet. « Une explosion, tu aurais vu ça ! J'me suis dit : c'est comme la guerre ; c'est la guerre qui commence. On pouvait plus rien faire, on regardait les pompiers, les bras ballants, avec mon patron — Georges y s'appelle. Et tout à coup, v'la un quidam qui débarque en criant : "On a tué Jaurès, Jaurès est mort, assassiné !" Là, j'ai tout plaqué. J'ai couru jusqu'au boulevard, au café où on lui avait tiré dessus. Tu aurais vu ça : des gens qui ne se connaissaient pas, qui se parlaient, qui s'embrassaient, qui pleuraient. Et au-dessus du bistrot où on l'avait tué, tu sais ce qui était écrit ? "Journal des voyages". Un drôle de voyage qu'il a fait, Jaurès. Et nous aussi, maintenant. »

Depuis qu'il a entendu la première version de ce récit, Oscar Vanhoutte s'est interrogé : ce Chapourot, qui n'était pas un simple ouvrier mais un employé aux écritures, une sorte de comptable, votait-il socialiste ? Difficile de répondre. D'ordinaire, à la fin de son récit, Chapourot blâme, certes, le comportement du pharmacien proche du lieu du crime. A l'en croire, ce potard chez qui l'on s'était précipité pour demander de l'aide, une ampoule pour faire une piqûre, n'avait pas seulement manifesté sa surprise : il aurait clamé sa joie. Mais le blâme de l'employé de la fabrique de siphons ne prouve rien. C'est peut-être un simple sentiment humanitaire qui l'anime. Quoique Jaurès...

Oscar Vanhoutte s'est aussi demandé, les premiers jours, pourquoi il supportait ce personnage, toujours pendu aux basques de son uniforme, pourquoi il acceptait d'être lié à cet homme du peuple. Peut-être parce qu'il n'avait pas le choix, n'ayant surtout rencontré dans sa section, la 11e du 33e régiment d'infanterie, que des paysans taciturnes, préoccupés des moissons qu'ils n'avaient pas commencées : la guerre avait éclaté alors que la nature allait tout juste accoucher. Et puis ce bonhomme l'amusait, avec ses histoires toujours répétées, enjolivées d'un détail, d'une nouvelle anecdote. L'assassinat de Jaurès par exemple : Chapourot assurait avoir croisé beaucoup plus tard, au milieu de la nuit, dans une brasserie du boulevard, une jeune femme qui montrait un ruban de chapeau d'homme en assurant qu'il avait été arraché — en relique ? en souvenir ? — à celui du tribun socialiste après qu'il eut roulé à terre. Dans une version suivante, Chapourot affirmait avoir emmené ensuite la jeune femme dans un hôtel. « Elle avait posé ce ruban sur la cheminée. Et pendant qu'on faisait ce que tu penses, je l'regardais en coin, c'machin du mort. Et j'pouvais pas m'empêcher de penser qu'il y aurait la guerre, sûr, et que je serais dans les premiers touchés. Elle a dû me trouver pas bien fortiche. »

Qu'il serait parmi les premiers touchés, Chapourot l'avait répété, une fois de plus, à leur entrée en Belgique. Une sorte de fête pourtant. Des drapeaux. Les acclamations des civils. Les hommes étaient fourbus. Trente kilomètres dans les jambes. Et trente aussi la veille. Et ces lourds uniformes, si chauds, ces chemises de flanelle et ces caleçons longs, la tenue qu'il fallait pour explorer le pôle Nord. Certes, l'officier commandant la section, le lieutenant de Gaulle, avait réquisitionné des voitures pour y charger les sacs à dos, tous surmontés — ce règlement faisait rire Chapourot et enrager Vanhoutte — d'un fagot de bois destiné au bivouac. Mais les kilomètres avaient raidi les muscles, brûlé des pieds qui ne s'étaient pas faits encore aux brodequins neufs touchés le premier jour. Quand même : au passage de la frontière, ils s'étaient redressés, souriant aux filles et aux gosses, fiérots, criant « Vive la Belgique », présentant les armes à un drapeau de la douane. Oscar Vanhoutte pensait que ça lui ferait un bon souvenir à raconter à sa jeune femme, dans deux ou trois mois, si la guerre allait bon train. Un peu plus vite si son beau-père parvenait, comme il en avait le projet, à le ramener à l'arrière. Mais Chapourot encore : « Aujourd'hui, c'est la fête. Et demain, j's'rai parmi les premiers touchés. »

Ce qui s'était révélé vrai. Enfin : presque. Le lendemain : trente kilomètres de plus. On s'arrête le soir pour la soupe. Mais un cycliste arrive : ordre de départ immédiat. Tant pis pour la bouffe. On avalera des kilomètres. Au son, tout nouveau, du canon. Et bientôt des mitrailleuses. Voici Dinant, dont la population s'est calfeutrée derrière ses volets. Ou dont elle a quitté les maisons. Quelques hardis vont s'allonger sur leurs lits. Les autres, moulus, s'abattent sur les trottoirs, près des faisceaux. N'entendent même pas passer une section de chasseurs à cheval armés de lances, qui fonce vers la citadelle.

Car il y a là une vieille citadelle, au sommet d'une falaise. Mais aussi, dedans, autour, on ne sait où, les Prussiens. Qui, dès l'aube, se manifestent. L'artillerie. Des éclats d'obus de 77 tombent comme grêle, roulent comme billes sur les toits. Chapourot : « Y'en aura un pour moi. » Pas encore. A peine le temps de faire le café. Et en route. Pour la bataille. On ne va pas loin. La 11e section se tient en réserve, le long de la voie du chemin de fer, qui sinue dans une sorte de tranchée. Un bon abri. Mais la rue qui coupe cette tranchée et que barre un passage à niveau est battue par une mitrailleuse allemande. Le grand lieutenant nommé de Gaulle la traverse, raide, pour aller d'une escouade à l'autre. Il va même s'asseoir sur un banc, jambes croisées, impassible. Les hommes le regardent, se regardent, ahuris, admiratifs, inquiets. Chapourot juge qu'il en fait trop. Vanhoutte : « Tu crains qu'il ne te vole ta place de premier touché ? » Il veille à toujours dire « touché ». Surtout, éviter de dire « tué ». Chapourot : « Il ferait mieux de s'occuper de l'artillerie. Qu'est-ce qu'elle fait, la nôtre ? » Oui, qu'est-ce qu'elle fait ? Ils enragent. Le lieutenant le premier, pense Vanhoutte.

Car on ne plaisante plus du tout. On se terre. Là-haut, près de la citadelle, on les voit, les Prussiens, bien qu'ils soient vêtus de gris et non de ces pantalons rouges qui sont de si belles cibles. Ils tirent sur tout ce qui bouge. Ils tuent. Les hommes des autres compagnies, celles qui s'étaient avancées jusqu'à la citadelle, refluent en désordre. Et en sang. L'un d'eux tient, à la main droite, la gauche. Il chancelle. Et tombe.

Le lieutenant : « Sac au dos. Baïonnette au canon. »

Chapourot : « Ce coup-ci, ça y est. J'y ai droit. »

Il s'agit de franchir la Meuse, parallèle à la voie ferrée. Une contre-attaque. D'abord, traverser le maudit passage à niveau. « Quatre par quatre », dit de Gaulle. Ils bondissent. Chapourot tombe.

Vanhoutte court, entraîné dans un désordre de groupes qui hurlent, baïonnettes en avant. Il ne sait pas, il ne sait plus. La peur au début. Puis le sentiment, étrange, d'être comme ces machines de filatures qui continuent de tourner, mécaniques, même si l'une des courroies qui les actionnent a renversé un homme ou un gamin. Il crie. Il ne sait même pas ce qu'il crie. Il voit tomber le grand lieutenant. Un sergent aussi. Il crie. Il court encore, emporté par le flot. Toujours les balles, les obus. Voilà les Prussiens qui refluent à leur tour. Et de ce côté-ci des cris confus, des sous-officiers qui hurlent d'arrêter : on ne franchira pas la Meuse. Sans savoir pourquoi. C'est ainsi, la guerre.

La fusillade apaisée, Vanhoutte, sur la route couverte de mourants, se surprend à chercher le corps de Chapourot. Trouve celui-ci, enfin, près du passage à niveau, appuyé contre un remblai. Geignant. Une balle dans le bras gauche. « Allez viens. » Il y a là une maison, où des hommes ont cherché abri. « Allez, viens. »

Il faut ramper pour y aller : quelques balles secouent toujours les corps allongés. Vanhoutte tire l'autre, se dit qu'en courant, seul, il serait déjà dans la baraque. Ou mort. Chapourot grogne, répète qu'il l'avait bien dit. Mais ils y parviennent. Hébétés.

Autour d'eux, une pagaille d'inconnus. A qui une très vieille dame, dos cassé, chignon défait, distribue du café. Elle tremble tant que la moitié tombe sur le parquet ciré, taché de sang, de poussières, de débris. Un officier au bras chargé de galons, un commandant à la tête ensanglantée, se met à hurler : « Prions, mes amis ! Nous allons mourir ! Prions ! » Et voilà l'autre, le grand lieutenant, de Gaulle, qui se dresse, mais retombe, un vilain trou au genou, et qui engueule le commandant, lui demande de se taire. Vanhoutte entend le mot « moral », s'étonne : un lieutenant qui se permet d'engueuler un commandant ! C'est donc cela aussi, la guerre.

Les cris du commandant ont créé un début de panique. Quelques hommes sortent, se font tirer comme des lapins. Chapourot : « On y va ? On risque le coup ? » Vanhoutte : « Tu te prends pour Jaurès ? » Il y a des phrases, comme cela, qui vous échappent et dont on ne comprend même pas le sens.

On ne peut pourtant pas rester là toute la journée. Un fantassin à l'accent méridional raconte qu'il a fait le tour de la maison, qu'il n'existe qu'une seule sortie, sur la rue qui mène au passage à niveau et au pont. Se montrer là, c'est mourir.

Oscar Vanhoutte revoit Aline, nue, le soir de leurs noces, quand elle a dit « Maintenant ». La blancheur de sa peau, la rondeur de ses seins, la minceur de sa taille. Sa force aussi, bien qu'elle tremblât un peu, émouvante. Et puis l'usine, l'alignement des machines. Laurent Surmont-Rousset qui avait projeté de l'emmener, l'année suivante, en Afrique du Sud. Mourir.

Chapourot : « J'l'avais bien dit. »

Un sifflement. « C'est le 75 », crie le Méridional. Et il explique qu'il avait fait son service dans l'artillerie, avant de se retrouver mobilisé dans l'infanterie — « le bordel de la guerre, la connerie des généraux » —, et que le canon de 75, c'est trois bruits : un coup sec au départ, un sifflement bref comme un coup de fouet, l'explosion de l'obus pour finir, en face. Quand on ne le prend pas sur la gueule, car les généraux sont assez cons pour ça.

Quand même, c'est l'artillerie française, enfin, et les obus vont là où il faut. Vanhoutte en a assez, se dégage, veut comprendre. Il se hisse sur le toit de la maison, se colle aux tuiles : sur les hauteurs, à gauche, des pantalons rouges et des képis bleus avancent. La contre-attaque. Derrière lui, dans la rue, monte un chant. Il connaît : « Et du Nord au Midi, la trompette guerrière ». Il pense : des gonflés ceux-là, des innocents qui n'ont encore rien vu. Toute une troupe qui repart à l'assaut. Et les obus allemands se font plus rares. C'est le moment. Il dégringole au rez-de-chaussée, attrape Chapourot : « Viens ! » L'autre geint, suit. Les voilà dehors. Soleil. Un éblouissement, une flamme rouge, un jaillissement de terre et d'éclats, de pavés.

Chapourot se croit d'abord mort, puis paralysé, puis

sourd. Mais non, les autres avancent toujours, les officiers devant, sabre levé, qui gueulent « la victoire en chantant ». Il se redresse. Vanhoutte ! Vanhoutte !

Vanhoutte gît sur le dos. Une sale blessure au crâne. Un brancardier saisit le bras de Chapourot :

— Tu peux marcher ? Viens !

— Et mon copain, là ?

— Tu vois bien qu'il est foutu ! Il ne respire même plus.

— Quand même...

— Tu veux y passer aussi ? Viens, nom de Dieu. Prends ses papiers et sa plaque d'immatriculation pour prévenir. Mais viens.

Chapourot obéit. Automate. Sonné.

— Merde, dit-il, il est mort avant moi.

— Tu nous raconteras ?

Elle l'avaient toutes accompagné à la gare de Lille, encombrée de soldats. Aline en tête. Ses quatre filles. Curieuses de ce qu'il allait découvrir dans ce Paris que les journaux, depuis le début de la guerre — quinze jours à peine —, décrivaient encore en tricolore et en folie patriotique. Laurent Surmont-Rousset avait promis, quelque peu exalté par ce voyage aux allures d'aventure, d'expédition risquée. La réalité était plus prosaïque, intéressante au plus haut point pourtant : il avait enfin obtenu un rendez-vous avec Ferrandon, un haut fonctionnaire, civil, du ministère de la Guerre, chargé, avec quelques autres, des fournitures et des approvisionnements.

Il raconterait d'autant plus aisément à ses femmes le Paris de la guerre que Ferrandon le faisait poireauter depuis quarante-huit heures. Laurent Surmont-Rousset avait eu le loisir de constater que la capitale croyait encore à la victoire rapide et joyeuse, alors qu'aux environs de Lille étaient apparus les premiers groupes de réfugiés belges. A Paris, des jeunes gens attablés aux terrasses des grands cafés soulevaient encore leurs chapeaux de paille au moindre prétexte, vociférant des insultes contre Guillaume II, ses généraux et ses alliés. Et là, sur le boulevard Montparnasse, traînaient toujours les débris d'une plaque émaillée faisant la publicité du bouillon Kub ; on racontait que le siège du fabricant, accusé d'avoir trafiqué ses produits pour empoisonner les bons Français, avait été dévasté, rue Tiquetonne, dans le quartier des Halles.

Pourquoi Ferrandon lui avait-il donné rendez-vous à Montparnasse ? Le restaurant Baty comptait, à coup sûr, parmi les meilleurs, réputé pour la qualité de sa cuisine — limitée à un seul plat du jour — et celle de ses vins de Loire. Mais ce n'était pas une raison.

Si encore le fonctionnaire avait respecté l'heure ! Il se faisait attendre depuis de longues minutes. Le patron, compatissant, tentait de calmer l'industriel, dont les tremblements de pied trahissaient l'impatience, en lui racontant que le quartier n'était plus ce qu'il était, que ses grands concurrents, le Dôme et la Coupole, avaient perdu beaucoup de leurs clients : les peintres étrangers eux-mêmes étaient partis s'engager aux Invalides où l'on avait pourtant refusé Modigliani, qui crachait ses poumons et le reste. Et qui, furieux, honteux, s'était saoulé à en mourir.

Laurent Surmont-Rousset n'en avait cure. La peinture, les arts, d'accord. Mais il était là pour la guerre. Les affaires. Et les affaires de la guerre. Qui durerait, il s'en était persuadé en apprenant les premiers revers subis en Belgique par les Alliés. D'ailleurs, la précédente s'était prolongée des mois et des mois. Les Prussiens étaient riches. Donc, leur armée était forte. C'était aussi simple que cela.

Des hussards en tunique bleu de ciel, trèfles blancs aux épaules, remontèrent le boulevard Raspail, raides comme des statues sur leurs bêtes pomponnées, au poil lustré, aux muscles saillants. Quelques femmes tentaient de les suivre, embarrassées par leurs jupes entravées. Elles se trouvèrent vite rattrapées par une troupe de chevaux, poussive pourtant, des percherons semblait-il, réquisitionnés dans les entreprises, qu'accompagnait un bourdonnant nuage de mouches agacées par la chaleur.

Derrière, un taxi klaxonnait, impatient lui aussi. S'arrêta. Ferrandon enfin, impeccable comme toujours, qui suait beaucoup pourtant, s'excusait : ces journées étaient folles, rien ne se passait comme prévu, les militaires n'avaient rien compris, la plupart avaient servi aux colonies et ne savaient pas que les Prussiens, et même les Bavarois, c'était autre chose que les nègres ; or, le ministre était à genoux devant eux, n'écoutait guère les gens sensés, s'affolait.

Sans compter, ajouta-t-il, que l'espionnite régnait. Pas seulement dans la population. Chez les militaires, qui voyaient partout des suspects, avaient l'obsession du secret. C'est pourquoi il avait choisi de retrouver Laurent Surmont-Rousset à Montparnasse : on n'irait pas les chercher là, on ne s'interrogerait donc pas sur les raisons de leur rencontre. D'ailleurs, il avait ici quelques habitudes. Il pourrait toujours se justifier, parler d'art, de peinture.

Quand même, expliqua-t-il un peu plus tard en dégustant une sole enturbannée de lourde crème, quelques idées faisaient leur chemin. A propos des uniformes par exemple. Il regarda Laurent Surmont-Rousset en ébauchant un sourire, un clin d'œil qui lui tordait la joue :

— Ça vous intéresse, bien sûr. On commence à parler de changer les uniformes. Ces pantalons rouges, tout juste bons à parader à Longchamp, le 14 juillet. Mais trop voyants. Tenez, regardez sur l'autre trottoir, là-bas, ce petit groupe, près du camelot. Qui repérez-vous d'abord ? La fille en rouge. D'ailleurs, même sans cela...

Un nouveau clin d'œil, complice, équivoque, lui tordit encore la joue. Bref, les pantalons rouges étaient déjà dénoncés comme responsables des premières hécatombes : « Remarquez : les généraux sont coupables eux aussi de ces tueries. Ils ont commis des erreurs tactiques. Mais ils baissent la culotte. C'est le cas de le dire : ils baissent la culotte. » L'œil cligna, comme pour quêter un applaudissement. Surmont-Rousset opina, sourit un peu, pas fier pourtant, revoyant, image brève, les réfugiés belges qu'il avait croisés entre Roubaix et Lille. La guerre, pas de quoi rire. Mais les affaires. On allait donc changer les pantalons ?

— On y pense, dit l'autre. Il y a des projets, en bleu. Des salopettes de toile bleue pour les cacher, et des manchons pour cacher les képis.

Bleus aussi ? Bleus aussi.

Sûr ? Presque. Ça ne pouvait pas durer. Il fallait bien trouver une solution rapide.

Surmont-Rousset réfléchissait. De la toile bleue, il n'en avait qu'un tout petit stock. Mais il pourrait en fabriquer, vite. Et en acheter à Hennedyck, Moreel, Delpierre, qui en produisaient pour les vêtements de travail. En acheter à bas prix : la guerre leur faisait peur, ils craignaient de ne pouvoir écouler cette production-là. Puis revendre cette toile plus cher, se faire une belle marge. Au moins pendant un temps. Il faudrait bien finir en effet par mettre les confrères dans le coup, ils n'étaient pas sots. En attendant, cela représenterait de l'ouvrage supplémentaire. Si seulement Oscar Vanhoutte pouvait l'aider... Il allait oublier son gendre. Il lui avait promis pourtant. Il exposa sa requête au fonctionnaire : si l'on pouvait muter à la garnison de Lille ce jeune soldat parti on ne savait où avec le 33e RI ? On s'arrangerait ensuite avec le général Percin, un vieux bonhomme qui commandait la région militaire du Nord, pour qu'il accorde au mobilisé les libertés nécessaires. C'était dans l'intérêt de la Défense nationale, non ?

Ferrandon acquiesça, prit son carnet, nota. Ne promit pas tout à fait : les militaires, vous savez...

L'industriel insista, laissa entendre qu'il s'en souviendrait.

Ils se séparèrent satisfaits l'un de l'autre.

Sur le boulevard, un gamin vendait des journaux fraîchement imprimés : à en croire les communiqués officiels, les forts de Liège, dont on célébrait depuis huit jours l'héroïque résistance à la barbarie teutonne, tenaient toujours.

Quand elle le pourrait, elle ferait rechampir en vert clair les boiseries de la salle à manger. Elles s'harmoniseraient avec le service de table de Limoges décoré de feuilles de laurier et de petits N d'or qui datait, disait-on, de Napoléon : une sorte de trésor familial que son père lui avait transmis pour la remercier d'avoir épousé Oscar Vanhoutte.

Quand elle le pourrait, elle ferait retendre les rideaux de velours de la chambre à coucher qui tombaient mal, jugeait-elle, avaient un mauvais pli. Cette chambre où ils n'avaient couché que trois nuits avant sa mobilisation. Tout juste le temps de se découvrir. De s'étonner, elle, d'une sorte de retenue qu'il avait au début de leurs étreintes et qui, rapidement, s'effaçait, laissait place à une exaltation presque brutale. Qui ne lui avait pas tellement déplu. Sans plus. Plusieurs fois, alors qu'il était sur elle, haletant, en sueur, elle avait revu, un instant, sa mère, susurrant le soir du mariage, les yeux baissés, comme au confessionnal : « Mais après, ça peut être agréable. » Agréable, non. Pas encore peut-être. Car cet « après » chuchoté laissait la voie à quelques espoirs. Il y avait pourtant l'odeur, l'odeur du gros tabac de pipe qui l'écœurait un peu quand il lui fouillait la bouche de sa langue. Mais elle pensait qu'elle s'y habituerait. Elle n'était pas si mécontente du lot qui lui était échu. Après tout, aurait dit la grande Augusta, « le bon homme est rare au monde ».

Et voilà qu'elle s'était retrouvée seule dans la grande maison que les deux familles avaient choisie pour eux sur l'avenue Gambetta de Roubaix, près du parc Barbieux, le nouveau quartier chic. C'était là qu'il fallait désormais résider. D'autant que Laurent Surmont-Rousset, Lillois, fils et petit-fils de Lillois, rêvait d'installer dans les parages, pour marquer son nouveau territoire, un bureau de négoce de la laine, qu'il confierait au jeune Vanhoutte.

Celui-ci parti pour la guerre, on avait pressé Aline de regagner le foyer familial. Mais non. Elle n'allait pas perdre, après trois jours seulement, une indépendance qu'elle estimait avoir conquise en se mariant. Elle était désormais Madame et entendait le demeurer. « Vous imaginez, mère, si je revenais ? J'entends déjà les bonnes m'appeler Mademoiselle, comme avant. » Madame Surmont-Rousset avait capitulé, obtenu quand même qu'elle prenne chez elle pour un temps la grande Augusta, qui formerait la jeune bonne fraîchement débarquée d'un village des Flandres, Arnèke, la capitale de la pomme de terre, répétait-elle à tout propos, les yeux vifs, un rien impertinents.

En trois semaines, Aline s'était attachée à cette Florine, s'amusait à lui apprendre les manières qu'il fallait, à la reprendre quand des mots flamands lui échappaient, faisait mine de l'associer à ses projets, de la consulter sur les couleurs et les dessins des toiles peintes, qui devaient encore être tendues dans deux chambres et un petit salon. Préférait-elle, Florine, les dessins héraldiques, les chimères, ou les croix de Malte ? La gamine s'extasiait devant les échantillons ornés de dessins péruviens, algériens ou russes qu'avait laissés l'homme de l'art, parti pour la guerre lui aussi.

Aline trompait avec elle son ennui. Rêvait. Les tapissiers, peintres et autres artisans que Laurent Surmont-Rousset avait mis à l'ouvrage, aussitôt le mariage décidé et la maison trouvée, étaient venus s'excuser, l'un après l'autre, dès le 1er août : celui-ci n'en avait plus que pour trois jours de travail, mais ses trois gars avaient été mobilisés ; celui-là se trouvait privé de son meilleur compagnon, un jeune pourtant, mais qui n'avait pas son pareil pour les délicatesses du rechampissage, se montrait capable, d'un coup, de vous tracer un mince filet rectiligne sur plus d'un mètre, sans une bavure.

Rien, donc, n'était tout à fait terminé. Aline s'en réjouissait presque : elle se trouvait libre de rêver à des décors étourdissants.

Quand elle le pourrait, elle ferait installer sur ce grand mur d'entrée une jolie tapisserie qu'elle choisirait dans les bleus.

Quand elle le pourrait, elle ferait accrocher au plafond de la salle à manger un grand lustre aux cristaux cliquetants et aux enroulements noueux. A moins qu'elle ne le choisisse plus sobre.

Quand elle le pourrait, quand serait refermée cette sale parenthèse de la guerre.

La veille, entre Lille et Roubaix, elle avait croisé un flot grossissant de réfugiés belges, venus de loin à ce qu'il semblait, mais quand même : ces femmes et ces vieux, parfois entassés sur des charrettes, entourés d'une marmaille aux vêtements poussiéreux et déchirés, ne donnaient pas des événements la même image que les journaux.

Elle avait décidé, du coup, de se joindre au Comité de bienfaisance que venaient de créer quelques dames de Roubaix. Et pris rendez-vous, dès le lendemain, avec la présidente, l'épouse d'un grand brasseur de la ville surnommée « l'impératrice » en raison de son buste majestueux et de son port altier.

Pour s'y préparer, Aline, ce matin-là, achevait de se couler dans une robe ajustée, montant haut, d'un violet uniforme, sans fanfreluches, un peu chaude pour la saison, certes, mais qui convenait bien, pensait-elle, aux circonstances. Et soudain, le drame. L'irruption, d'abord, de la grande Augusta. Affolée, le visage ravagé, qui n'avait même pas toqué à la lourde porte. Et qui annonçait la visite d'un Monsieur Boidin. Urgente. Très urgente.

— Qui ?

— Monsieur Clément Boidin, vous savez bien...

Bien sûr : Clément Boidin, le directeur du tissage, cet homme jeune encore qu'elle connaissait à peine puisqu'il n'appartenait pas à son monde, un personnage brillant, disait-on, que son père avait tiré de rien, ou presque. Et qui avait échappé à la mobilisation pour d'obscures raisons, une vieille histoire de tuberculose.

Il venait d'entrer dans la chambre, sans attendre, au risque de la trouver à peine vêtue. Il ne lui laissait même pas le temps de protester, de le repousser. Expliquait qu'il était envoyé par Monsieur Surmont-Rousset : « Votre père, Mademoiselle, excusez-moi, Madame, aurait tellement souhaité venir lui-même. C'était son devoir, bien sûr. Il en pleurait. Et puis la douleur. »

Il s'attardait à présent, cherchait ses mots, comme s'il n'osait plus, comme si son audace de tout à l'heure s'était évanouie à la vue de cette jeune femme au visage empourpré de colère ou d'inquiétude.

— Alors quoi ? Dites-moi donc ?

— J'étais à l'usine avec Monsieur votre père, Mademoiselle, Madame.

— Mais quoi ? Un accident ?

Elle l'avait devancé. Elle savait bien que les machines blessaient, tuaient à l'occasion.

— Oui, Madame. A cause de la dépêche. Quand il l'a lue, il a poussé un cri, il a eu un grand geste, et à côté la machine tournait, il a eu le bras pris par une courroie. Presque écrasé vous comprenez, presque écrasé. Enfin, l'avant-bras. On ne pouvait pas attendre. Il a fallu le conduire aussitôt à l'hôpital.

— Je vous accompagne. Conduisez-moi.

— Ce n'est pas cela, Madame. Je vous conduirai. Madame votre mère y est déjà.

Il avait retrouvé son ton décidé, son allure d'homme habitué à commander.

— Mais quoi, alors ?

Elle enrageait, avait le sentiment d'être tenue à l'écart.

De quoi ? Pour quoi ? Et la grande Augusta qui éclatait en sanglots, qui s'enfuyait.

— Que voulez-vous me cacher ?

— Rien, Madame. Rien. Au contraire. C'est une mission très pénible. Mais j'ai promis à Monsieur. C'est à dire...

Il bafouillait maintenant.

— C'est... mon mari ?

Il secoua la tête. Recula. Puis débita, d'un trait :

— Voilà. Votre père avait demandé à Monsieur Ferrandon, de Paris, la mutation de votre mari à Lille. Vous le saviez.

— Et alors ? Elle est refusée ?

Elle se rassurait à présent, soulagée, presque libérée.

— Vous me raconterez cela en chemin. Vous êtes venu en voiture ? L'hôpital. Je veux voir mon père.

— Ce n'est pas cela. Monsieur Ferrandon a fait des démarches aussitôt. Et il a reçu un télégramme du colonel...

— Oscar est blessé, c'est cela. Blessé ? Il est... il est mort ?

Elle crut voir la pièce tourner. Le jeune directeur se précipita, la prit dans ses bras, l'allongea sur le lit. Elle eut le sentiment, étrange mais bref, d'une grande douceur. Se redressa aussitôt :

— A l'hôpital !

Elle accepta de regagner la maison familiale. Sa mère l'avait suppliée, qui, comme cassée, passait désormais le plus clair de ses journées dans les larmes.

Les chirurgiens avaient décidé, dès le premier jour, que l'avant-bras de Laurent Surmont-Rousset était perdu, qu'il ne fallait pas risquer la gangrène en tentant un rafistolage désespéré. L'opération semblait avoir réussi. Mais il se remettait lentement, s'enfermait dans de longs silences dont il ne sortait que pour annoncer une suite de catastrophes, la défaite assurée, le textile en crise, les impôts qui allaient pleuvoir puisqu'il faudrait, comme en 1871, payer une indemnité au vainqueur.

Seules ses filles semblaient le réconforter, qui se relayaient à son chevet, la jeune Céline qui lui disait des plaisanteries, Aline aussi, qui tentait de lui mentir, de lui cacher que les Allemands avaient pris Bruxelles, puis Mons, s'étendait longuement en revanche sur les succès français annoncés en Alsace. Des informations qui intéressaient à peine l'industriel, confirmaient seulement les catastrophes qu'il pressentait. Mais les usines ? Comment tournaient les usines ?

Bien. Aline servait de messagère entre son père et Boidin, qui dirigeait seul à présent le négoce et les fabriques. Mais des ouvriers manquaient, il avait fallu embaucher à la hâte des femmes, des gamines ou des mères de famille qui avaient naguère abandonné les filatures, les peignages ou les tissages après la naissance de leurs premiers enfants. Des femmes qui avaient alors ressenti comme une libération, parfois fêté, le jour où elles avaient quitté les ateliers étouffants de poussière ou de vapeur. Qui les retrouvaient, à présent, comme pour une pénitence, histoire de gagner quelques francs puisque la solde des hommes partis pour la guerre ne leur serait pas servie demain, il ne fallait pas rêver, on connaissait l'administration, et plus encore l'armée : au retour de leur service, leurs fiancés ou leurs maris leur en avaient assez raconté.

Un soir où l'hôpital venait de recevoir un premier convoi de soldats blessés, Laurent Surmont-Rousset sembla échapper soudain à sa mélancolie, comme ranimé par l'idée qu'il partageait un sort commun. Ou qu'il existait pire. Il interrogea Aline : où en étaient les achats de toile bleue à Moreel, Hennedyck, Delpierre et autres, dont il avait rêvé quand Ferrandon, à Paris, lui parlait de salopettes qui camoufleraient les pantalons rouges ? On ne perdrait quand même pas la guerre en trois semaines et les Allemands, comme en 1870, éviteraient peut-être la région. Il fallait donc se hâter. Boidin ? Boidin, répondait-elle, n'avait guère le temps de se lancer dans de telles démarches. Il courait d'une usine à l'autre, de cinq heures le matin à des dix, onze heures le soir, on ne savait pas, on n'allait pas contrôler les allées et venues de ce célibataire. Il lui arrivait même de coucher dans son bureau.

— Et puis, père, je ne sais pas comment Moreel, ou Hennedyck, ou Duydt le recevraient. Il n'est pas de leur monde après tout.

— Fais-le, toi. Va les voir.

Quand Laurent Surmont-Rousset lui lança cet ordre — car c'était le ton d'un ordre, elle ne pouvait s'y tromper, pas la voix de l'infirme qu'il était devenu mais, soudain retrouvée, celle qu'il prenait pour la jeter dehors si, gamine, elle s'avisait de pénétrer dans son bureau —, quand il lui ordonna, donc, de se lancer dans le négoce, elle crut voir tourner la chambre d'hôpital aux murs mal blanchis. Comme la sienne, aux lourds rideaux de velours, quand elle avait appris la mort d'Oscar Vanhoutte. Dont elle ne savait rien de plus. Et sur laquelle elle s'interrogeait, chaque jour. Presque honteuse, parfois, d'être plus tourmentée par ces interrogations que par cette mort.

Se lancer dans les affaires ? Mais ce n'était pas la place d'une femme, on le lui avait assez dit. Les sœurs de la Sainte-Union autant que sa mère et ses tantes. D'ailleurs, on n'en connaissait guère qui dirigeaient des usines ou d'importants négoces, à l'exception d'une Alice Van Meulen, une veuve, lointaine parente de sa mère, qui, à la fin du siècle précédent, avait réussi à développer sur un grand train des brasseries et vendait de la bière jusqu'en Belgique, à Amsterdam et en Allemagne. Mais que l'on avait toujours tenue à l'écart. Et qui s'était, en fin de compte, après avoir cédé son affaire à un prix d'or, installée à Dunkerque où son deuxième mari possédait un chantier de construction navale.

Il n'était pas question, pourtant, de rejeter un ordre de Laurent Surmont-Rousset, surtout dans ces conditions. Elle lança quelques objections, pour la forme.

Le lendemain, elle était chez Hennedyck, à Roubaix. Il avait accepté de recevoir cette jeune femme en grand voile de deuil, supposant qu'elle cherchait quelque argent pour un comité de secours, ou de bienfaisance, comme il s'en créait chaque jour de nouveaux. Mais elle interrompit vite ses déclarations de sympathie et de condoléances, pressée de se décharger de sa mission : voilà, elle savait, ou croyait savoir, qu'il disposait de stocks de toile bleue. Oui, celle qui servait à confectionner des vêtements de travail. Eh bien, son père était disposé à en acheter le plus possible. Payement immédiat.

Hennedyck la regardait, stupéfait, par-dessus ses petites lunettes ovales, sans monture.

— Il n'est pas au courant, votre père ?

— Au courant de quoi ?

— Bien sûr, au fond de son lit, on ne peut pas savoir. Mais... mais vous auriez pu l'informer, ou vous informer.

Il s'était approché du fauteuil qu'à son arrivée il lui avait offert. Et elle jugeait, mais peut-être se trompait-elle, son ton un peu condescendant.

— La guerre est à nos portes, dit-il. Le général Percin vient de faire placer des canons de 75 sur les remparts de Lille, à chaque pont-levis. Heureusement, le maire et deux ou trois sénateurs se sont aussitôt précipités chez le préfet pour protester. Lille doit être une ville ouverte. On ne va quand même pas se battre en risquant la vie de toute une population. Et puis les usines... Le Nord a assez payé de tributs aux guerres.

Elle ne voulut pas montrer sa surprise. Il l'agaçait avec cette allure suffisante. Il n'eût pas parlé ainsi à un homme, même au petit Boidin, elle en était certaine.

— Alors, pour la toile bleue...

— Quoi ?

Il devait la juger folle.

— Je suis venue vous faire une proposition d'achat. C'est clair. Dites-moi votre prix, les quantités disponibles.

— Mais si l'on se bat demain ?

Il avait peut-être raison. Sans doute raison. Mais elle ne céderait pas.

— Si l'on se bat demain, vous regretterez de n'avoir pas accepté aujourd'hui.

— Je... Je vais voir ce que j'ai. Je pourrai donner une réponse ce soir. Mais à qui ? Où ? A l'hôpital ?

Décidément, elle finirait par le détester.

Elle se leva.

— A l'usine. Au tissage. J'y serai.

— A l'usine ? Vous y serez ? Vous ?

— J'y serai.

Elle le quitta, plutôt satisfaite en fin de compte. Inquiète aussi. Que signifiait cette histoire de canons, de ville ouverte, de guerre toute proche ?

Le jours suivants furent de désordre, de folie et de peur. Les Allemands, à en croire les rumeurs, étaient partout. On avait vu ici des uhlans, des cavaliers drapés dans de longs manteaux gris, qui effrayaient les gens des villages avec d'immenses lances à flamme rouge. On signalait, là, des fantassins au casque en cuir bouilli dont la pointe serait bientôt tristement célèbre. On annonçait des victoires russes qui laissaient présager, disaient les plus optimistes, l'entrée prochaine des troupes du tsar à Berlin. On se réjouissait des débarquements, massifs assurait-on, de troupes anglaises à Calais. On s'inquiétait de l'afflux continu des réfugiés belges qui racontaient des histoires folles de femmes violées, éventrées, d'hommes fusillés, d'églises incendiées, d'enfants jetés comme des poupées déglinguées dans les canaux et les rivières. Des récits qui provoquaient de véritables paniques.

Laurent Surmont-Rousset, comme exalté par tant de malheurs, semblait trouver à la vie un goût nouveau, brûlait d'agir, interrogeait chacun. Ses filles qui lui racontaient les rumeurs, la fuite précipitée des familles du voisinage. Les religieuses de l'hôpital qui lui parlaient de punition divine. Le chirurgien qui l'avait amputé, enfin, et qui, le soir, passait parfois bavarder avec ce notable. Qui finit par lui raconter la débandade française. La ville avait été en fin de compte déclarée « ouverte ». Les généraux et le maire avaient fait assaut de lâcheté, assurait-il, pour l'abandonner aux Allemands. L'état-major de Joffre semblait débordé, impuissant, ou l'esprit ailleurs.

Le chirurgien avait rencontré dans l'après-midi le professeur Calmette, le patron de l'Institut Pasteur — « Vous savez qu'avec son ami Guérin, ils sont en train de découvrir un vaccin contre la tuberculose ; ils l'essayent sur des génisses dans une ferme du côté de Cambrai ; mais les Allemands y sont déjà ». Et ce savant couvert d'honneurs dans le monde entier clamait son indignation à tous vents : « Les chefs ont détalé comme des lapins, les troupes plié bagage. Si l'on peut dire. Car ils ont tout laissé sur place. » Calmette tenait d'on ne sait où un fabuleux inventaire : 27 000 fusils abandonnés, un million de cartouches, 400 canons, l'équipement entier d'un régiment de cuirassiers, sans compter des troupeaux de chevaux, de bœufs, de moutons laissés à l'intendance. Bref, la déroute avant même la défaite. Tandis que l'état-major annonçait l'envoi de munitions supplémentaires !

Là-dessus s'était présenté dans la ville, à la tête de très maigres troupes, un hussard de la mort prussien, un lieutenant en dolman gris-vert, qui avait joué les flambards, terrorisant le maire, tout disposé à l'être. Avant de déguerpir sans tambour ni trompette.

Quelques relations s'étaient alors rétablies avec Paris. La vie reprenait, presque normale, en dépit des rumeurs persistantes qui annonçaient la progression des Allemands en direction de la Marne, et toujours l'apparition de patrouilles de cavaliers dans les faubourgs.

Laurent Surmont-Rousset ne se tenait plus. Il exigea qu'on le sortît de l'hôpital, en dépit des adjurations médicales et des pleurs de son épouse, se fit conduire chez le préfet qui, en l'absence des militaires, s'était entendu avec le secrétaire des syndicats ouvriers pour organiser l'évacuation du matériel, par péniches, camions et trains, vers la côte, vers Dunkerque.

L'industriel ne jugeait guère possible d'éviter la défaite. Mais il détestait le désordre, le laisser-aller, la pagaille. Il pensait toujours que les troupes s'affronteraient longtemps.

Il reprit le chemin de ses usines. Pour de brèves visites de convalescent où l'accompagnait Aline, heureuse d'échapper à la maison familiale : là, mère, sœurs (à l'exception de la jeune Céline) et bonnes, se croyaient tenues de montrer, à l'approche du blessé, des mines éplorées et compatissantes, de parler à mi-voix et de pousser de longs soupirs. Elle aimait ces parcours en voiture, d'une usine à l'autre, les bavardages du chauffeur, un Calaisien quadragénaire qui avait travaillé au début du siècle chez Renault et racontait avec force détails comment Marcel, le frère de Louis, l'inventeur, s'était tué dans un virage de la course Paris-Madrid. Ou comment le constructeur lui-même fonçait à cent à l'heure sur des routes trouées et cabossées, tirant, avant d'aborder les tournants, sur des freins à câble sans assistance. Surtout, dans la voiture, elle pouvait relever ce crêpe qui, depuis la mort d'Oscar Vanhoutte, lui voilait la face, ne lui laissait voir le monde extérieur qu'à travers une fine, légère et sombre grille. Elle observait son père, silencieux, qui tressaillait parfois de douleur et portait la main valide sur la manche vide, comme pour calmer la révolte du membre disparu, mais ruminait plus souvent de complexes calculs.

Hennedyck, le jour même où le lieutenant allemand pénétrait dans la ville, avait accepté de céder les rouleaux de toile entassés dans ses entrepôts. Un autre, et un autre encore avaient suivi, qui se demandaient quelle mouche avait piqué leur confrère et concurrent, laissèrent même entendre que le choc opératoire l'avait dérangé, faisant naître cette étrange lubie. Mais ils n'étaient pas mécontents de liquider leurs stocks en cette période incertaine.

Restait la deuxième partie de l'opération : céder toutes ces toiles à l'armée. Or, du côté de Paris, rien n'allait plus. On chuchotait que les Allemands étaient à vingt-cinq kilomètres de la capitale, soit un jour de marche. On apprit que le gouvernement avait filé vers Bordeaux, que les Parisiens fuyaient par dizaines et dizaines de milliers, et Laurent Surmont-Rousset ne parvenait plus à joindre Ferrandon.

Ces jours-là, alors que l'été faiblissait déjà, que de mauvais vents soufflaient depuis la côte, il finit par croire la défaite toute proche et son pari perdu. Il s'affaissa, un temps. Il ne disait plus mot, s'intéressait à peine aux tableaux de chiffres montrés par Clément Boidin qui poussait la production, allongeait la durée du travail, avait même déniché un sous-traitant, un petit industriel de Roubaix disposé à œuvrer jour et nuit, dimanche comme semaine, pour fournir de la toile et encore de la toile.

Mais soudain, au milieu de septembre, sortant de l'hôpital où il était allé passer une nouvelle visite, montrer une fois encore son moignon aux chairs recousues à gros points et à peine soudées, Laurent Surmont-Rousset demanda à Aline de préparer sa mallette de voyage.

Elle ne comprit pas, d'abord. Quelle mallette ? La sienne ? Pour quel voyage ?

— Ta mallette. Tu partiras pour Paris demain. Je n'ai pas le choix. Je suis encore trop faible. Et il faut retrouver Ferrandon, régler cette affaire. Tu prendras assez d'argent pour le convaincre.

Son chirurgien, toujours bien informé, venait de lui annoncer la victoire de la Marne. La poussée allemande était stoppée. La guerre durerait donc. Il lui avait déjà payé un lourd tribut : le gendre sur qui reposait tant d'espoirs et aussi, d'une certaine manière, sa propre invalidité. En tirer quelque profit lui semblait une juste compensation. Si l'on pouvait parler de compensation.

Le soir, il apprit qu'une quinzaine de uhlans étaient passés par Lille, qui semblaient égarés, cherchaient la route de Tournai, en Belgique. On les avait renseignés, très civilement. Ils avaient fait demi-tour après avoir remercié, très poliment. Le sort de la ville, décidément, restait indécis et sa situation étrange. Il décida que sa fille passerait par la côte. En voiture.

Ce fut un voyage harassant. La Delaunay-Belleville devait sans cesse s'arrêter, laisser la priorité à des convois de camions anglais, des troupeaux de bestiaux achetés par l'intendance, des bataillons de fantassins poussiéreux, un groupe d'artilleurs qui avaient réussi à s'échapper de Maubeuge, abandonné après onze jours de siège, ou des bandes de réfugiés aux visages épuisés dont certains tentaient de s'accrocher à cette voiture luxueuse, traitaient le chauffeur d'embusqué, se penchaient pour tenter d'observer sa passagère. Qui, très vite, avait décidé de laisser retomber son voile afin d'échapper à ces regards. Ou bien ils se heurtaient à des barrages où soldats et gendarmes jouaient les importants, obligeaient Aline à descendre, semblaient la soupçonner d'espionnage, vérifiaient longtemps les papiers en échangeant des gaudrioles.

Apitoyée, elle avait contraint le chauffeur à prendre à bord deux gamins belges qui claudiquaient sur la route, voulaient rejoindre à Rouen une de leurs tantes, racontaient qu'ils avaient fui, trois semaines plus tôt, Andenne, un village situé sur la Meuse où les Allemands, s'étant entre-tués à la suite d'une méprise, avaient accusé les civils d'avoir tiré sur eux, mis le feu aux bâtiments et fusillé les habitants par dizaines. Et le chauffeur de la limousine, histoire de leur changer les idées, leur racontait des histoires de compétitions automobiles où des coureurs à grosses lunettes se poursuivaient dans d'épais nuages de poussière, écrasant la volaille, effrayant les villageois, éblouissant les filles à l'arrivée. Au temps de la paix, le bon temps. Si loin déjà. Six semaines, quoi.

Les gamins laissés à Abbeville, où un brasseur en route pour Rouen les avait embarqués en échange de quelques pièces, ils avaient obliqué vers Paris. Surpris de découvrir soudain une campagne paisible, aux plaines riantes, presque rousses déjà, des villages endormis où jouaient des enfants, des villes bourdonnantes où, quand même, beaucoup d'hommes portaient l'uniforme.

Enfin, Paris. Paris qui tentait d'oublier sa peur, se reprenait à vivre, Paris où revenaient les fuyards de la fin août, où restaurants, musées et théâtres ouvraient à nouveau leurs portes, où traînassaient aux terrasses des cafés des soldats de toutes les armes et même des Écossais en jupette que reluquaient, rieuses, les filles.

Aline, à peine installée à l'hôtel, avait couru au ministère de la Guerre. Elle s'étonna de pouvoir y pénétrer comme dans un moulin. Des soldats, porteurs de lourdes caisses, croisaient dans les escaliers et les couloirs des officiers affairés ou, au contraire, désinvoltes, surtout soucieux, semblait-il, de l'élégance de leurs uniformes. Un civil réparait une serrure, un autre s'appliquait à enduire de peinture blanche un mur crasseux. Une longue femme aux dents chevalines collait des étiquettes sur les portes. Aline s'approcha : celle-là devait connaître la disposition des bureaux. L'autre lui rit au nez, amère : rien, assurait-elle, n'était plus à sa place avec sa raison d'être. Ni les hommes ni les choses, et encore moins les bureaux. Quant à Monsieur Ferrandon — elle mettait quand même quelque révérence dans ce « Monsieur » —, on ne l'avait plus vu depuis que, le 2 septembre, le gouvernement avait quitté Paris.

Aline s'obstina. Arpenta plusieurs jours les couloirs du ministère. S'en vit quelquefois interdire l'entrée, se fit même jeter à la porte. Mais elle excipait de sa condition de veuve de soldat et son long voile noir impressionnait encore : on ne s'était pas encore accoutumé à la mort et aux deuils.

Un jeune lieutenant la prit même en charge, qu'elle soupçonna, vaguement flattée, de vouloir lui faire un brin de cour. Il connaissait, assurait-il, Ferrandon, fréquentait avec lui, avant la guerre, le Montparnasse des peintres où celui-ci avait des amis. Une amie aussi, qu'il fit rencontrer à Aline, à la Rotonde, à l'heure du thé. L'amie, une journaliste anglaise, Beatrice Hastings, correspondante du magazine *New Age*, ne buvait, même à cette heure, que du whisky. Elle s'apitoya sur Aline — « ma première veuve de la guerre » — souhaita tout savoir d'elle et de son mari disparu afin d'envoyer un article à Londres, voulut l'entraîner rue Campagne-Première, chez Rosalie, une Italienne qui tenait une crémerie fréquentée par Modigliani dont la journaliste, poétesse aussi à ses heures, était devenue la maîtresse. Ferrandon lui-même, assurait-elle, mettait parfois les pieds dans cette salle où régnaient alcools, haschisch et pâtes. Quant à savoir où il se trouvait désormais... Aline préféra s'éclipser. Le lieutenant la suivit, débitant quelques galanteries fades. Elle le découragea vite. Il ne s'obstina pas. Elle crut le deviner, au contraire, près de s'excuser et en fut presque déçue. Son statut de veuve écarterait-il d'elle, désormais, tous les hommes ? Elle s'empressa de chasser ces questions, ces « mauvaises pensées », comme auraient dit les dames de la Sainte-Union. Elle avait un peu honte d'elle-même, de ce goût nouveau qu'elle se découvrait pour la compagnie des hommes, leurs regards et leurs compliments.

La journaliste anglaise, un matin, lui fit passer un billet à l'hôtel pour annoncer la réapparition de Ferrandon. Elle lui avait parlé d'Aline et il l'attendrait, pour déjeuner, chez Baty, là même où il avait, quelques semaines plus tôt, rencontré Laurent Surmont-Rousset.

Aline s'en amusa. Le personnage ne ressemblait guère à l'idée qu'elle s'était faite d'un haut fonctionnaire. Imberbe, élégant, plutôt smartieux, comme le disaient quelques snobs anglophiles. Et très à l'aise dans ce Montparnasse qui se forgeait depuis le début du siècle une légende de folies, de libertés et de plaisirs. Il lui raconta le café de la rue de Dantzig où les peintres côtoyaient les tueurs de l'abattoir voisin aux blouses maculées de sang, les assiettes qui volaient dans la crémerie de Rosalie, l'Italienne, quand elle injuriait Modigliani qui préférait boire que manger, et aussi l'amitié d'Apollinaire pour Chagall : « C'est lui qui vient de lui organiser une exposition. Devinez où ? A Berlin, pour tout l'été 1914 ! Et Chagall y est parti. Depuis, on ne sait plus où il est. »

Elle l'écoutait, amusée, agacée quand même par ces clins d'œil qui lui tiraient drôlement la joue, osa enfin l'interrompre pour lui parler des projets de son père, des stocks de toile bleue dont il disposait désormais. L'état-major était-il toujours décidé à couvrir de salopettes les pantalons garance ? Il l'était, confirma-t-il. Quelques commandes avaient été passées à des usines normandes. Insuffisantes pour faire face aux besoins. Mais les procédures étaient longues, l'administration restait l'administration, même en temps de guerre, et ne passait pas des contrats du jour au lendemain.

Alors, une idée lui vint, qu'elle s'étonna de ne pas avoir méditée plus tôt : bien sûr, l'armée française venait de remporter une victoire, mais cette guerre était encore incertaine, toute de mouvements ; les Allemands qui s'étaient déjà montrés à Lille pouvaient y revenir et saisir, cette fois, tous les approvisionnements ; c'était en somme un devoir national de les préserver. D'urgence. Que l'État ne perde pas de temps. Qu'il passe commande. Ferrandon parut touché. Plus encore quand elle chuchota que son père saurait se montrer reconnaissant.

Deux jours plus tard, la vente était conclue. Il ne refusa pas les billets qu'elle lui confia, murmura seulement qu'ils serviraient à aider les peintres — « La guerre leur enlève des clients, qui ont l'esprit et l'argent ailleurs. »

Elle fut près de sourire. Et aussi de le croire. Mais s'il fallait aider les peintres, pourquoi pas les couturiers ? La veille, un article du *Figaro* avait souligné la détresse des vendeuses, des petites mains, des midinettes, des arpètes privées de leurs compagnons et soumises, par la fermeture des ateliers, à un chômage âpre et cruel. Renouveler sa toilette, disait l'article, était un devoir de la femme française. Elle courut rue de la Paix, décida qu'un costume-tailleur en serge presque noir dont la jaquette était resserrée à la taille par des fronces « nid d'abeille » conviendrait à son état de veuve de guerre. Et repartit aussitôt pour Lille.

— Voilà ce que c'est, disait Augusta. Monsieur a voulu aller plus vite que la musique. Il s'est cru trop vite capable de recommencer. Mais le temps est au bon Dieu, pas à nous. Qui le bouscule est ridicule.

Aline, à son retour, avait trouvé la grande maison silencieuse, la famille inquiète : la veille, Laurent Surmont-Rousset était tombé dans un escalier de la filature. Mal tombé : la cicatrice du moignon, tout juste fermée, avait cédé. Le médecin avait menacé de le renvoyer à l'hôpital, et pour longtemps, s'il ne restait pas désormais au lit. Il avait aussi sermonné l'épouse de l'industriel qui n'en pouvait mais : elle avait, la guerre venue, abdiqué toute autorité. « Il n'écoute rien », répétait-elle, entre deux sanglots, au médecin, aux bonnes, à ses filles, à Clément Boidin accouru aux nouvelles.

Il écouta Aline qui lui faisait rapport de sa mission. La félicita à peine. Jugea cependant astucieux l'argument qu'elle avait utilisé — outre l'argent bien sûr — pour emporter la décision de Ferrandon. Tellement astucieux, décréta-t-il, qu'il reflétait l'exacte réalité :

— Les Prussiens peuvent revenir dans deux ou trois jours, tu comprends. Ou même demain. Et alors, nos stocks, hein ? Il n'y a pas de temps à perdre. Tu as pensé au transport ?

— Eh bien, le train ?

— Le train, le train, facile à dire. Un jour, les Allemands sont à Noyon, le lendemain à Arras. Comment va-t-il passer, le train ? Et s'il passe, qui aura la priorité ? Les troupes bien sûr, les troupes. Tu aurais dû...

Elle fut près de pleurer, soudain. Elle avait tiré tant de fierté de son succès parisien. Et maintenant ce « Tu aurais dû » qui était resté en suspens, ces trois mots derrière lesquels elle croyait entendre de longues phrases dans le style « Mais tu n'es qu'une femme, sans expérience, qui ne connaît pas les affaires, qui n'est pas habituée à prévoir, à anticiper. Le commerce, c'est autre chose que le commandement d'une bonne et l'achat des provisions pour les repas ». Elle pensait même qu'il avait raison, qu'elle avait manqué à ses devoirs, s'était montrée imprévoyante, et que toute l'opération raterait peut-être, par sa faute. Elle fut tentée d'abandonner, de quitter aussitôt cette chambre de blessé qui sentait le renfermé, puait l'éther. Il était trop injuste, trop rude. Après tout...

— Et vous, père ?

— Moi, quoi ?

— Vous aussi vous auriez dû y penser, tandis que j'étais partie pour Paris. Vous avez eu du temps ; une dizaine de jours.

La vérité, elle l'aurait juré, c'est qu'il avait douté de son succès. Mais il ne se laisserait pas démonter aussi aisément. Il avait déjà trouvé la parade :

— Justement, la situation a beaucoup évolué depuis. J'avais pensé au train, comme toi. Je croyais que les Allemands reculeraient vers l'Est. Mais voilà qu'ils poussent vers l'Ouest, maintenant. Ils pourraient bien nous couper de Paris. Alors, je ne vois qu'une solution : faire comme toi. Tu es passée par la côte. La toile doit prendre le même chemin. Tu te souviens, quand le préfet a fait évacuer le matériel abandonné par l'armée, il a tout utilisé : le train, les péniches, les camions.

— Mais vous n'êtes pas le préfet, pour réquisitionner les camions et les péniches. Et moi, encore moins.

— Débrouille-toi. Va les voir, tous. Demande au petit Boidin de t'aider.

Bien que son directeur eût assez largement dépassé la trentaine, il l'appelait toujours le petit Boidin. Peut-être en raison de ses origines modestes.

— Monsieur Boidin ? Mais il a assez à faire à l'usine.

— Produire, c'est bien, mais il faut aussi savoir vendre à temps, et livrer à temps.

Une leçon de plus. Elle se mordit les lèvres, au sang. Furieuse.

— Va le voir tout de suite. Répartissez-vous le travail. Tapez à toutes les portes. Va.

Elle se leva. Déterminée. Elle lui prouverait. Il verrait bien.

Ce fut d'abord, entre Clément Boidin et Aline, une sorte de compétition. Elle avait commencé par la préfecture, où on l'avait éconduite. Boidin, par le chef de la gare de Lille, qui s'arrachait les cheveux : des trains, bien sûr, il y en avait. Quelques-uns. Mais uniquement pour l'armée : « Joffre, vous savez, le commandant en chef, c'est un polytechnicien, un ancien officier du génie. Les trains, il aime ça, il connaît. Il fait transporter des divisions entières d'Est en Ouest. Et puis, les voies ferrées ne sont pas encombrées de réfugiés, comme les routes. La troupe peut en profiter. Mais moi, je ne peux rien pour vous. Rien. »

Au soir du premier jour, ils se retrouvèrent au bureau de la filature. Bredouilles tous les deux. Après la préfecture, elle avait couru jusqu'au port des péniches, qui était vide. Lui, de son bureau, avait téléphoné à toutes les entreprises de transports. Avec méthode. Mais sans résultat : les camions étaient réquisitionnés, depuis des semaines, par l'armée. Ou bien partis, grossissant sur les routes les flots des réfugiés.

Ce fut lui qui lança l'idée :

— Les paysans, les chevaux.

— Il en reste ? L'armée n'a pas tout pris ?

— Peut-être ! On verra bien.

Le lendemain, à bord de la Delaunay-Belleville, ils entreprirent de faire le tour des fermes de la région. Les censiers, comme on dit dans le Nord, ou les paysannes dont le mari était mobilisé et qui s'affairaient à la récolte des haricots et des pommes de terre, accueillaient avec surprise ce couple étrange, cette femme en grand deuil et ce monsieur au strict complet noir qui savait parler patois à l'occasion pour leur demander s'ils pouvaient louer les grands chariots qu'ils utilisaient d'ordinaire pour la moisson, les chevaux qui les tiraient aussi, afin d'emporter des pièces de toile jusqu'à la côte. Il leur montrait des billets : ce serait bien payé. Elle leur expliquait que c'était pour la Défense nationale, précisait aux femmes qu'ainsi leurs hommes seraient moins vulnérables, pourraient cacher ces maudits pantalons rouges qui n'étaient bons que pour les défilés, le spectacle.

Il leur fallut deux jours encore pour former une sorte de convoi. Hennedyck, Moreel, tous ceux qui virent arriver à la porte de leurs usines, pour charger la toile bleue, de vieux paysans ou des femmes menant de grands chariots, commencèrent par sourire. Rire, même, des chevaux efflanqués, aux allures de centenaires, qui traînaient les voitures. Mais les entrepôts, peu à peu, se vidaient. Et Surmont-Rousset avait payé comptant. Alors...

Clément Boidin décida de mener lui-même cette caravane pittoresque et brinquebalante jusqu'à Dunkerque. Aline eût souhaité en faire autant, l'accompagna pendant quelques kilomètres. Épuisée mais fière. Au moment de le quitter, elle se jeta dans ses bras. Il se dégagea, un peu brusque, surpris. Le chauffeur de la Delaunay-Belleville les regardait. Elle se sentit rougir, bénissait pour une fois son voile de veuve, cherchait à s'expliquer ce geste.

Le soir, dans sa chambre de jeune fille qu'elle occupait de nouveau, elle pleura.

# III

Laurent Surmont-Rousset en tremblait de surprise et de rage. L'officier allemand qui venait de sonner à sa porte, un lieutenant en vareuse d'infanterie qu'Augusta avait introduit au salon, n'avait guère eu besoin de se présenter : Hans Schmidt, un jeune Munichois sorti d'une école d'ingénieur, était stagiaire dans ses usines, trois ans plus tôt. Un charmant garçon au demeurant, respectueux, prévenant, soucieux d'apprendre, que l'industriel avait reçu plusieurs fois à sa table et qui, depuis, ne manquait pas d'adresser ses vœux, au début de l'année, sur d'immenses cartes parfumées où l'on avait peint des fleurs.

Au beffroi de Lille flottait, depuis plus de deux semaines, le drapeau de l'Empire. Les Allemands s'étaient cette fois bien installés, après un siège de trois jours. Car l'état-major français s'était décidé, tard, à défendre la ville. Mais quelques centaines de fantassins, âgés pour la plupart, un groupe de chasseurs, et deux escadrons de goumiers aux burnous éclatants et aux selles incrustées d'argent qui éblouissaient la population, n'avaient pas résisté longtemps. Une partie de la ville avait brûlé, une autre croulé sous les obus.

— Comme si cela ne suffisait pas, disait Laurent Surmont-Rousset, vos amis ont encore mis le feu à quelques maisons, détruit le central téléphonique, pillé un peu partout et tué quelques personnes, des civils, au hasard. La barbarie... Comme à Reims où vos canons ont tiré, exprès, sur la cathédrale.

Le jeune lieutenant avait laissé passer l'orage, raide, silencieux. D'une immobilité qui agaçait plus encore son interlocuteur.

— Quant à votre général, comment l'appelez-vous déjà ? Wahnschaffe, c'est cela, Wahnschaffe, c'est un pillard lui aussi. La soldatesque, on peut comprendre, surtout qu'ils avaient beaucoup bu vos amis : la bière, hein ? Mais un général qui rafle cinq millions à la ville, à peine arrivé, qui prend l'évêque, le préfet, le maire en otages, qui fait enlever par ses troupes toutes les automobiles — vous savez : la Delaunay-Belleville, vous étiez avec moi quand je l'ai achetée, elle est partie je ne sais où, un de vos amis au volant —, un général qui se conduit ainsi, j'appelle ça un voleur. Pas un officier.

L'autre, cette fois, osa une riposte :

— Monsieur Surmont-Rousset, savez-vous ce qu'ont fait, dans mon pays, les armées de Napoléon, tous vos maréchaux dont vous êtes si fiers, dont vous donnez le nom à vos rues, et à vos boulevards. Et celles de Louis XIV, dans le Palatinat...

— Quoi ?

— Le Palatinat, c'est au nord de l'Alsace, en Bavière également. Les troupes de votre Roi-Soleil, comme vous dites, ont massacré, brûlé des villages entiers, embroché des enfants, violé les femmes bien sûr, et...

Laurent Surmont-Rousset bondit hors de son fauteuil.

— Mais j'en ai rien à foutre, moi de Napoléon et de Louis XIV. D'abord, quand les troupes françaises ont pris les Flandres — c'étaient celles de Louis XIV aussi —, vous croyez qu'elles ont fait mieux, qu'elles se sont mieux conduites ? Pareil, Hans, pareil. Mais nous sommes au XX^e^ siècle, non ? On ne jette plus les hommes et les femmes aux lions dans les arènes, non ? Nous sommes au siècle de l'électricité, de l'automobile, de l'aviation, Hans, au siècle du progrès, vous m'entendez ?

Et d'abord, que me voulez-vous, qu'êtes-vous venu faire ici ?

— Vous saluer, Monsieur Surmont-Rousset.

— Me saluer ? Vous vous êtes dit : voilà, je passe par Lille, je vais aller présenter mes civilités à Monsieur Surmont-Rousset, à son épouse et à ses filles. Mais les civilités ne sont pas de mise, Monsieur le Lieutenant, puisque vous êtes militaire. Et militaire dans l'armée ennemie. Et mes filles, mon épouse, vous ne les verrez pas. Voilà. Maintenant, je crois que nous nous sommes dit tout ce que nous avions à nous dire. A moins que vous ne vouliez vous installer chez moi. Après tout, vous êtes les vainqueurs. Et apparemment votre général — comment il s'appelle, déjà ? Wahnschaffe, oui c'est cela —, votre général Wahnschaffe pense que les vainqueurs ont tous les droits.

Le lieutenant esquissait un sourire, vite réprimé.

— Ce n'est pas mon général. Moi, j'appartiens au 16e régiment bavarois d'infanterie de réserve, et je suis seulement de passage, Monsieur, comme vous le disiez, tout à l'heure.. Nous sommes arrivés à Lille la nuit dernière et nous partirons bientôt pour le front en Belgique. Je dois reconnaître que j'ai trouvé la ville bien triste et...

— Eh bien ! Nous n'avons plus rien à nous dire.

Hans Schmidt rougit, claqua des talons — « Je suis désolé, Monsieur, désolé » — et sortit sans plus attendre.

Dans le couloir, il aperçut l'épouse de l'industriel et ses filles, que les cris de Surmont-Rousset avaient attirées. Il esquissa un salut militaire, disparut.

Il allait retrouver ses hommes, installés depuis la nuit précédente dans la Vieille Bourse, un des plus beaux bâtiments qu'ait produit, en architecture, le mariage de la Flandre à l'Espagne, quelque temps avant les massacres du Palatinat et la conquête française. Parmi les fantassins allemands qui avaient couché, la nuit, dans la cour intérieure de la Vieille Bourse, se trouvait un agent de liaison d'origine autrichienne qui avait écrit au roi Louis III de Bavière, le jour de la déclaration de guerre, afin de s'engager dans son armée. Bien qu'il se soit présenté comme un ancien artiste peintre passionné d'architecture, Adolf Hitler n'apprécia pas les frontons, ornés de guirlandes fleuries et de fruits charnus, de la Vieille Bourse de Lille, ni la variété des cariatides — jeunes filles souriantes, vieillards à la barbe fleurie — ornant les pilastres. Il leur préféra, quand il parcourut le lendemain la ville, la raideur imposante de la citadelle construite par Vauban.

Trois jours plus tard, le lieutenant Hans Schmidt, l'agent de liaison Adolf Hitler, et tout le régiment auquel ils appartenaient, partirent pour la Belgique où ils allaient participer, du côté d'Ypres, à de furieux combats. Leur régiment y perdit cinq hommes sur six. Hans Schmidt, blessé à la poitrine, fut évacué en Allemagne. Adolf Hitler n'eut pas une égratignure. Toutefois, une manche de son uniforme fut déchirée par un éclat d'obus.

— Il est venu nous narguer.

Laurent Surmont-Rousset enrageait encore. Après le passage du lieutenant Schmidt, il s'était enfermé dans son bureau, refusant de parler à quiconque — comme s'il voulait ruminer, seul, sa stupéfaction et sa colère. Qui explosa de nouveau, le soir, au dîner, à la table familiale.

— Ces gens là sont tous hypocrites. Souvenez-vous : nous l'avions accueilli convenablement. Maintenant il ose se présenter ici, sous cet uniforme.

Mais son épouse, tremblante :

— Vous n'auriez pas dû le recevoir de cette manière. Si vous vous étiez entendu...

— Et alors ? Je ne lui ai dit que la vérité, rien que la vérité.

Céline songeait à la grande Augusta qui répétait aux jeunes bonnes que « toute vérité n'est pas bonne à dire ». Mais ce n'était pas le moment d'intervenir. Surtout pas.

Sa mère multipliait en effet les reproches. On ne pouvait, soulignait-elle, faire confiance à ces Allemands, la preuve : celui-ci que l'on croyait doux comme un mouton et qui était venu parader ; et s'il dénonçait toute la famille, s'il provoquait des représailles ? Ces critiques, cette algarade, étaient de la dernière imprudence.

Alors, la surprise. La fragile voix de Blandine, la deuxième fille, que l'on n'entendait guère d'ordinaire. Elle avançait, timide, que le jeune lieutenant, après tout, n'avait sans doute pas eu le choix, que tous les hommes de son âge étaient mobilisés, et que... Son père ne la laissa pas poursuivre, haussant le ton pour souligner que, mobilisé ou non, cet ancien stagiaire n'était pas contraint de se présenter, qu'il aurait dû comprendre que leurs relations étaient radicalement bouleversées puisque les deux pays étaient en guerre, qu'il était désormais un ennemi, pour l'instant vainqueur, malgré la Marne, et qu'il avait voulu les humilier. Un point, c'est tout. Puis, soupçonneux :

— Mais dis-moi : il n'y a rien eu entre vous deux ?

— Nous deux ?

— Oui, lui et toi ?

La mère s'interposa :

— Voyons, mon ami, elle n'avait que seize ans.

— Et alors ? A seize ans...

Il s'interrompit soudain. Il n'aimait pas les accès de colère, rares, plus fréquents depuis quelques semaines pourtant, qui l'emportaient. Il avait toujours voulu manifester, devant ses enfants comme devant ses employés qu'il traitait volontiers comme des enfants, une parfaite maîtrise de soi. Quand elle lui échappait, il était saisi d'une honte qui le faisait enrager davantage et qu'il n'eût jamais avouée.

Il voyait tous les visages tournés vers lui, stupéfaits. Blandine qui se levait, Aline qui lui courait après et la ramenait à la table, son épouse au visage empourpré, enfin, qui tenta une diversion.

Elle fit part de ses inquiétudes ménagères : après tout, la vie quotidienne de la famille lui importait. Elle avait bien, dès la déclaration de guerre, contribué, comme la plupart des femmes, à dévaliser les épiceries et les charcuteries de sa ville : Dieu merci, on trouverait dans la cave et les débarras de quoi tenir quelques mois. En matière de jambons, de légumes secs et de pâtes aux œufs frais, on était paré. Mais depuis l'arrivée des Allemands, les boutiques s'étaient vidées. Le pain, déjà, était rationné. Le plus inquiétant, dans l'immédiat, était la faiblesse de leurs réserves de charbon : le négociant qui les approvisionnait en septembre, chaque année, pour l'hiver, ne lui avait livré que quelques sacs, une misère pour une si grande maison. Elle s'était débattue toute seule pendant des semaines — son mari avait assez de soucis avec le négoce et les usines. Elle ne faisait que son devoir, son devoir personnel : elle souligna ce mot, le répéta comme une revanche ; elle avait donc multiplié les démarches, les tentatives pour trouver ailleurs du combustible. Sans grands résultats. Alors, voilà où elle voulait en venir : des tonnes de charbon, il en existait dans chaque usine, destinées aux machines à vapeur. Ne pouvait-il en distraire un peu pour la maison ?

Il l'avait laissée parler, pas mécontent au fond qu'elle l'aide à en finir avec cette dispute sans perdre la face. Mais cette demande l'irrita. Pas question. Il n'était pas question de distraire des usines un seul kilo de charbon. D'ailleurs, celui qui nourrissait les machines n'avait pas la même qualité. Déjà il faudrait lutter — il l'avait dit aux surveillants et aux contremaîtres — pour que les employés et les ouvrières n'en grappillent pas. Alors, si l'on apprenait — et on l'apprendrait forcément, tout finissait par se savoir, même d'une usine à l'autre — qu'il en avait détourné pour son usage personnel, chacun se sentirait encouragé à en faire autant. Les patrons devaient montrer l'exemple. Toujours et partout.

Il prit à témoin Aline puisqu'elle l'accompagnait, le remplaçait parfois, dans ses passages aux usines ; les difficultés, n'est-ce pas, étaient assez nombreuses pour que l'on n'en rajoute pas. L'arrivée des Allemands avait empêché Clément Boidin de revenir de Dunkerque ; la marchandise qu'il avait livrée n'avait pas été réglée par l'armée puisque l'on se trouvait désormais coupé de tout. Les finances n'étaient donc pas brillantes puisqu'il fallait payer le personnel aussi longtemps que l'on travaillerait.

Mais travaillerait-on longtemps ? Les réserves de laine finiraient par s'épuiser, et le blocus anglais empêchait tout approvisionnement. Sans compter avec les occupants, ces voleurs. Bref, pour le charbon, pas question. Priorité aux usines. Il faudrait se borner à chauffer une ou deux pièces. Et que chacun se couvre mieux.

Une déclaration que Céline ponctua d'un fataliste « A la guerre comme à la guerre », appris, à l'office, de la grande Augusta. Ce qui lui fit écoper d'une gifle.

Ferrandon. Quand il s'était trouvé isolé à Dunkerque, dans l'impossibilité de rentrer à Lille, Clément Boidin s'était d'abord inquiété, presque affolé. Avant d'envoyer télégramme sur télégramme à Ferrandon. Pour se tirer d'affaire.

Il fallait faire prendre en charge sa marchandise par l'intendance. Ferrandon aidant, ce fut vite réglé.

Plus difficile : les hommes et les femmes qui avaient conduit à travers la Flandre les chariots de son pittoresque convoi, coupés aussi de leurs fermes, de leurs familles et de leurs maisons, attendaient qu'il les prenne en charge. Il se débattit plusieurs jours dans la ville encombrée de réfugiés, d'un flot d'hommes mobilisables qui avaient reçu l'ordre — lancé à l'extrême minute et répercuté par des bénévoles à bicyclette dans toute la région de Lille — de fuir l'avance allemande. Et puis, les soldats, les matelots étaient partout, les fusiliers marins traversaient la ville pour aller, avec les Anglais et les Belges, du côté d'Ypres, tenter de contenir Bavarois et

Prussiens. Ceux-là avaient priorité. Tandis que la bizarre petite troupe de Clément Boidin provoquait plus de sourires et d'étonnement que d'apitoiement. Ferrandon n'y pouvait rien, semblait-il. Ou ne voulait pas, de Paris, s'en mêler.

Boidin s'était démené, bousculant les bureaux débordés de la sous-préfecture, sonnant aux portes des presbytères, arpentant la campagne voisine où de vieux Flamands qui parlaient à peine le français et dont les fils étaient partis à la guerre se montraient mi-méfiants mi-ravis de se voir proposer une main-d'œuvre de complément. Il casa ainsi une partie de sa troupe dans les fermes, trouva des secours pour tout le monde. Et se jugea quitte. Il pouvait aller à Paris, rencontrer Ferrandon. Car il fallait se faire payer.

Rien n'assurait en effet, pensait Clément Boidin, que les Allemands resteraient longtemps à Lille. Il s'imaginait revenant à l'usine — vers Noël au pire — derrière les armées alliées. Encore mieux accueilli s'il avait réussi à récupérer l'argent.

Ferrandon le fit poireauter — c'était une habitude. Finit par lui donner rendez-vous à la Rotonde : Montparnasse était décidément une autre habitude. Ils faillirent se rater. Clément Boidin ignorait qu'il existait, dans ce café, derrière une porte à claire-voie qui ressemblait furieusement à celles que l'on verrait plus tard dans les saloons des films de cow-boys, une salle annexe réservée aux vieux clients. Presque cachées par la fumée qui charriait des odeurs d'absinthe et de pipe froide, quelques tablées se nourrissaient de sandwichs, buvaient surtout. Dans un coin, Ferrandon, debout, près de partir semblait-il, saluait une jeune femme au teint de plomb. Ce côté dandy, cette moustache dont la main gauche taquinait les pointes : le fonctionnaire correspondait tout à fait à la description qu'en avait donnée Aline.

Il daigna reprendre place à sa table, se dégela même un peu pour indiquer à Clément Boidin que le petit groupe d'hommes, là-bas, qui parlaient fort, était composé de

Russes — « un peu révolutionnaires », dit-il —, que la jeune femme se prénommait Eva, était la compagne de Pablo Picasso, « le seul cubiste que la guerre ne nous ait pas enlevé, parce qu'il est Espagnol, antimilitariste aussi. Vous connaissez ? ».

Boidin connaissait. La peinture était son jardin secret. Il avait été conquis par les chroniques sur l'art publiées par Guillaume Apollinaire dans *L'Intransigeant* auquel il s'était abonné dans le souci d'acquérir un savoir et un brillant qui le feraient mieux accepter du monde bourgeois. Il demanda si Picasso figurait parmi les hommes attablés avec la jeune Eva. Et peut-être Léger ou Villon ? Non, Picasso n'était pas là. Ni Léger, mobilisé dans un régiment du génie, ni Jacques Villon, à la guerre lui aussi.

Ferrandon, surpris, se dégela tout à fait, l'emmena dîner chez Baty. Ce furent enfin, pour Boidin, des heures heureuses. Devant lui s'ouvraient les portes d'un univers dont il avait désespéré de pouvoir approcher un jour. Et l'autre, réjoui de trouver un auditeur qui lui permettait d'échapper aux problèmes d'approvisionnement des armées, empilait les anecdotes, décrivait les hommes, leurs femmes et leurs fêtes, les peintres allemands si bruyants quand ils jouaient au billard mais que l'on avait vus partir avec tristesse à la veille de la guerre, les copains espagnols de Picasso, Modigliani aussi, auquel il vouait un véritable culte. Mais qu'on n'apercevait guère ces jours-ci.

Apollinaire enfin, puisque le poète intéressait Boidin, Apollinaire dont l'armée, d'abord, n'avait pas voulu : mère polonaise, père inconnu, naissance à Rome, de quoi se méfier. D'ailleurs, la Légion débordait de volontaires. Bref, on l'avait fait attendre. Du coup, il était parti pour Nice. « Et savez-vous ce qui lui est arrivé sur la Côte ? L'amour. L'amour fou pour une Louise de Coligny-Châtillon, noblesse en carton pâte, infirmière bénévole comme elles le sont toutes aujourd'hui, et fumeuse d'opium, ce qui est quand même plus rare. Une déchaînée. Ensorceleuse avec ça. Qui est à tout le monde, paraît-il. Sauf à lui, Apollinaire : elle lui ouvre son cœur, mais pas son lit. Alors, il me bombarde de télégrammes pour que je facilite son engagement, parce qu'il n'en peut plus. Mais si vous croyez que les poètes intéressent les généraux. Les paysans, oui. Ça obéit, les paysans. Ça se fait tuer sans rechigner. C'est une guerre de paysans, pas de poètes. Buvons à la poésie. »

Il terminait, joyeux, le repas, quand Clément Boidin en arriva, quand même, à la raison de leur rencontre. Et fut douché.

Rentrer à Lille rapidement, expliqua Ferrandon, il n'y fallait pas compter. Les armées étaient en train de s'enterrer. Depuis la Marne, on avait, de chaque côté, couru vers la mer, creusant à chaque étape des tranchées. Les Français et les Anglais étaient exténués. L'ennemi aussi, à ce que l'on savait. Il importait de se reprendre, de réorganiser et compléter les régiments décimés, avant de songer à une quelconque offensive.

Boidin pensa que Laurent Surmont-Rousset avait décidément vu clair en prédisant une guerre longue. Mais qu'il s'était trompé en se laissant enfermer dans Lille. L'avenir n'était plus que mystère, à commencer par son propre sort. Il accumulait les hypothèses, songeur.

Ferrandon l'arracha à ses réflexions :

— Qu'allez-vous faire, à Paris ? Vous y avez de la famille, des relations ? Dans l'industrie, peut-être ?

— Quelques noms de clients, les représentants des banques du Nord aussi.

— Voulez-vous venir à mon bureau, après-demain ? J'aurais peut-être quelque chose à vous proposer. Puisque vous connaissez bien le textile...

— Et la peinture, lâcha Boidin, spontané, pour le regretter aussitôt.

— Et la peinture, conclut Ferrandon.

Boidin, rasséréné, ne remarqua même pas que son sourire lui tordait la joue.

Ferrandon, quand ils se retrouvèrent, proposa à Boidin un emploi — « en attendant ». Les besoins de l'armée étaient énormes. En armes, bien entendu. Mais aussi en draps, toiles, sacs et ainsi de suite. Car il fallait vêtir les hommes que l'on appelait, par centaines de milliers, pour remplacer les disparus des premières tueries. Et puis, l'on pensait sérieusement à changer les uniformes — l'histoire des salopettes ne pouvait être qu'une transition. Donc, on passait commande un peu partout, on ranimait même des usines à demi endormies que la concurrence effrénée du Nord mettait encore, six mois plus tôt, au bord de la faillite. Il fallait coordonner, surveiller tout cela. Lui, Boidin, avec son expérience, ferait parfaitement l'affaire. Une mission temporaire, bien sûr. Pas trop mal payée quand même.

Clément Boidin topa là. Mais se souvint que l'armée avait de grosses dettes envers Laurent Surmont-Rousset. Avant son départ de Lille, celui-ci lui avait donné procuration et ses deux banques, le Crédit du Nord et Scalbert-Dupont, disposaient d'agences à Paris. Ferrandon promit de pousser les feux. Il était pressé soudain, il avait promis de passer la soirée chez Gertrude Stein.

— Vous connaissez ?

C'était décidément sa question favorite. Mais qui tombait juste, cette fois. Boidin ne connaissait pas.

— Une amie de Picasso. Enfin, elle le croit. Parce que avec lui... Une Américaine, qui a fait sa médecine. Pas mal, non ? Un peu ridicule quand même, toujours fagotée à la diable. Grosse avec ça. Mais quand on est riches comme elle et son frère Léo, ça ne se remarque pas. Picasso l'avait rencontrée par hasard, il y a des années, chez un vieux clown passionné de peinture. Il a voulu faire son portrait. Elle a posé pour lui des dizaines de fois, dans son atelier de Montmartre. Elle traversait tout Paris pour s'installer dans son vieux fauteuil. Et savez-vous ce qui est arrivé ?

— Ils se sont disputés ?

— Non. Ils en étaient presque à la centième séance de

pose — oh, elle ne s'ennuyait pas, ils se racontaient tous les potins de Montmartre, et de Montparnasse qui commençait à exister pour les peintres — quand Picasso a abandonné. Il ne parvenait pas à donner une tête à ce portrait. Non la tête qu'il voyait, bien sûr, mais celle qu'il avait dans la sienne. Il a pris son pinceau, et hop, hop, à grands traits, il a tout barbouillé. Le travail de 90 ou 100 poses, je ne sais pas. Elle ne lui en a pas voulu. Elle a continué de le recevoir avec des tas de gens — votre Apollinaire aussi — dans son appartement de la rue de Fleurus, près du Luxembourg.

Ils étaient descendus sur le boulevard Saint-Germain, à peine éclairé, où rôdaient des filles aux visages blanchis, violemment barrés du rouge des lèvres et du noir des paupières. Elles coudoyaient les hommes, les militaires surtout, qui sortaient de tous ces immeubles annexés par l'armée, faisaient valser leurs jupons pour laisser entendre un froufrou prometteur, ou leur adressaient des propositions plus directes.

Ferrandon les écartait, un brin rieur, bienveillant et presque complice, expliqua même à une jolie fille mince, la mine encore ingénue, pour autant que l'on puisse en juger dans la pénombre, qu'ils étaient attendus, n'avaient déjà pris que trop de retard.

— Beaucoup de ces filles, dit-il, ont été en quelque sorte libérées par la guerre, parce que leurs hommes, leurs souteneurs, sont partis à l'armée. Enfin, les plus jeunes. Il y a aussi des nouvelles. Des femmes qui n'étaient jamais descendues sur le trottoir, qui n'auraient jamais osé le prévoir, mais que leurs maris, mobilisés, ont laissées sans un sou, ou presque.

A la hauteur du boulevard Raspail, ils furent arrêtés par le passage d'un convoi disparate de voitures automobiles, aux feux à peine allumés. Ferrandon se penchait pour tenter de lire les noms des commerçants ou les marques peintes sur les camionnettes. « C'est peut-être Misia Edwards », dit-il. Et il raconta comment cette reine du Tout-Paris, née à Saint-Pétersbourg « ou quelque part par là », mariée, divorcée, remariée et la suite, avait, quelques semaines plus tôt, réussi à transformer en ambulances les voitures de livraison des grands couturiers afin de ramener des blessés après la bataille de la Marne. Un convoi invraisemblable qu'elle conduisait dans sa Mercedes avec Cocteau qui portait un élégant et original costume d'infirmier dessiné par Poiret pour la circonstance. Bien entendu, ils avaient été dix fois arrêtés sur la route par des sentinelles qui les prenaient pour des espions.

Clément Boidin marqua son intérêt d'un unique « vraiment ? » poli. Il écoutait à peine. La guerre, il en avait connu un autre visage. Depuis qu'ils avaient croisé sur le boulevard toutes ces femmes aux forts parfums, il songeait à Aline, revoyait ce geste qu'elle avait eu, à la sortie de Lille, sur la route de Dunkerque, alors qu'ils se séparaient au milieu de ces vieux paysans et de ces femmes vêtues de noir comme si elles préparaient déjà leur deuil. Il sentait encore le frôlement du voile qu'elle n'avait pas quitté, qui la rendait plus mystérieuse, son parfum aussi, léger, inconnu, quand elle s'était jetée, brusque et douce, dans ses bras. Il en avait alors frémi, embarrassé. Puis, les jours suivants, s'était interrogé, avait conclu — il ne fallait quand même pas rêver — que cette jeune femme déjà veuve, lancée brusquement par son père dans la rude bataille des affaires, au pire moment, dans les pires conditions, s'était en somme comportée comme une camarade — la guerre... —, avait surtout cherché une sorte d'affection fraternelle.

Mais ce soir-là, dans la froideur humide de l'automne parisien, il fut saisi d'un désir soudain, brutal. Et d'un infini regret.

Après quelques jours, Blandine céda. Aline l'avait accompagnée dans sa chambre : il s'agissait d'entasser du papier, afin de boucher totalement le bas d'une cheminée par où, pensaient-elles, pourrait se glisser le froid de l'hiver. Elles bavardaient, confiantes, retrouvées. Revinrent enfin sur l'éclat provoqué par la visite du jeune Allemand.

Oui, avoua Blandine, elle avait éprouvé quelque amitié pour ce Hans Schmidt lorsqu'il était venu chez eux, lors de son stage, bien avant la guerre.

— Rien de plus, tu sais, ne va pas croire. J'étais une gamine, seize ans tout juste, comme a dit mère. La première fois que père l'a amené à la maison, je portais même la tenue du couvent, la robe grise avec la ceinture bleue, comme toutes les grandes, et je lui ai fait la révérence, la plus solennelle, comme si j'étais devant la mère supérieure. Du coup, je ne sais pas pourquoi, je me suis pris les pieds dans le tapis de l'entrée, j'ai glissé. Ils m'ont rattrapée à deux, père et lui. C'est tout.

— C'est tout ?

— Oh, ensuite, deux ou trois fois, je ne sais plus, il m'a parlé de son pays, la Bavière, avec ses châteaux de contes de fées, tout blancs, construit par un roi un peu fou qui se prenait pour Louis XIV — il n'arrivait pas à bien prononcer Louis Quatorze exactement, il disait Couatorze, je ne sais pas pourquoi.

Elle eut un petit rire et reprit :

— Il ne faut pas croire. Nous n'étions jamais seuls. C'était au salon, tu te souviens, il y avait pas mal de gens, les hommes d'un côté, debout, les femmes de l'autre. Sauf lui. Enfin, c'était plutôt moi : je m'étais approchée. Mère me regardait. Une fois, elle m'en a fait reproche. Pas trop quand même.

— Elle ne voulait pas que tu te distingues, que tu te mettes en avant. Le coin des hommes, ce n'était pas la place d'une jeune fille. D'abord, leurs odeurs de cigare...

— Mais ce n'était pas le coin des hommes. On se mettait un peu à l'écart. Un petit peu seulement. C'était mal ? Moi je ne vois pas où est le mal là-dedans. On nous emprisonne, on nous traite comme des bébés. A la maison d'abord. Ensuite, chez les sœurs. Moi, quand j'avais seulement la ceinture verte des petites, j'étouffais déjà. Et quand le gouvernement a expulsé les sœurs et les moines, j'ai applaudi dans ma tête. Seulement, elles sont vite revenues en civil. Encore plus noires, puisqu'elles ne portaient plus leurs cornettes. Tu te souviens, on les appelait les corneilles.

Aline se souvenait. Sa mère qui, comme les sœurs, n'avait à la bouche que le mot « modestie ». Si bien qu'un jour, elle s'était étonnée : le bon Dieu avait-il créé la femme pour qu'elle soit toujours modeste, effacée ? Si c'était le cas, pourquoi les femmes devaient-elles porter tant de dessous, de froufrous, de dentelles et, par là-dessus, des tissus chatoyants, des tournures, des traînes et des poufs pour souligner leurs formes ? A quoi Célestine Surmont-Rousset, interdite, n'avait trouvé pour justification, après de longues secondes, que le bien de l'industrie, la nécessité du développement de la production de tissus en tous genres. Aline avait pouffé, provoquant la colère maternelle et, comme toujours, le soupçon sur les lectures. Qui se traduisait par une visite mensuelle des chambres des filles, commençant par le dessous des matelas.

— Alors, cet Allemand, là, tu avais plaisir à le voir ?

Blandine soupira, sourit aussitôt, en quête de complicité.

— Oui. C'est interdit ?

— Aujourd'hui, ça le serait. La guerre. Surtout, après ce qu'ils ont fait, en Belgique, et ici... Tu sais ce qui est arrivé à Douchy, où ils ont fusillé je ne sais combien d'otages, il y avait même un enfant.

— Et alors ? Ils ne sont pas tous semblables, non ? Les Français aussi.

— Non. Mais dis-moi, cet Hans Schmidt, tu ne... tu ne l'aimes pas quand même ? S'il n'était pas revenu par hasard...

Blandine ne répondit pas, hésitant, alla jusqu'à la fenêtre, souleva le rideau, machinale. Une petite pluie, fine, faisait luire le pavé.

— On s'est écrit, murmura-t-elle. Oh, pas souvent...

Aline, abasourdie, étouffait de questions.

— Écrit ? Comment ? En cachette ? Mère n'a jamais rien su ? Des lettres de...

Elle n'osait pas poursuivre. Sa sœur se retourna, avec un demi-sourire, mouillé de larmes, un peu moqueur.

— Tu veux dire : d'amour ? Non. Tout à l'heure, j'ai dit : amitié.

— N'empêche que tu les cachais, tes lettres. Donc, s'il est venu par ici, Hans Schmidt, ce n'est pas par hasard ?

— Ce n'est pas lui qui a décidé de faire passer son régiment par Lille quand même.

— Ne fais pas la sotte. Il n'empêche qu'il s'est présenté à la maison. Personne ne l'obligeait. Personne ne l'aurait su. Tu te rends compte : un Allemand !

Une colère l'avait saisie, soudain. Elle eut un pas vers Blandine, toujours dans l'embrasure, les yeux fixés vers le vide, la rue, qui pleurait sans doute, qui pleurait sûrement.

Elle s'arrêta. Elle revoyait Oscar Vanhoutte le soir de leur mariage, la veille de son départ aussi, leurs nuits parmi les oreillers gréés de dentelles, les draps artistement brodés, cette violence, cette douceur parfois. Et aussi le visage de Clément Boidin quand elle s'était jetée dans ses bras.

Elle sortit.

# IV

Espadon. De l'italien *spadone*, disait le dictionnaire, *spadone* qui signifie « grande épée ». Depuis qu'à la fin d'octobre un sous-marin allemand a torpillé un vapeur français, L'*Amiral Ganteaume*, qui transportait deux mille cinq cents réfugiés belges, entassés des cales aux ponts, Lucien Rousset les a baptisés espadons, ces pirates motorisés des grands fonds. Et chaque fois qu'il sort de Dunkerque à bord de *L'Étendard*, le petit torpilleur d'escadre où on l'a affecté, il pense à Céline, son auditrice fidèle, l'amoureuse des espadons. Ceux-ci, au moins, offrent, à qui sait les pêcher, une chair savoureuse. Les sous-marins...

Ce matin encore, il a tremblé en voyant sortir des jetées, direction Le Havre, le navire-hôpital *Tchad*, chargé de centaines de blessés. Il faut dire que l'on ne sait plus où les mettre. Bien sûr, on a fini par arrêter les Allemands sur l'Yser, une petite rivière de rien du tout. Presque un fossé. Il a fallu que le général Foch, assurent les officiers français, impose au roi des Belges l'inondation de cette terre de polders. Une écluse ouverte, une brèche dans un remblai et voilà les Allemands enlisés, obligés de faire retraite, laissant morts et blessés dans la boue salée. Des blessés, Anglais, Belges et Français en comptent aussi. Par milliers. Sans compter les typhoïdiques — encore des milliers —, mis en quarantaine dans des baraques de bois vite assemblées. Alors, on évacue tout ce qu'on peut. En voiture, en train, ou dans ces grands navires offerts comme des proies aux espadons allemands.

Le torpilleur de Lucien Rousset est en patrouille de routine, en compagnie de trois autres petits navires de même classe, à la recherche de sous-marins ou de vedettes ennemies. Aussitôt dépassé le banc de sable qui le protégeait, il met le nez dans la plume, comme disent les marins. C'est-à-dire qu'il tangue et qu'il roule comme un ivrogne. Les embruns claquent sur les tôles. Une petite pluie, comme des larmes de glace, songe Lucien Rousset, interdit de distinguer le chapelet de dunes qui longe la côte française, les clochers de Zuydcoote, de Bray-Dunes ou les tours de Furnes, encore aux mains des Belges et des Français. Mais voici que la côte s'empourpre de feux, se zèbre d'éclairs. Une maison, plusieurs peut-être, font rougeoyer le ciel en brûlant. C'est le front.

Lucien Rousset voudrait savoir, n'a jamais réussi encore à savoir, comment les tranchées se terminent, là. Est-ce qu'elles débouchent, à travers ces monticules de sable instable, directement sur la mer ? Il a parfois imaginé, au cours de ces nuits de patrouille sous un ciel d'encre, que quelques hommes de chaque côté en sortent pour courir à travers les ajoncs, se jeter à l'eau, fraterniser peut-être en barbotant. Puis il a ri de lui-même : par ce froid ! Sans compter les projecteurs des batteries allemandes, toutes proches, qui écrêtent les vagues de leurs feux, y font briller des ruisseaux de perles, fouillent le ras de l'eau à la recherche des navires, sur la mer semée d'épaves.

Céline. Que fait Céline ce soir ? Feuillette-t-elle des encyclopédies pour en savoir plus sur la pêche en Islande, la morue, l'espadon ? Tandis qu'il se bat avec les autres servants du canon de 64 millimètres pour le tourner vers la côte, malgré le vent, malgré les lames qui déferlent, balaient le pont, se cassent sur bâbord et tribord, Lucien Rousset aperçoit soudain, dans un éclair de lumière, les ailes d'un moulin qui forment une grande croix. Il songe que c'est Noël, ce soir, cette nuit.

L'homme torture sa casquette entre ses grosses mains chargées de touffes de poils roux.

— Voilà, dit-il. Maintenant, c'est à vous de décider.

Facile à dire. Car ce « voilà » recouvre bien des questions. L'homme, Laurent Surmont-Rousset le connaît à peine, bien qu'il soit un vieil ouvrier de son tissage. Or, ce qu'il est venu demander le fait douter : des autres, de lui-même surtout.

Voilà, comme dit l'homme : depuis l'arrivée des Allemands, il a caché dans une cave trois soldats français. Pas des gamins puisqu'ils appartiennent au 41e régiment d'artillerie de réserve. Des pépères, presque. Mais qui n'ont pas voulu être pris par les Allemands. « Ils pensaient qu'ils ne resteraient pas, ces Prussiens, qu'ils ne faisaient que passer, hein ? comme du côté d'Amiens dans l'été. Justement, ils en sont, du côté d'Amiens, ces trois-là. Alors, ils se disaient, ces trois, trois bons camarades, Monsieur Surmont-Rousset, ils se disaient qu'ils pourraient retourner chez eux, ou dans l'armée bien sûr, que c'était un mauvais moment à supporter. Ils sont rentrés dans m'maison juste quand les Prussiens arrivaient. J'allais pas les jeter à la porte, hein ? J'les ai mis à la cave. Faut dire qu'elle est grande, la cave : mon grand-père, le tisserand, travaillait là-dedans tous les jours quand on tissait encore à bras, avant la mécanique et la vapeur, et qu'il allait livrer ses pièces au grand-père de votre dame, Monsieur Surmont-Rousset. J'vous parle de ça, c'est vieux, mais p't'-être que vous l'avez entendu dire. C'était pas une vie pour l'ouvrier... »

Bref, il avait gardé les trois soldats. Mais les semaines

passaient. « Maintenant, on n'en peut plus. C'est pas qu'on veut pas les garder. Mais c'est qu'on peut plus les nourrir. Vous imaginez : trois hommes, hein ? Faut pas leur en promettre, même s'ils sont plus des bouffe-tout comme les jeunes. En plus, hier, il y a une espèce de sous-officier prussien qui est arrivé avec un billet de logement pour deux soldats, à partir de demain, vu qu'on est pas loin du bureau des téléphones et qu'on a une chambre qui sert pas, c'est vrai, vu que nos deux fils sont partis pour la guerre, hein ? Savoir où ils sont aujourd'hui ? Pourvu que... »

Il a laissé tomber sa casquette sur le tapis du salon, l'a ramassée, les yeux embués, comme emporté sur de lointains champs de bataille. « Alors on s'est dit, la femme et moi, qu'on pouvait pas continuer comme ça. Vous comprenez, hein ? Les deux Prussiens en haut et les trois autres au-dessous. Ils pourront plus bouger. Quelquefois, quand on avait fermé les volets, ils sortaient de la cave pour manger la soupe avec nous. On peut pourtant pas les abandonner. Alors, on a pensé à vous. En souvenir du grand-père de votre épouse, de votre dame, qui était un homme juste. Dur avec l'ouvrier, c'est vrai. Mais juste. Vous avez une grande maison. Et pour la nourriture, vous avez peut-être un peu de moyens. Il y en a qui vont chercher en Belgique, où c'est plus facile, plus cher aussi. Nous... »

Ce qui a fait tressaillir Laurent Surmont-Rousset, qui s'efforçait jusque-là à l'impassibilité. Il n'a jamais supporté la moindre allusion à sa fortune. Il a toujours considéré qu'il se montrait correct avec ses ouvriers, payés en moyenne 24 francs la semaine. Sur les marchés, un mètre de toile de cretonne bleue est vendu 2 francs, cela fait pour l'ouvrier, dit-il souvent, douze mètres par semaine. Et huit semaines de salaire permettraient d'acheter une belle bicyclette. Voilà ce qu'il répétait, avant la guerre, aux socialistes qui avaient réussi à se glisser dans ses usines, des amis des Belges, puisque le socialisme est venu de Belgique, avec ce Karl Marx et Jules Guesde, qui a réussi à se faire élire député à Roubaix puis à Lille et qu'on appelait « le député des Belges ».

Cet ouvrier, là, dont il a déjà oublié le nom, lui rappelle ces socialistes qui lui reprochaient de réussir — et s'il échouait, où iraient-ils chercher du travail ? Il supporte mal ces « hein ? » qui reviennent régulièrement dans les propos du vieil homme. Comme dans ceux de Gantois, un meneur des grèves du 1er mai, qui osait lui parler dans le nez, lui envoyant à chaque « hein ? » un grand souffle d'oignon cru, ou d'échalote, une puanteur en tout cas. Jusqu'au jour où il a réussi à s'en débarrasser, et prévenir ses confrères, le faire inscrire sur la « liste rouge », comme ils disent dans leurs syndicats. Gantois a fini par quitter la région pour chercher du travail ailleurs, y mettre la pagaille peut-être. Or, cet autre, là, qui pense enfin à ramasser sa casquette, lui rappelle un peu trop Gantois chaque fois qu'il lâche ses « hein ? »

— Tu t'appelles comment, déjà ?

— Niermans Gaston, Monsieur Surmont-Rousset.

Il répète :

— Voilà. Maintenant, c'est à vous de décider.

Laurent Surmont-Rousset, il ne sait pourquoi, flaire l'imposture, le piège. Et si l'autre travaillait pour les Prussiens ? On connaît ses sentiments, sur la place. Il ne les a pas cachés à ce lieutenant, son ancien stagiaire. Et si ce Schmidt avait parlé ? Il a peut-être été imprudent ce jour-là, en lui jetant tous ces reproches à la tête. Sa femme, depuis, le lui a assez reproché.

Il revient à l'homme :

— Comment ferais-tu ? Tu ne peux quand même pas les sortir de ta cave, ces soldats, et les traîner dans la rue, comme cela, jusqu'ici.

— La nuit tombe assez vite en décembre, Monsieur, même avec l'heure allemande.

— Mais si vous rencontrez une patrouille, ils pourront présenter des cartes d'identité, tes bonshommes ? Tu ne sais pas que c'est obligatoire ?

— Si.

Comme pour montrer sa bonne foi, l'homme sort la sienne, un carton ocre, plié en deux.

— Mais tes artilleurs ?

L'homme hausse les épaules.

— Avec un chariot, peut-être, dit-il, en les cachant, on pourrait...

Avec un chariot, c'est vrai, on pourrait. Mais Laurent Surmont-Rousset pense que quatre filles couchent sous son toit. Sans compter les bonnes, ces bavardes. Toujours à fureter. Surtout la gamine flamande qu'Aline a ramenée avec elle. Comme si elle avait une vocation d'exploratrice. Trop curieuse. Ses parents, en plus, sont de l'autre côté du front. On ne peut même pas la renvoyer.

— Écoute, Niermans. Je vais réfléchir. Tu reviendras dans deux jours.

— C'est à dire, Monsieur, les autres, les Allemands, ces deux soldats, ils arrivent demain, alors...

— Ils ne seront quand même pas tout le temps chez toi, alors tu pourras te débrouiller. D'ailleurs, tu as vu l'heure ? Ce sera bientôt le couvre-feu. Dans vingt minutes.

— Mais je pourrais les amener en vitesse, Monsieur. Les Prussiens feront pas trop attention. Ils ont déjà commencé à faire la fête. Ce soir, c'est Noël.

C'est vrai, c'est Noël. Pour eux, au moins, les Prussiens.

— Reviens demain. Je verrai.

Aline tente de se représenter son mari mort. Ce n'est pas une obsession, mais une sorte de curiosité mêlée d'angoisse et peut-être de souffrance, qui renaît parfois le soir quand elle se retrouve seule dans son lit de jeune fille. Elle revoit son visage, si proche, quand il la pénétrait durant ces trois nuits, ses trois nuits de femme. Avant qu'il ne la quitte. Pour toujours. Sur ce visage, elle plaque des taches de sang, ou bien un vilain trou qui défigure. Ou encore, elle se le représente apaisé, presque souriant, pâle bien sûr, livide. Il aurait été touché aux jambes, au ventre. Rien au visage. Rien. Rien non plus là, au bas du ventre. Mais où, alors ? Ne rien savoir sauf cela, qu'elle ne le reverra plus, est peut-être le plus terrible. Même si elle ne l'aimait pas encore. Mais l'aurait-elle aimé ? « Avec le temps », comme ils disaient tous.

Pour chasser la vision de ce visage penché sur le sien, il lui est arrivé — mais l'a-t-elle vraiment voulu, ou était-ce un accident ? — de lui en substituer un autre, celui de ce Boidin dans les bras duquel elle s'était jetée, sur la route de Dunkerque, quand il est parti à la tête du convoi, leur convoi, dont elle n'a plus aucune nouvelle.

Ce souvenir la trouble. Elle s'efforce de chasser cette image, se dit qu'elle n'a rien de commun avec ce Boidin, un honnête employé certes, que son père a bien fait d'élever au rang de directeur puisqu'il s'y est montré efficace. « Mais nous ne sommes pas du même monde. » D'abord, elle est veuve. Elle ne peut se permettre de telles pensées. Dieu les voit, paraît-il. Il est mystérieusement présent dans toutes les cervelles.

Un prédicateur, qui l'avait préparée à la communion solennelle lorsqu'elle était pensionnaire chez les Dames de la Sainte-Union, expliquait même qu'il tenait une comptabilité précise des mauvaises pensées et des plaisirs coupables. Elle se souvient parfaitement d'une histoire qui l'avait terrorisée, celle d'un personnage appelé X. — « Je ne veux pas être indiscret », expliquait bizarrement le prédicateur — qui avait commis un péché mortel. Le prédicateur n'avait pas précisé lequel, mais toutes les pensionnaires comprenaient qu'il s'agissait d'un péché contre le sixième ou le neuvième commandement, un péché qui avait rapport au corps. Donc, ce personnage nommé X. avait tellement honte de son péché qu'il n'avait pas osé l'avouer en confession, ce qui constituait un sacrilège puisqu'il avait ensuite communié en cet état, un état de péché mortel. Il avait ainsi porté longtemps ce péché, ce mensonge. Jusqu'au jour où un accident de cheval lui avait fait perdre complètement la mémoire. Il s'était ensuite confessé, et il avait communié, sans problèmes. Mais voilà qu'à sa mort il se présente devant Dieu.

A ce moment de son récit, le prédicateur élevait la voix, peut-être pour parler aussi fort que Dieu. Qui, selon lui, accueillait l'infortuné X. par ces propos : « Ah, mon ami, tu as oublié ce que tu as fait. Mais moi, j'ai tout gardé en mémoire. Au feu, âme souillée, au feu pour l'éternité. Cela tu l'as mérité, et tu le subiras. Tu as oublié ? Moi pas ! »

Plusieurs pensionnaires, à ces mots, avaient éclaté en sanglots. Aline se souvient d'avoir frissonné, tremblé. Ce soir encore elle revoit le prédicateur qui annonçait, sévère, le terrible jugement d'un Dieu qui sait tout, qui connaît tout, mais qui ignore le pardon. Elle décide alors qu'il n'en savait rien, ce vieux prêtre. De quel droit pouvait-il se mettre à la place de Dieu, lui prêter un tel discours ? Elle enrage, étreint son oreiller, le mord. Puis se souvient que ce soir, c'est Noël. Pas de messe de minuit, encore moins de réveillon. Elle ne pleurera pas, elle se l'est juré, elle ne pleurera pas. Mais les deux visages ne la quittent pas.

Clément Boidin est à peu près décidé. Elle n'est pas très séduisante, cette jeune femme à l'immense chapeau affublé de voilettes et de plumes dont les yeux noirs brillent comme des boutons de bottines. Mais on lui devine une poitrine appétissante. Elle est quasiment venue s'offrir, s'asseyant à sa table à la fin du dîner qu'il avait pris seul, pour lui parler de Ferrandon qu'il n'a pas vu depuis trois jours, qui est parti en mission, rejoindre l'état-major. Elle a presque demandé un café. Il lui a offert le champagne. Ce soir, c'est Noël. Il crève de solitude.

Ses affaires, pourtant, marchent mieux qu'il n'eût pu l'espérer. Grâce à Ferrandon, c'est vrai. Qui lui a indiqué, le premier, que le temps des pantalons rouges, même cachés par des salopettes, et des capotes bleu indigo trop visibles à grande distance, était terminé. Complètement.

L'intendance avait, avant même le début de la guerre, songé, paraît-il, à une sorte de drap tricolore. Pas aussi vibrant que le drapeau, bien sûr. Quand même, en regardant de près ce chiné bleu foncé on pouvait distinguer des fils rouges et des blancs. Rares. Mais présents. Ce qui donnait, à distance, une sorte de bleu violacé, assez sombre. Puis on s'était dit que cette couleur plutôt seyante exigeait un travail de préparation et de mélange des teintes trop complexe. Surtout s'il fallait le confier très vite à de multiples usines afin de transformer sans tarder des cibles vivantes en soldats : on n'obtiendrait jamais une teinte uniforme, c'était le cas de le dire. Finalement, on avait adopté un drap proposé par une maison Raban de Châteauroux, « un chiné bleu de fort jolie nuance », avait dit Ferrandon en envoyant Boidin passer des commandes.

Courant depuis le Lyonnais jusqu'à la Normandie, celui-ci avait remarqué, près d'Elbeuf, une manufacture Quentin qui tournait au ralenti. Un patron trop âgé, un fils parti à l'armée, et une cruelle absence de moyens. Or, Laurent Surmont-Rousset avait fait passer à Boidin, par la Belgique et la Hollande où transitaient à prix d'or quelques correspondances clandestines, une délégation de signature attestée et surattestée par notaires et magistrats locaux. Boidin avait convaincu le père Quentin de laisser entrer ses capitaux dans l'entreprise : la faire dénommer « Quentin et Cie » avait été la plus rude difficulté, les Quentin ayant toujours voulu diriger seuls leur maison. Il avait eu ensuite confirmation de la confidence d'un contremaître : les entrepôts recelaient des stocks de laine, achetés à moindre prix avant la guerre. Depuis, tout avait augmenté. Il pourrait désormais vendre le drap 9 francs le mètre avec un bénéfice de 3 francs. Il fallait quatre mètres cinquante de tissu pour habiller un soldat. Un marché formidable. L'usine, bien réveillée, bien surveillée, pourrait fabriquer trois mille mètres par jour durant un premier temps, quatre à cinq mille ensuite. A condition de trouver, pour la diriger, une sorte de Clément Boidin. Il a rendu compte de tout cela à Laurent Surmont-Rousset, la veille, dans une lettre qui transitera par la Suisse. A mots couverts, parce que l'on ne sait jamais. Il s'est même amusé à appeler « héritage Ferrandon » l'argent tiré de la vente des toiles bleues, et à expliquer qu'il avait acheté, près d'Elbeuf, « la maison du cousin Quentin ».

La fille aux yeux noirs — elle se prénomme Claire — lui raconte, avec un léger accent italien, ou corse, allez savoir, des histoires de peintres et de modèles. Mais il l'écoute à peine : il aligne dans sa tête chiffres et questions.

Il la suivra pourtant dans la brume glacée, il l'a décidé dès qu'elle s'est assise à sa table. Ils trouveront un hôtel, près de la gare Montparnasse, empli d'officiers qui fêtent Noël avec des belles. Elle se révélera passionnée, enflammée, s'enlacera comme une liane autour du corps de Clément Boidin. Finira par s'inquiéter de le sentir ailleurs. S'inquiétera encore plus quand il lâchera, le champagne aidant, qu'il cherche un homme : serait-il ? aurait-il des goûts particuliers ? Ils riront beaucoup quand il expliquera que, non, il cherche seulement, si l'on peut dire, un directeur d'usine textile « pour un ami ». Alors, elle : « J'ai ce qu'il te faut. » Il n'en croira pas un mot.

Comment cette inconnue pourrait-elle, connaîtrait-elle ?

Il y a beau temps qu'il ne croit plus aux miracles. Même à Noël. Il va faire monter du champagne.

Quand il rencontre une pierre, une pierre blanche de l'Artois, il prend la pioche. Mais plus souvent la pelle, qui semble faire corps avec son torse, presque nu, noyé de sueur. Il la lance : un, deux, trois, un coup, et retour. C'est Pierrot qui ramasse la terre, puis remplit des sacs, que d'autres vont entasser, là-haut, au bord de la tranchée.

Le lieutenant l'a choisi, François Bondues, parce qu'il était mineur, avant. Avant que l'on devienne des bêtes. Des lapins quand on courait, quand on fuyait avec les Prussiens au cul, des sangliers quand il a fallu les arrêter. Et maintenant, des taupes. Des lapins, des sangliers, des taupes. Demain, quoi ?

Cela ne lui dit rien de bon à François Bondues, ces tranchées. Quand on s'installe comme cela, on en a pour un moment, pense-t-il. Cela signifie que la guerre va durer. A l'école, l'instituteur racontait qu'aux temps des rois les armées prenaient leurs quartiers d'hiver, s'arrêtaient, en somme, jusqu'au printemps. Ici aussi, on prend les quartiers d'hiver. Mais en continuant à se tirer dessus.

L'avantage, dans ce trou, c'est qu'on n'entend pas les sifflements des obus. François lance la pelle en avant : un, deux, trois, un coup, et retour. Il s'agit de creuser une cagna, un abri. La section qui les a précédés dans cette tranchée ne s'était pas beaucoup préoccupée de l'aménager. Comme s'ils pensaient que ça n'allait pas durer. Ce que l'on croyait au début, quand on marchait dans les champs de blé, quand on se cachait sous les arbres. Au soleil. François regardait courir les nuages. Ça le changeait de la mine où il avait suivi son père, un matin crasseux, à onze ans. Il aurait bien aimé l'école. Les histoires de rois et de poires vendues au marché — « calculez la recette du fruitier » —, ça l'amusait. Mais pas question : cinq gosses derrière lui, cinq bouches à nourrir, disait sa mère. A présent, c'est lui qui a des bouches à nourrir : deux jumelles. Il se dit toujours que, mineur, deux enfants, il n'aurait pas dû être mobilisé. Il l'a dit, s'est fait rabrouer. Avec l'armée, faut pas chercher à comprendre.

Sa blonde Julia et ses deux gamines sont là-bas, en

face. Derrière la tranchée allemande. Ou les tranchées, parce qu'on ne sait pas combien il y en a. On dit qu'ils sont très organisés, les Prussiens. Tout un système d'abris et de lignes en zigzag. Tandis que nous, au début, on se cachait derrière nos sacs, et on creusait un tout petit trou, avec la pelle-bêche. Alors, c'était facile, pour les autres : ils voyaient nos sacs posés bien droit, et ils savaient que derrière chaque sac se trouvait un homme.

François Bondues se mord le bout des doigts pour les réchauffer. Le corps humain est drôlement fichu : le torse en sueur et les doigts gelés. A cause de l'humidité, peut-être. Cette terre est pisseuse, poisseuse. Il l'a dit au lieutenant : il faudrait mettre des étais, des poutres et des planches pour soutenir cette glaise, parce qu'on ne sait jamais. Il y a bien ce petit trait de pierre blanche, un peu plus haut, sur la droite, mais ça ne garantit rien. A la mine, on pose des bois et encore des bois, pour empêcher la pierre noire de vous écraser. Ce qui arrive pourtant. Le lieutenant a promis d'envoyer une corvée, à la nuit, pour chercher du bois. Mais il ne sait pas trop où. De toute façon, François ne creuse pas une galerie. Seulement une sorte de renfoncement. L'avantage c'est qu'il peut presque se tenir debout pour lancer sa pelle : un, deux, trois, un coup, et retour. A la mine, on rampe. Dans la poussière.

S'il continuait à creuser pendant des jours et des jours, et s'il n'y avait pas de Prussiens en face, ou s'il pouvait passer sous les tranchées allemandes, il finirait peut-être par arriver chez lui, là-bas, tout près de Carvin. Il se voit surgir de son trou, au milieu du jardin, ou dans la cuisine. Et Julia, les jumelles aussi, Françoise et Juliette, toutes éblouies, stupéfaites, éperdues d'admiration et de bonheur. Il dirait : c'est Noël. Car il allait l'oublier : ce soir, c'est Noël. Quand il était gamin, il avait une sucrade, une sorte de petit animal — souvent un lapin — en sucre pour la Saint-Nicolas, et une orange à Noël. Avant cette putain de guerre, on commençait quand même à vivre un peu mieux : les gamines ont eu des poupées de tissu à la

Saint-Nicolas, et toujours une orange à Noël. Savoir ce qu'elles auront eu cette année. Sûrement pas d'orange.

François Bondues secoue la tête, car la sueur qui coule du front lui pique les yeux, et il lance sa pelle : un, deux, trois, un coup, et retour. Il a parfois envie de la jeter. Et de courir.

La religieuse lui sourit, le médecin aussi. Ce soir, le lieutenant Hans Schmidt quitte l'hôpital. Sa vilaine blessure au poumon s'est cicatrisée plus vite que prévu.

Il s'était cru promis à la mort, pourtant, avant même cette attaque qu'il jugeait suicidaire, lorsqu'ils rampaient dans les champs de betteraves à la sortie de ce village belge proche de Dixmude dont il a presque oublié le nom — Vladsloo peut-être. L'ordre était de se rassembler en silence sur une chaussée pavée, à quelques dizaines de mètres des lignes françaises. Puis de se lever, au coup de sifflet, et de se lancer vers l'avant, baïonnette au canon.

Ils l'ont fait. Ils ont hurlé : « Gloria ! Victoria ! » comme on le leur avait appris à l'exercice. Mais ce n'était pas l'exercice. Il sentait les autres, si proches. Qui ont tiré à la dernière minute. Qui les ont fauchés. Morts et blessés confondus dans la nuit trouée d'éclairs. Et d'autres vagues d'hommes derrière eux qui repartaient à l'assaut, leur marchaient dessus pour passer. « Gloria ! Victoria ! » Et qui tombaient. Il s'est dégagé, il ne sait plus comment. Il a rampé, il ne sait plus si ce fut seulement quelques mètres, davantage peut-être. Il s'est réveillé dans un train qui filait vers l'Allemagne, un train aux basses fenêtres, toutes petites. Il se souvient que c'était cela qui l'intéressait, cela seul, parce qu'il n'avait jamais vu de tels wagons, se demandait d'où ils sortaient, ne voulait plus savoir ce qui s'était passé avant.

Ce soir, c'est Noël et il va rentrer à la maison. Permission de convalescence. Ses parents sont venus le chercher, lui ont promis une belle fête de famille. La religieuse lui sourit, le médecin aussi. Ils sont fiers de l'avoir rétabli si vite. Lui ne l'avouera pas, mais il aurait préféré rester un peu, se faire dorloter. Elle a de douces mains, cette religieuse. Mais voilà : son père l'attend, devant la lourde porte grillagée, dans la voiture. Alors, il salue. Claque des talons.

Un infirmier arrive, un vieux moustachu rhénan qui vend en douce de l'alcool aux blessés. Il chuchote à l'oreille du médecin, qui se tourne vers Hans Schmidt. Pourrait-il rendre un dernier service avant de quitter l'hôpital, puisqu'il parle le français ? Oui ? Parce qu'il y a dans l'autre aile, celle qui est entourée de barbelés et réservée aux prisonniers, un Français que l'on croyait tout à fait amnésique, qui avait été gravement blessé à la tête lors des premiers combats, en Belgique, au mois d'août, et qui, depuis ce matin, répète qu'il a retrouvé son nom. Oscar. Et l'infirmier moustachu ajoute : Oscar Vanpoutte, ou Vandoutte, quelque chose comme ça.

# V

Blandine pressait le pas. Dans quelques minutes, ce serait le couvre-feu, la possible rencontre d'une patrouille allemande, l'attente anxieuse de ses parents et de ses sœurs.

Elle s'était trop attardée auprès de cette famille, une veuve et quatre enfants aux visages presque bleus, à la peau tendue sur les os, auxquels elle apportait chaque semaine un peu de nourriture collectée par la paroisse. Parfois quelques « bons de ville » émis par la commune pour pallier l'absence de monnaie. Des sous en carton aussi. Mais voilà : la mère, cette fois, était au lit, une quantité de chiffons près d'elle, sur l'oreiller, qu'elle saisissait pour cracher avant de les replier, méticuleuse, en tout petits carrés. La tuberculose ? Elle tentait de faire bonne figure, esquissait des sourires qui se défaisaient trop vite, s'accrochait à Blandine d'une main fiévreuse : « Vous êtes comme un rayon de soleil. » Blandine n'osait bouger, s'interrogeait, questionnait la femme sur son mal, promettait d'appeler un médecin, d'apporter, le lendemain, du bois pour le petit poêle, peut-être une bouteille de vin, bref, ce qu'elle trouverait qui pourrait servir. Avec, bien sûr, un peu de ce pain que l'on appelait « mixte » parce que du maïs, de la fécule et des flocons de pommes de terre s'y mêlaient à diverses farines.

Il avait fallu s'arracher à cette main, au remords, aux enfants qui se disputaient et pleuraient. Courir ensuite dans la nuit puisque le couvre-feu viendrait bientôt.

La rue, déjà, s'était vidée. Presque silencieuse. Quelques silhouettes s'affairaient, disparaissaient sous un porche, dans l'encoignure d'une porte. Une voiture passa, moteur toussotant. Des Allemands.

Elle traversa le quartier de la gare, désert, hanté par les noirs squelettes des immeubles détruits pendant le siège, retrouva un peu d'animation près de l'église Saint-Maurice toute proche. Une rumeur de cantiques s'élevait dans le silence. Émouvante. Des Allemands encore — à cette heure ce ne pouvait être qu'eux —, qui répétaient sans doute en vue d'une messe, puisqu'ils allaient aussi à la messe. Elle crut reconnaître un chant de Noël. S'immobilisa pour écouter, troublée, curieuse, essoufflée aussi de s'être trop hâtée.

Noël approchait. 1915. Le deuxième Noël de guerre. L'année précédente, son père avait soudain disparu, la messe du petit matin à peine terminée, plantant là femme et filles, pour ne réapparaître qu'au dessert — un superbe moka que la grande Julia avait réussi à composer avec de la vraie farine et des produits « comme avant guerre » venus de Belgique où la vie semblait décidément plus facile. Il y avait à peine touché, énervé, brusque, ne sortant de son silence que pour bougonner, lâcher des mots que l'on ne comprenait pas, comme s'il sortait en bredouillant d'un mauvais rêve.

C'est seulement au printemps suivant que Blandine avait appris d'Aline, sous le couvert du secret, qu'il avait, ce jour de Noël là, tenté de sauver trois soldats français cachés dans une cave par un de ses ouvriers. Mais les Allemands, arrivés avant lui, avaient embarqué tout le monde. Il n'avait trouvé là qu'une femme en pleurs, affolée.

Ce qu'il avait fait ensuite, où il avait erré, Aline ne pouvait le dire. Mais Blandine avait cru deviner en lui, depuis, une ardeur nouvelle, une sorte de rage aussi. Et constaté, comme toute la famille et les bonnes, de mystérieuses absences que rien n'expliquait. Même pas les usines. Puisqu'il avait fallu les fermer, les stocks épuisés. Il en avait pleuré.

Elle s'arracha à ses souvenirs et à la douceur du cantique, reprit, pressée à nouveau, son chemin vers la rue de Paris. Et entendit, presque aussitôt, un bruit de bottes, encore lointain. La patrouille ! Elle s'arrêta, pensa à repartir vers l'église où elle pourrait se dissimuler dans une encoignure. Mais si les hommes de la chorale allemande sortaient à ce moment... Regards à droite, à gauche, dans la nuit. Elle se jeta contre une façade. Glissa le long du mur, à la recherche d'une entrée, d'un recoin.

Ils avançaient dans sa direction, à cent mètres encore peut-être, l'un d'eux portant une lanterne, qu'il balançait mollement, levait parfois à la hauteur de son visage.

Blandine ne bougeait plus. Résignée. Tant pis. Ils finiraient bien par la relâcher. Demain. Ou après-demain. Mais l'angoisse folle de ses parents, de ses sœurs. Elle s'aperçut que ses pieds tremblaient. Ses pieds seulement.

Elle s'en étonnait quand on la prit par la taille. Pour la tirer sur le côté.

— Chut !

Un mot à peine murmuré. Une voix d'homme. Un Français. Elle se laissa entraîner. Constata alors qu'elle s'était arrêtée, sans l'avoir vue, à deux pas d'une porte cochère, assez profonde, où ils s'immobilisèrent. L'homme ne la lâchait pas. Elle sentait sur sa nuque son souffle, chaud, d'une chaleur presque rassurante.

La lumière approchait, commençait d'éclairer les maisons de briques de l'autre côté de la rue, une boutique aussi où l'on pouvait même deviner, sur une plaque émaillée qu'elle connaissait bien, le dessin d'une gamine aux nattes retenues par un ruban jaune qui recommandait d'acheter du chocolat Menier et d'éviter les contrefaçons. Elle était surprise de s'attarder à ces détails, comme si le temps s'était arrêté, comme si la vie s'écoulait au ralenti.

Le bruit des bottes, pourtant, se faisait plus insistant, rebondissait d'une façade l'autre. L'homme la serra davantage encore. Elle sentit que ses mains remontaient de la taille vers la poitrine, caressaient ses seins. Elle voulut se dégager. Mais la lumière qui approchait. Et l'homme, maintenant, ne caressait plus, il enfermait, serrait, la plaquait contre lui, le souffle court, la bouche sur la nuque.

La patrouille passait. Le soldat qui tenait la lanterne montrait à ses compagnons la plaque émaillée, la petite fille aux nattes qui avait déposé un long parapluie rouge près de son panier débordant de plaques de chocolat. Il dit quelques mots, une plaisanterie sans doute, qui les firent s'esclaffer.

Ils ne les avaient pas vus, l'homme et Blandine. Pas devinés. Mais ils restaient encore tellement proches. Ils pouvaient se retourner à tout moment, les surprendre encore. Elle tentait, s'appliquant à ne pas faire de bruit, d'échapper aux bras de l'inconnu, à la bouche qui aspirait son cou, à la langue râpeuse qui glissait sur sa peau. Mais les mains, fermées sur les seins comme des tenailles.

Alors, elle n'y tint plus. Pencha la tête, à se casser le cou, le mordit au poignet.

Il eut un cri, vite étouffé. Trop tard. Les autres faisaient déjà demi-tour, hurlaient. Il l'avait lâchée. Elle courut, sans se retourner, relevant jupe et jupon jusqu'aux genoux, se tordant les pieds sur les pavés, étonnée à chaque seconde de ne pas tomber, de ne pas être rattrapée par les soldats. Qui avaient peut-être choisi de s'intéresser seulement à l'homme. Ou ne l'avaient pas vue ?

Un petit crachin avait commencé de s'installer, comme un léger brouillard.

Elle courait toujours. La rue de Paris enfin. Elle serait bientôt chez elle. Elle imaginait tous les siens dans le couloir, derrière la porte de chêne, attentifs au moindre bruit, anxieux. Sa mère priant. Delphine aussi sans doute. Comme les bonnes. Que son père chasserait peut-être à l'office.

Une porte s'ouvrit soudain, laissant échapper un large rayon de lumière. Dont elle se sentit aussitôt prisonnière.

Elle n'en pouvait plus. S'arrêta. Entendit crier son nom. Blandine. Elle ne rêvait pas. On avait bien crié son nom. Blandine. Avec cet accent. Elle osa enfin regarder. Deux officiers sortaient de cet immeuble. C'était Hans Schmidt qui s'avançait vers elle, qui avait crié, qui l'avait aussitôt reconnue. Elle se redressa, s'aperçut que son chignon s'était défait, dans sa lutte ou dans sa course, que ses cheveux se répandaient sur ses épaules.

— Mon chapeau, dit-elle, haletante, j'ai perdu mon chapeau.

Elle rit.

Laurent Surmont-Rousset regardait, immobile. Impatient, comme toujours, de savoir. Moreel, sourcils froncés, coiffé d'une sorte de diadème où il avait accroché des écouteurs téléphoniques, prenait des notes, grognait parfois, déplaçait alors, soucieux, une tige de métal sur une sorte de caillou cuivré, se remettait à écrire.

Il se redressa enfin, ôta son curieux casque.

— Pas grand-chose, dit-il. Le général Joffre a adressé un ordre du jour aux troupes à l'occasion de la nouvelle année. Bien entendu, il dit que l'ennemi a subi en 1915 des pertes sanglantes, plus élevées que les nôtres. Pour le reste, on signale des tirs d'artillerie entre Soissons et Reims, du côté de Dixmude, et dans un coin dont je n'ai pas compris le nom : ça crachouillait trop fort. Pas de quoi réconforter les foules. Qu'est-ce que tu vas mettre dans ton journal ?

Il disait toujours « ton journal ». C'était, en effet, Laurent Surmont-Rousset qui, le premier, avait eu, un an plus tôt, l'idée de cette feuille clandestine, exactement ce matin de Noël 1914 où, furieux, désemparé, il s'était reproché de ne pas avoir agi aussitôt, la veille, dès que son vieil ouvrier, ce Niermans, maintenant arrêté par les

Allemands et emmené on ne sait où, était venu lui demander de l'aider à sauver les trois soldats.

Ce matin-là, s'accablant de reproches, il était retourné à l'église pour se confesser à un prêtre qui n'avait pas semblé comprendre grand-chose à son histoire. Il avait ensuite erré dans la ville, suscitant l'étonnement des passants dont certains reconnaissaient ce notable qui, les yeux hagards, ne les voyait même pas. Il avait trouvé alors, traînant sur le trottoir, un vieux journal, un des premiers numéros de *La Gazette des Ardennes*, publiée par les Allemands à Charleville et qui diffusait seule, sans concurrence aucune, leur propagande dans les territoires occupés. Il avait pensé soudain qu'il pourrait rattraper sa faute, se venger peut-être : en contre-attaquant, en ripostant aux cris de victoire des envahisseurs qui faisaient sonner les cloches à la moindre occasion, se répandaient dans les rues en criant « Victoria ! Gloria ! », expliquaient à qui pouvait les entendre et les comprendre qu'en Russie ou en Artois, en Lorraine ou à Dixmude, leurs armées ne cessaient de progresser, de bousculer et d'humilier leurs adversaires.

Il n'avait pas supporté d'attendre. A l'heure du repas de midi, ce jour de Noël, il surgissait chez Moreel, un de ses principaux concurrents pourtant, dont il savait les talents de radio-amateur, la passion pour ce que l'on appelait la télégraphie sans fil. Moreel, surpris, inquiet, mécontent, s'était permis de le faire lanterner, piétiner dans le couloir, ronger son frein en écoutant les bruits joyeux des préparatifs de fête. Cette famille, de toute évidence, allait célébrer Noël dans les règles et ne semblait privée de rien : des odeurs, des chuchotis, des rires étouffés, l'empressement des bonnes qui passaient d'une pièce à l'autre les bras chargés de vaisselle et de bouteilles le disaient assez.

Depuis qu'il avait cédé à Laurent Surmont-Rousset ses propres stocks de toile bleue, Moreel se méfiait. Il avait, certes, été payé rubis sur l'ongle, rapidement. Mais il regrettait de ne pas avoir été mis au préalable dans le secret d'une opération qui se révélerait sans doute très juteuse quand la ville serait libérée. D'autant qu'à la différence de son concurrent il croyait encore cette issue toute proche.

Le convaincre n'avait pas été facile. Mais sa passion pour la radio l'avait, au bout du compte, emporté. D'autant que les Allemands venaient de saisir tous les stocks qui lui restaient en précisant qu'il serait réglé, après la guerre, à un prix que leur gouvernement fixerait. Ils lui avaient pris aussi voiture et bicyclettes, et bien entendu son appareil de radio. Bricoler, pour écouter l'Angleterre ou l'émetteur de la tour Eiffel, un autre poste utilisant la galène, un sulfure de plomb possédant l'étonnante propriété de détecter les ondes, lui parut un défi presque amusant. Ainsi, ajouta-t-il, serait-il le premier informé de l'évolution des combats. Ils topèrent là. Moreel retourna à ses agapes.

Restait, pour Laurent Surmont-Rousset, à trouver du papier, un imprimeur et un rédacteur. Il parvint à convaincre un directeur des pompes funèbres possédant une presse à fabriquer des faire-part de deuil, une machine antique que l'on manœuvrait encore à la main en faisant tourner une grande roue : les Allemands, qui s'étaient jetés, dès leur arrivée, sur toutes les imprimeries, n'avaient pas prêté attention à celle-là. Un journaliste retraité, nostalgique des soirées qu'il passait au marbre de *La Vraie France*, un hebdomadaire royaliste, en compagnie d'une poignée de typos et de quelques bouteilles, se chargerait de remettre en forme les textes que lui remettrait, chaque semaine, Laurent Surmont-Rousset.

Au long de l'année 1915, ils avaient ainsi appris, et fait savoir — parfois avec des précautions de style pour ménager le moral des lecteurs — que le front français s'était stabilisé en dépit d'épuisantes offensives menées de part et d'autre, que les troupes allemandes avaient, pour la première fois dans l'histoire, utilisé contre leurs adversaires, du côté d'Ypres, des gaz asphyxiants, que l'Italie avait déclaré la guerre à l'empereur d'Autriche, et que les flottes franco-anglaises avaient en vain tenté de forcer le détroit des Dardanelles pour établir une liaison plus aisée avec les Russes.

D'une semaine l'autre, Moreel avait perdu ses illusions sur la rapidité du conflit. En ce début de 1916, tout allait de mal en pis. Deux jours plus tôt, le 11 janvier, un dépôt de munitions avait éclaté dans un quartier lillois, faisant des dizaines et des dizaines de morts et détruisant des filatures et des ateliers de mécanique. A Roubaix et à Tourcoing des usines avaient été transformées en entrepôts, ou saccagées.

— Je n'en peux plus, dit Moreel, j'ai de mauvais pressentiments. Quand on a commencé, ça m'amusait plutôt, ton idée. Maintenant, c'est trop long ; nous finirons par nous faire prendre. Je ne veux pas savoir où tu trouves le papier. Mais au début, tu n'imprimais que quelques centaines de feuilles. Et la dernière fois, des milliers. Les Allemands le savent, bien sûr. Ils ne peuvent pas ne pas le savoir. Ils cherchent, et ils finiront par trouver.

Il avait fini de démonter son matériel et de le disperser dans quelques caches, s'était approché de la fenêtre, se penchait pour regarder une compagnie de soldats qui revenaient de l'exercice en chantant.

— Un de ces jours, dit-il, ils tomberont sur un des gars qui distribuent ton journal. Alors, ils remonteront la filière. Jusqu'à...

— Tu veux dire : jusqu'à nous ?

L'autre hocha la tête.

Laurent Surmont-Rousset avait compris. Il faillit s'emporter, ce qui était devenu si fréquent depuis la guerre et son amputation, parvint à se contrôler :

— Tu voudrais abandonner ?

Moreel faisait mine d'être absorbé par le spectacle de la rue, presque vide pourtant.

— Tu voudrais abandonner ? Réponds-moi, nom de Dieu !

— Oui. Je ne suis pas fou. J'ai une femme, des enfants.

Ma filature et mon tissage sont fermés. On doit tirer sur tout. Tu te souviens, quand tu étais venu me voir le jour de l'autre Noël, celui de 1914. On faisait bombance. On épuisait nos quelques provisions. On croyait que nos armées, ou bien les Anglais, reviendraient bientôt. Une question de jours, ou de semaines. Mais au dernier Noël on s'est mis la ceinture, ou presque. Tu sais que les Allemands organisent des départs pour la France, je veux dire : la France restée libre.

— En payant très cher, en or ou en marks. Parce qu'ils veulent toujours se faire de l'argent.

— Quand même, j'ai une petite affaire, en Normandie, qui me vient de ma femme. Je préfère travailler là-bas que moisir ici. Ou me faire...

— Ou te faire arrêter ? C'est ce que tu veux dire ?

Se contrôler. Laurent Surmont-Rousset se répétait qu'il fallait éviter de se laisser emporter par la rage, la déconvenue. Depuis des mois qu'ils se retrouvaient ainsi, deux ou trois fois par semaine, il avait cru qu'une connivence, une complicité, voire une amitié étaient nées. N'avaient-ils pas commencé à se tutoyer ? A présent...

— Tu as commencé à faire les démarches ? Tu leur as demandé ?

Moreel le fixa. Sûr de lui, à présent qu'il s'était libéré de son secret.

— Tu devrais en faire autant. Ta femme, tes filles. Tu ne penses pas en avoir assez fait, non ? Un gendre mort, ton bras. Tous les risques que tu cours ?

— Et les usines ? Tu crois que je vais abandonner les usines ?

— Elles ne tournent pas, tes usines.

— Elles ne tournent pas, mais aussi longtemps que je suis là...

Il savait bien que si les Allemands le voulaient... Mais il ne pourrait pas abandonner ce que son père avait construit, ce qu'il avait construit à son tour, et développé. Et puis, il y avait ce journal, « ton journal », comme disait Moreel, qui devait continuer.

— Ton matériel ? Tu laisseras ton matériel ? Tu pourrais me le céder ?

L'autre ne comprenait pas.

— Quel matériel ?

— Celui que tu as fabriqué : cette télégraphie sans fil. Moi, je ne peux pas l'utiliser, avec mon seul bras. Mais si tu voulais bien l'expliquer... Il y a quelqu'un qui ne demanderait pas mieux, qui s'occupe déjà beaucoup, tu le sais, de la distribution du journal..

— Tu ne vas pas me dire que...

— Si : ma fille. Aline.

« C'est le mois de juin qui fait le foin, c'est le mois de juin qui fait le grain, c'est le mois de juin qui fait le pain », répétait naguère la grande Augusta, incapable d'ailleurs d'expliquer où elle était allée chercher cette rime tiercée pour garnir son panier à proverbes.

Aline songea que l'aînée des bonnes n'oserait pas le répéter cette année-là : si grain il y avait, ce serait pour les envahisseurs. D'ailleurs il pleuvait. Des cordes. A la veille de la Saint-Médard.

Elle était accablée. Depuis des mois qu'elle avait succédé à Moreel, les écouteurs dont elle se coiffait ne lui avaient transmis que de déplorables informations. Verdun, bien sûr, où l'armée française se faisait saigner à blanc. Mais l'Orient aussi, où l'expédition alliée inventée par Winston Churchill s'était soldée par un piteux échec. Elle avait vite appris, en outre, à déchiffrer le sens des communiqués officiels qui annonçaient que l'adversaire, dans la Meuse ou la Somme, avait progressé, enlevé des positions, mais au prix de lourdes pertes. Elle s'interrogeait alors sur le nombre des victimes françaises dont les communiqués ne disaient mot, mais qu'elle imaginait au moins égal. Et quand elle entendait annoncer qu'un lieutenant Jacques de Lesseps — quel rapport avec le créateur du canal de Suez ? — avait victorieusement poursuivi à bord de son avion, au-dessus de Paris, un appareil ennemi, elle se demandait comment celui-ci avait pu parvenir jusque-là. D'autant que l'on n'entendait jamais dire que des escadrilles françaises s'étaient aventurées du côté de Berlin, ni même de Cologne ou Munich.

Le printemps, pourtant, avait d'abord étalé ses couleurs. Elle avait pu, au début de mai, passer quelques jours chez une de ses cousines qui possédait, à Roubaix, un jardin à faire oublier la guerre. Elle s'était laissé attendrir — amollir ? — par l'éclosion des premières roses, l'astuce des liserons blancs qui se lançaient à l'assaut des haies de troènes, les chants d'oiseaux inconnus qui célébraient l'approche de l'été, les soirées lumineuses et presque tièdes déjà. Mais il avait fallu, très vite, refermer la parenthèse, revenir à l'usine où elle avait installé son matériel de radio, dans le minuscule et sombre bureau d'un comptable parti pour la guerre et que l'on avait su mort, quelque part en Artois, dans ces collines où Laurent Surmont-Rousset, quelques années plus tôt, emmenait ses filles pour étrenner sa nouvelle voiture, la Delaunay-Belleville.

La veille encore, elle avait assisté au passage dans la ville d'un convoi de prisonniers français, des gamins aux visages de vieillards que l'on ne s'étonnait plus de voir en uniformes bleu horizon, et que la population — les femmes surtout — avait acclamés, discrètement car il était arrivé que les uhlans de l'escorte chargent la foule et que la Kommandantur réagisse par des amendes, de nouvelles prises d'otages, quelques arrestations. Aline avait tenté d'échanger quelques mots avec un jeune sous-officier aux roses joues de bébé qui semblait déplacé dans cette troupe grise et crottée. Un policier allemand s'était aussitôt interposé. Elle n'avait pas insisté. Elle ne pouvait se permettre aucun risque. Elle avait mieux à faire.

Sans que son père n'en sût rien, sa mère et ses sœurs pas davantage, elle servait en effet, depuis quelques semaines, de « boîte aux lettres » dans un réseau de renseignements. Elle avait vu débarquer, un jour où elle traînassait dans sa maison de Roubaix — toujours vide, et, sans doute par hasard, jamais réquisitionnée —, un lointain cousin, un Armand Rousset presque oublié. Il l'avait surprise alors qu'elle tentait de pourchasser les araignées, de boucher les trous par lesquels, pensait-elle, se faufilaient des souris qui en étaient réduites, elles, à se nourrir du papier des livres et des étiquettes de bouteilles. Prudente, elle avait failli ne pas ouvrir à ce barbu enveloppé dans une houppelande de cocher, qui carillonnait à sa porte, persuadé qu'elle vivait là à demeure. Et qui, parti pour Paris dès le premier jour de la mobilisation, s'était porté volontaire pour l'aviation. Laquelle existait à peine. Il s'était retrouvé par chance, et après mille démarches éprouvantes, dans l'escadrille MF 22 dont le pilote le plus célèbre, Jules Védrines, s'était un jour offert le plaisir d'atterrir sur le toit des Galeries Lafayette.

« Une guerre de chevaliers du Moyen Age, disait-il, où l'on se dresse dans la carlingue, comme jadis sur les chevaux, pour tirer au fusil sur l'adversaire. Où l'on se fait des courbettes avant de se battre. Le genre duel, quoi. Et le soir, la paix, les copains, les cafés, les... »

Elle avait ajouté : les filles. Et crut devoir lui expliquer qu'ils ne participaient pas à la même guerre. Il l'interrompit vite : il le savait. Quelques semaines plus tôt, il avait été convoqué à Paris par un mystérieux général. Lequel lui avait raconté que depuis des mois, depuis la fin de 1914, des avions allaient livrer en territoire occupé des paniers contenant des pigeons voyageurs. Ceux-ci revenaient porteurs de messages fournis par des réseaux de renseignements. Plusieurs des pilotes n'étaient jamais revenus. Alors, on avait pensé à lui, qui connaissait bien la région. Il ne fallait à aucun prix se poser, car il eût été impossible de décoller, seulement raser le sol dans un coin sans maisons, arbres ni haies, du côté de Wambrechies, pour laisser tomber quelques paniers d'osier. Puis repartir dare-dare. Sans attirer l'attention, si c'était possible.

Ce qu'il avait fait. Par deux fois. Au petit jour car il fallait pouvoir se repérer. Et ceux qui l'attendaient ne pouvaient éclairer le terrain, la nuit. Mais au troisième tour, son grand oiseau gris qui glissait, moteur arrêté, à quelques mètres au-dessus d'une prairie, avait été bousculé par une saute de vent. Un coup de rabot sur l'herbe et il avait piqué du nez. Restait à fuir, au plus vite, en compagnie de son « comité d'accueil », comme il disait en souriant. Avec les pigeons, dont la plupart avaient survécu. Mais Armand Rousset s'était foulé le pied, bêtement — « ces choses-là sont toujours bêtes » — en sautant un fossé. Il avait dû se cacher. Pendant ce temps, deux membres du réseau avaient été arrêtés, dénoncés, pensait-on. On n'avait plus de leurs nouvelles. Déportés peut-être. Ou fusillés.

Alors, voilà, il avait pensé à elle. Il fallait boucher les trous, remplacer ceux qui étaient tombés. Le travail était simple : « on » lui apporterait régulièrement quelques feuilles de papier contenant des informations sur les mouvements des troupes allemandes, et elle les remettrait ensuite à un autre agent, qui s'occupait des pigeons. Elle avait interrogé. Qui : « on » ? Des numéros qu'il lui donna. Ajoutant qu'il en existait d'autres, que beaucoup étaient des douaniers, un peu en chômage ces temps-ci et qui connaissaient bien la région pour avoir souvent arpenté les détours de ses sentes et de ses routes. Et qui : les pigeons ? Cette fois, il lui lâcha un nom, qu'elle jugea faux : Dautriche.

Elle n'avait pas dit un mot de son action de sans-filiste amateur, argué seulement qu'elle n'habitait pas Roubaix mais Lille, revenue chez ses parents après son veuvage. Peu importait, dit-il : Dautriche se déplaçait aisément ; d'ailleurs il résidait plus près de Lille. Et lui ? « Je repars demain. Ce réseau a des accointances en Belgique. Ensuite il y a des passeurs hollandais. Ceux-là il faut les payer. Cher. Les Hollandais, vous connaissez : l'argent, ils ont toujours aimé… »

Ils avaient alors ri ensemble, évoqué le souvenir de jeux d'enfants sur la plage à Malo-les-Bains, près de Dunkerque, ou Ostende. Elle avait donc accepté.

Depuis, elle avait reçu deux fois la visite de ce Dautriche. Un personnage long et chauve. A la démarche curieuse. Comme celle, avait-elle pensé, d'un prêtre habitué à avancer en repoussant une lourde soutane et qui aurait soudain décidé de défroquer, de s'habiller en civil. Plus discret qu'un confesseur en tout cas. Se contentant de donner la date de son prochain passage.

C'était cette fois le 7 juin, la veille de la Saint-Médard. D'ordinaire, il se présentait à l'usine en fin d'après-midi par une petite porte rouillée que personne ne connaissait plus car elle ouvrait sur les plus anciens bâtiments du tissage, des ruines presque, que l'on avait cessé d'utiliser depuis le début du siècle. Elle l'attendait là, lui livrait les papiers confiés par les deux inconnus — elle les appelait « les invisibles » car elle ne les voyait jamais ; ils déposaient leurs messages dans la boîte aux lettres de l'autre usine, la filature, où Laurent Surmont-Rousset lui-même ne mettait plus les pieds. Elle avait d'abord jugé superflu cet ensemble de précautions, mais conclu qu'elle n'était, en ce domaine, qu'une novice.

Ce 7 juin 1916, elle était ponctuelle au rendez-vous, malgré la pluie. Elle attendit longtemps. Aussi longtemps qu'il était raisonnable avant le couvre-feu. Le long personnage nommé ou surnommé Dautriche ne vint pas.

— Je suis désolé, répétait Hans Schmidt, vraiment désolé. J'ai fait tout ce que j'ai pu. Mais je suis militaire… enfin, pour le moment. Je dois obéir aux ordres.

Laurent Surmont-Rousset bondit.

— Mais si ces ordres sont ignobles, contraires à toutes les lois de la guerre ?

— J'ai déjà gagné du temps, Monsieur. Je pensais... Il y a plus de six mois que l'on m'a envoyé à Lille pour procéder au démontage des usines.

— Démontage ! démontage ! Vous savez bien ce qu'on a fait, ce que vos amis ont fait : dans quelques usines ils ont même obligé le personnel à détruire eux-mêmes les métiers à tisser. Eux-mêmes ! Vrai ou pas vrai ?

— C'est vrai, Monsieur. On dit que c'est pour récupérer le métal, le plomb, le cuivre, l'acier. Vous savez que le blocus anglais sur nos côtes est terrible. L'Allemagne manque de tout, Monsieur.

— Alors, qu'elle arrête la guerre !

Laurent Surmont-Rousset se laissa retomber dans son fauteuil. Effondré. Mais pas surpris. Les démontages d'usines avaient commencé depuis des mois, parfois avec le concours de prisonniers russes, des paysans qui n'avaient sans doute jamais vu une machine. Le textile n'était pas seul touché. Kuhlmann, fierté de l'industrie chimique nationale, subissait le même sort. Le jeune officier, Hans Schmidt, était peut-être sincère quand il affirmait avoir gagné du temps. Il n'affichait pas, c'est vrai, la même morgue que deux de ses compatriotes qui étaient venus, des mois plus tôt, vérifier l'état des stocks, vider les entrepôts. Un bel homme désormais, mûr, mais qui avait gardé un regard d'enfant, très clair. Un regard qui, d'entrée, s'était fixé sur la grande pendule flamande pour éviter de faire face à l'industriel. Lequel avait failli lui demander, goguenard, si le démontage de ses usines était une question de minutes. Mais le désespoir le submergeait. Après les premières réquisitions, l'enlèvement des machines à vapeur, il avait cru que le pillage s'arrêterait. En apprenant, ensuite, le démontage complet des usines de Moreel, il avait pensé que le départ de celui-ci pour la France non occupée avait entraîné des représailles.

Il espérait toujours bénéficier d'un oubli, d'une sorte

de miracle, se disait qu'après tout son matériel n'était plus tout neuf, que les Prussiens qui avaient visité ses entrepôts l'avaient peut-être compris, qu'il échapperait ainsi au malheur, à la ruine. Et c'était ce jeune Bavarois qu'il avait accueilli en stage, avant la guerre, qu'il avait même reçu chez lui à plusieurs reprises, qui se faisait aujourd'hui l'exécuteur de ces basses œuvres !

Une vague de colère, à nouveau, le souleva.

— Monsieur Hans Schmidt, vous vous dites militaire, obligé d'obéir aux ordres. Mais un militaire se bat. Il ne préside pas à la destruction des usines.

— Je me suis battu, Monsieur. J'ai été blessé dans les batailles de l'Yser. Gravement. Après l'hôpital, ils m'ont changé d'affectation.

— Ils vous ont préposé au pillage.

— Monsieur...

— Ne me parlez pas, s'il vous plaît, des troupes de Louis XIV et de ce qu'elles ont fait dans le Palatinat...

Hans Schmidt faillit sourire. Pas plus que son interlocuteur il n'avait oublié l'algarade subie au tout début de l'invasion, quand il avait voulu saluer l'industriel et sa famille.

Laurent Surmont-Rousset ne lui dit pas davantage qu'au lendemain de cette visite, il avait emprunté à son ami jésuite quelques livres d'histoire afin de savoir ce qui s'était réellement passé lorsque l'armée du Roi-Soleil avait conquis le pays des comtes palatins. Mais ces livres français n'en disaient presque rien, soulignaient seulement que le dauphin avait conquis le territoire en moins de deux mois, n'avouaient pas que cette triste affaire avait contribué à unir contre Louis XIV la coalition d'Augsbourg qui l'amena à en rabattre. L'histoire change de sens en changeant de langue.

Ce fut Hans Schmidt qui rompit le silence.

— C'est parce que je suis ingénieur qu'ils m'ont affecté à... cette mission, Monsieur.

— Vous trouvez cela convenable ?

Cette fois, le jeune Allemand le fixa, grave.

— Non, Monsieur.

— Mais vous le faites quand même.

— Si ce n'était pas moi... Vous étiez le premier sur la liste, Monsieur. J'ai attendu près de six mois, si je puis me permettre de le répéter.

— Qu'est-ce que ça change ?

Hans Schmidt esquissa un geste des épaules. Comme résigné.

Laurent Surmont-Rousset se redressa :

— Je suppose que nous n'avons plus rien à nous dire.

— Je suggère que vous preniez des dispositions pour contrôler le démontage, Monsieur.

— Que j'aille voir disséquer mes usines ? Mais vous rêvez !

— Je n'ai pas dit cela, Monsieur.

— A quoi bon ? Puisque vous prendrez tout.

— Cela pourrait servir... pour la suite. Établir un état précis.

Il avait raison. Ce jeune officier si correct, insupportable de correction, avait raison. Laurent Surmont-Rousset réfléchissait, bougonnant. Non. Il n'irait pas. Il ne se montrerait pas en victime devant le voleur. Il faudrait pourtant...

Il redressa la tête. L'autre semblait à nouveau absorbé dans la contemplation des aiguilles de la grande horloge flamande.

— Quand commencera ce sale travail ?

— Lundi, Monsieur. A moins que vous préfériez...

— Lundi, mardi, mercredi, ça m'est égal. Tout de suite, si vous le voulez. Où commencerez-vous ?

— Au tissage.

— Ma fille y sera. Lundi.

— Votre fille ?

Hans Schmidt n'osa pas demander laquelle. Il claqua les talons, salua, s'esquiva.

Les premiers jours furent les plus rudes. Aline songeait que son père n'eût pas supporté longtemps un tel spectacle. Les Allemands, des hommes âgés déjà que l'on réservait pour ces besognes, semblaient ignorer à peu près tout de la mécanique et des machines. Lourdauds, mal outillés, ils cassaient autant qu'ils démontaient. Puis triaient. Le cuivre ici, les câbles et le caoutchouc là, les poulies et les arbres de transmission ailleurs. De toute évidence — elle en fit plusieurs fois la remarque à Hans Schmidt — il s'agissait de récupérer des métaux, non de transférer des usines.

Il ne répondit pas. Il se montrait peu, avait pris soin de ménager les matériels les plus récents, semblait embarrassé de présider à cette opération dans des ateliers où il avait vécu quelques mois parmi des dizaines de femmes et d'hommes qui alimentaient et guidaient de grinçantes machines. Des ateliers qui maintenant se vidaient, mouraient, désertés, lugubres.

Aline s'était munie des registres noirs qu'un comptable prévoyant avait entassés dans un bureau et notait, sans rien omettre, quelle pièce de fer ou de fonte, quelle courroie de transmission, avaient été emportées, quel jour et dans quel état. Quand Hans Schmidt apparaissait, il claquait les talons, saluait, elle inclinait la tête, presque toujours silencieuse. Il lui arriva un jour de se pencher pardessus son épaule, curieux de savoir ce qu'elle écrivait. Elle referma le registre, brusque. Il recula, rougit, bredouilla quelques mots qui étaient sans doute des excuses.

Elle fut sur le point d'en faire autant. Elle s'était pourtant surprise, une fois ou l'autre, à attendre le passage du jeune officier. Non qu'elle éprouvât envers lui quelque attirance. Mais il l'intriguait. Par sa discrétion, ses silences, cette volonté évidente de se montrer d'une totale correction. Elle s'interrogeait, aussi, sur les relations qu'il avait entretenues, lors de son stage, avec Blandine. Ou pu avoir. Ou seulement ébauchées. Car Blandine avait peut-être rêvé. Elle n'était à cette époque qu'une gamine, qui sortait à peine, le dimanche, du couvent des Dames de la Sainte-Union. Rien à voir avec la jeune femme d'aujourd'hui qui semblait traverser les drames de la guerre et de l'invasion avec une sorte d'indifférence, de sérénité même. Mais qui manifestait par instants, brefs, fébrilité et inquiétude. Et ne se confiait jamais.

Ce n'était pas nouveau. Entre les deux sœurs, les moments d'intimité étaient rares, depuis l'enfance. Aline, davantage collée à ses parents, à son père surtout, bien qu'il l'ait d'abord écartée, déçu de ce que son aînée soit une fille — mais justement, parce qu'il l'écartait, elle voulait exister à ses yeux. Blandine, en revanche, n'en avait cure, se passionnait pour les Romantiques, récitait, quand on la croisait, Musset, Lamartine, Verlaine même, considéré par sa mère comme un pochard aux mœurs douteuses, qui s'était converti ou reconverti au christianisme sur le tard, mais trop tard, c'était trop facile, disait-elle, de faire la bamboula — elle aimait ce mot, le répétait à tout propos — et de se repentir à la toute fin, avant de passer devant le tribunal de Dieu.

Aline n'avait jamais voulu intervenir dans ces débats, qui lui semblaient dépourvus d'intérêt. Depuis longtemps, à ses yeux, sa sœur était classée parmi les rêveuses qui, charmantes et charmeuses, s'en tireraient toujours, sans l'avoir vraiment voulu.

A moins que.

Parce que ces filles-là, avait-elle constaté lors de ses années de pension, dissimulaient parfois des faiblesses, des fragilités. Blandine, pourtant, avait eu cette audace, le jour d'octobre 1914 où Hans Schmidt s'était présenté chez eux, de prendre sa défense devant leur père. Depuis, Aline, ébahie, avait plusieurs fois tenté d'en savoir plus : de rares fois, parce qu'elle était trop occupée par les usines, la télégraphie sans fil, les missions que lui confiait Laurent Surmont-Rousset. Elle avait cru réussir quand Blandine avait avoué avoir correspondu jadis avec le jeune Allemand. Mais s'était heurtée ensuite à des demisilences. Blandine pratiquait à merveille l'esquive. Laissait pourtant apparaître, depuis quelques mois, des esquisses de sourire. Elle s'efforçait aussitôt de les cacher, de les transformer en gestes de tendresse ou les expliquer par une plaisanterie. Qui tombait le plus souvent à plat. Trop fabriquée. Des cachotteries là-dessous. Du mystère.

Aline était aussi tentée d'interroger Hans Schmidt. Comme s'il détenait une clé, une explication. Mais rien, jugeait-elle, ne prouvait qu'il prêtait encore attention à cette jeune femme qu'il ne rencontrait plus. Même s'il avait été flatté quand, gamine, elle l'admirait, bâtissait des rêves romanesques où il jouait le premier rôle. Des rêves qu'il avait encouragés en répondant à quelques lettres. Il y avait si longtemps...

Aujourd'hui, il était l'adversaire, l'ennemi, le pillard. Le danger. Car s'il apprenait que, lorsqu'elle quittait l'usine le soir, Aline écoutait la tour Eiffel et, bien plus tard dans la nuit, la station anglaise de Poldhu... Car si, par malheur, Dautriche, le long personnage à la démarche si curieuse, survenait à l'usine en sa présence...

Elle l'avait craint dès le premier jour, et inventé à toutes fins une histoire, une explication, en espérant que Dautriche, quoique non prévenu, aurait l'habileté de se prêter au jeu. Mais il n'était pas venu. Depuis juin, il ne venait plus.

Les « invisibles », comme elle surnommait les collecteurs d'informations, poursuivaient leur travail, ignorant que la chaîne était coupée. Elle trouvait à la filature des messages, brefs, signalant les mouvements des troupes hébergées au peignage Alfred Motte, désormais appelé Hindenburgkaserne, ou les passages de trains chargés de canons et d'obus en gare de Lille. Mais elle ne savait qu'en faire. Enrageait contre les organisateurs du réseau qui n'avaient pas prévu une telle éventualité, trouvé un moyen de renouer le fil cassé. Des amateurs, bien sûr. Comme elle, qui ne s'était jamais imaginée dans ce rôle. Et qui s'inquiétait chaque jour davantage. Car, après le tissage, Hans Schmidt et ses équipes s'attaqueraient à la filature. Comment dissuader les « invisibles » d'apporter là leurs petits papiers ? Elle ignorait leurs heures de passage, ne pouvait imaginer de faire le guet plusieurs jours de suite aux alentours. Elle était trop connue. Trop occupée aussi à noter, au tissage, avec un soin d'huissier appliqué, tout ce que les hommes du lieutenant bavarois enlevaient ou cassaient, transformant d'anciens ateliers vibrants et bruyants en nécropoles jonchées de débris et hérissées de poutrelles tordues comme de grimaçants squelettes.

# VI

Le vent soufflait sur la plaine des Flandres, dessinait des friselis dans l'immense inondation qu'elle était devenue. Formait des vagues parfois comme s'il enrageait d'avoir perdu ses victimes habituelles, les peupliers et les ormes qu'il courbait jadis le long des chaussées et des digues. Les arbres avaient perdu leurs feuilles, leurs branches. Et fini par se coucher, vaincus, tués par les souffles des obus, les bourrasques et les tornades de la guerre.

Coincé entre trois restes de murs à l'entrée d'un village, Lucien Rousset écoutait Jean Cocteau lui parler de sa guerre, de son baptême du feu à Reims, le jour où il était allé chercher des blessés avec Misia, à la tête de ce convoi formé de voitures de couturiers. Qui avait fait rire d'abord. Mais ce qui semblait être une sorte de carnaval humanitaire avait vite pris le tour d'une tragédie, quand ils avaient aperçu la cathédrale, informe, trouée comme une montagne de vieilles dentelles. Puis les blessés qui mouraient de leurs blessures, de la faim, de la soif, du tétanos. Enfin le prêtre, disait Cocteau, qui « dans une longue salle trouée, administrait de paillasse en paillasse et, pour mettre l'hostie dans les bouches, desserrait les dents avec une lame de couteau ».

Alors, bien qu'exempté de service militaire pour des raisons de santé fragile, le jeune poète avait voulu retourner vers le front. Afin de ne pas abandonner, disait-il,

« ces hommes sans bras ni jambes, aux prises avec le désespoir de quelques bonnes sœurs et de majors sans matériels ». Une première tentative avec un nouveau convoi d'ambulances, assemblées par le très parisien Étienne de Beaumont, un convoi qui ressemblait assez à un cirque en déplacement. Puis l'aventure individuelle. Se procurant un uniforme auquel il n'avait pas droit, il avait rejoint ce qui restait de fusiliers marins du côté de Nieuport après les furieuses empoignades de 1914 : un bataillon, quelques pionniers et une poignée de mitrailleurs. Combattant clandestin en somme, il ne jouait pas à la guerre, il la faisait. S'occupait d'abord des blessés et des morts. Mais vivait comme les autres dans l'eau, la boue, le vent. Le vent qui le faisait rire — ou grincer ? Il ironisait, amical, sur ses compagnons marins, « naïfs admirateurs du vent ».

Lucien Rousset, arraché à son torpilleur et à la mer parce que trop de soldats à pompons rouges avaient trouvé la mort dans les brumes glacées et qu'il fallait, à terre, combler les trous, resserrer les rangs, Lucien Rousset tentait de lui décrire la beauté des écharpes matinales de gaze brumeuse cherchant sur les flots un mât où s'accrocher, la lumière perlée des sillages tracés par les navires à travers les vagues, le sentiment enfin, partagé par tous les marins, de vivre au cœur à corps avec l'eau nourricière maternelle, mystérieuse, l'eau qui charrie la vie et la mort.

Un dialogue scandé d'explosions lointaines. Une soirée plutôt calme, exceptionnelle.

Cocteau écoutait quelques minutes, grave. Puis sortait, pour les partager, les conserves de chez Hédiard que sa mère lui adressait par immenses colis, racontait comment, le soir du Noël précédent, il en avait partagées avec des soldats qui, après ce réveillon, s'étaient empressés d'ôter casques, ceinturons et capotes pour revêtir aubes et surplis de dentelle et dire la messe car ils étaient presque tous prêtres. Et comment, aussi, il proposait d'amener sur le front, oui, là, sur ce front, Cécile Sorel, oui, Cécile Sorel, qui dirait des poèmes aux fusiliers marins et même à leurs voisins africains, de pauvres nègres délicieux, disait-il, qui meurent sans comprendre ni se plaindre et qui, l'hiver précédent, gémissaient sur ce coin de Belgique « trop froid France », les mains gelées, les pieds gelés, le cœur transi.

Lucien Rousset le taquinait : Sorel, Cécile Sorel, dans ce marais de mort ? Ou même vers l'arrière, là où les champs de petites croix de bois alternent avec les ferrailles et les briques des maisons ruinées, à la tête coupée et aux ventres ouverts. Pour jouer Célimène ? Les poilus, il est vrai, ne manquaient pas de raisons de se montrer misanthropes. Parlez-moi, plutôt, disait Lucien, de Sarah Bernhardt. Plus très jeune, c'est vrai, mais qui serait mieux à sa place parmi les combattants, pourrait déclamer *L'Aiglon* peut-être, les chevauchées de hussards à Wagram, les marches en avant, sous les boulets autrichiens, de l'impassible garde impériale ? Ou Cyrano de Bergerac, et les cadets de Gascogne affamés, assiégés et assiégeants autour d'Arras ? Ce ne serait pas si mal, Sarah Bernhardt débarquant chez les fusiliers marins telle Roxane, dans la pièce de Rostand, sautant de son carrosse pour retrouver son adoré Christian.

Cocteau riait. Assurait que Lucien Rousset pouvait bien s'esclaffer, cela se ferait. Un éclatement, au-dessus de leurs têtes, les interrompit. Un schrapnell, ils ne pouvaient s'y tromper, ils en connaissaient le bruit particulier, un obus chargé de balles qu'il projetait en éclatant dans le ciel, et qui était utilisé d'ordinaire pour faire barrage quand les troupes se lançaient à l'assaut. Mais dont l'usage, en cette nuit calme et douce, paraissait incongru.

— Sans doute un artilleur boche qui a trop bu, dit Lucien Rousset. Ou qui voulait...

Il n'acheva pas. Une tonne venait de s'abattre sur son épaule droite, comme pour lui écraser la poitrine, alors qu'il entendait l'éclatement d'un autre obus. Il vit l'étroit visage de Cocteau penché sur lui, à le toucher. Et perdit connaissance.

— Bienvenue chez les femmes du monde !

Lucien Rousset se tourna vers la droite, curieux de savoir d'où venaient ces mots. Et hurla, comme si on lui avait arraché le poumon.

Il savait bien, pourtant, qu'il fallait éviter de bouger. Il l'avait su dès son réveil, là-haut, dans les Flandres, quand on avait suspendu son brancard à une petite voiture à deux roues qui cahotait sur un étroit pont de bateaux, au-dessus d'un canal à l'eau noire et iodée. Il s'était cru, ensuite, abandonné dans une cave en compagnie de rats aux cris perçants. Puis le trajet habituel des blessés du secteur. D'abord Dunkerque où l'on avait transformé des entrepôts et des casernes en hôpitaux quand il avait fallu accueillir par milliers les éclopés, les mutilés, les malades et les gazés. Là, on lui avait arraché une balle et un éclat qui, groupés, lui avaient brisé l'omoplate et percé le poumon. Après quelques jours, un train l'avait emmené vers la région parisienne. Il se souviendrait longtemps de la jeune femme, une infirmière bénévole, qui passait parmi les soldats entassés dans un wagon de marchandises en leur parlant de la victoire finale, de grandeur et d'héroïsme — elle en était, avait-il compris, à son premier convoi — et que ces hommes hébétés par la souffrance, torturés par la chaleur et la soif, agacés par les mouches, fixaient d'un œil morne, silencieux, hostiles.

Elle avait soudain éclaté en sanglots, profité du premier arrêt pour disparaître, changer de wagon. Et voilà que dans ce château proche de Chantilly, dans cette chambre où Lucien Rousset, soulevant délicatement la tête sans bouger désormais le reste du corps, découvrait quelques petits lits blancs occupés par des hommes pâles et maigres, on lui reparlait de femmes du monde.

— Permettez que je me présente : Georges de Launis, dit la voix, à sa droite.

Un petit rire suivit.

— Vous n'avez pas encore pu admirer le parc, bien sûr. Ni le bâtiment ? Très chics. C'est mon deuxième séjour, je connais bien. Mais ces dames ne sont plus si accueillantes. Au tout début — c'était pendant l'été 14, j'avais pris une balle dans le bras, une bêtise — elles nous avaient attendus avec une sorte d'impatience. La châtelaine avait transformé ses salons en clinique, déménagé les commodes en marqueterie, les canapés et les poufs, remplacé les toiles de maîtres par des slogans héroïques. Mais les blessés ne venaient pas ! Sauf les Prussiens, en bonne santé ceux-là, qui se montraient dans les environs, avant la Marne. Les dames avaient commandé des uniformes qui leur donnaient des airs de religieuses du Grand Siècle, et elles étaient presque désespérées. Alors, à notre arrivée, vous auriez vu l'enthousiasme ! Elles s'arrachaient les premiers blessés ! Ensuite, les petits soins, les douceurs ! Les caresses !

Lucien Rousset écoutait à peine, tenté de se laisser gagner par le sommeil, de goûter à nouveau à la douceur un peu rude des draps blancs empesés d'amidon.

Une autre voix s'éleva, à gauche :

— L'écoute pas trop, celui-là. Ces femmes, elles étaient pas obligées de travailler. Et puis, c'est tout bon d'être touché par une femme, quand elles refont les pansements. On n'avait plus l'habitude. On était privé de douceur. Et j'croyos bien que ça n'existait plus.

« J'croyos ». C'était un homme du Nord. Présentations : François Bondues, mineur à Carvin, deuxième classe au 43$^{e}$ RI, le régiment de Lille. Lucien Rousset n'évoqua pas sa parenté avec les grands du textile, préféra raconter la pêche « à Islande », la recherche des sous-marins sur les bancs de Flandres, les combats du côté d'Ypres et de Dixmude. Des noms qui faisaient frissonner les combattants, de la mer du Nord à la frontière suisse. Car ils étaient tous capables de distinguer entre les secteurs paisibles, « pépères », et ceux qui puaient la mort, la charogne, la glèbe, et les gaz.

Les gaz, Lucien Rousset l'apprit vite, c'était l'obsession

de Bondues : « La première fois, dans notre coin, du côté d'Arras, on n'en avait à peine entendu parler, on n'avait pas de masques bien sûr. Alors, on pissait sur nos mouchoirs, ou sur des loques, et on se faisait comme des baillons avec ça. Il paraît que ça protégeait un peu. Mais moi, j'ai eu des copains qui étaient comme étouffés. T'as vu des gazés, toi ? T'as vu leurs gueules ? La première fois qu'est arrivée c't'espèce de fumée, qui rampait vers nous, on n'y croyait pas tout à fait. On voulait se dire que c'était du brouillard, tu comprends ? Mais il y a eu l'odeur. Les copains toussaient, gesticulaient. Ça nous a rendus comme fous. Le lendemain, on a attaqué un petit poste boche. Une connerie. C'était pour remplir le communiqué de l'état-major, pour qu'ils aient quelque chose à dire, on connaît ça, maintenant. Mais on était fous, j'te dis, à cause des gaz. Moi, on m'avait donné un de ces grands poignards, tu sais, pour nettoyer les tranchées, comme ils disent. Un truc de boucher, quoi. Alors, quand j'ai eu un boche en face de moi — il était déjà blessé, à terre, il me regardait, des yeux de gamin —, j'l'ai travaillé avec ce couteau. Un coup par ci, un coup par là et encore là et encore ailleurs. J'voulais pas le voir mourir tout de suite. Après, j'ai eu honte. Une bête j'étais. Un bandit. Je m'suis juré que je tuerais plus personne. Que je tirerais même plus. Sauf pour me défendre peut-être : quand c'est l'autre ou toi... Mais j'n'aurai peut-être plus l'occasion. Le lendemain, patatras : un obus, et ma jambe presque en bouillie. Mais ils l'ont bien redressée, recollée et tout, les toubibs. Des fortiches. Quand même, avec un peu de chance, je serai peut-être réformé... »

Lucien Rousset aurait voulu lui demander ce qu'il ferait, réformé, dans l'impossibilité de rejoindre sa famille en territoire occupé, songeait à Cocteau, à Cécile Sorel, à tous les visages des siens, la petite Céline avec ses espadons, Aline, si jeune et déjà veuve. Il dit, comme pour lui : « Merde à la guerre ! » Assez fort cependant pour que Georges de Launis l'entendît, à droite, et Bondues, à gauche, d'autres encore, qui se mirent à répéter :

« Merde à la guerre ! » Un cri qui semblait courir dans tous les couloirs du château, envahir toutes les chambres. Les infirmières accoururent, inquiètes, scandalisées peut-être. Lucien Rousset, comme un gamin pris en faute, tenta de se cacher sous ses draps. Ce qui le fit crier plus fort encore. Hurler même. Cette fois, c'était de douleur.

Le soldat Bondues, que l'on disait près de partir en convalescence, mourut trois jours plus tard. Il venait de saisir ses béquilles, paisible, pour tenter une petite promenade. Lucien Rousset le vit pâlir et s'affaisser sur son lit. Les infirmières se précipitèrent. Celle-ci lui dégageait la poitrine, celle-là lui tapotait les joues, une autre courut chercher le médecin-chef. Il rendit vite son verdict : embolie pulmonaire ; plus question d'intervenir. Le soldat François Bondues qui avait tant rêvé de retrouver, à Carvin, sa blonde Julia et ses deux jumelles, ne râla pas longtemps. Il mourut discrètement, comme il avait vécu.

Le même jour, Lucien Rousset reçut deux lettres. La première était signée Cocteau. Comme un communiqué de victoires. Oui, Cécile Sorel était venue. Pas toute seule. Avec Béatrice Dussane, de la Comédie-Française. Et la Zambelli, une danseuse d'origine italienne appartenant au corps de ballet de l'Opéra de Paris. Ce trio se donnant en spectacle à quelques centaines de mètres des troupes allemandes. Cécile Sorel, bonnet de marin à pompon rouge sur la tête, chantant *Sambre et Meuse* dans une chambrée où les troufions s'écrasaient vers les deux heures du matin. Plus drôle encore, les soldats pratiquant de petits trous dans la tente qui lui servait de loge pour tenter de l'apercevoir quand elle se changeait.

Moins drôle : quelques jours plus tard, l'amiral

commandant les fusiliers marins ayant proposé Cocteau pour la croix de guerre, avait découvert que le jeune poète au long visage et aux yeux noirs qui servait de mascotte à ses hommes n'était qu'un clandestin. Il l'avait renvoyé vers l'arrière entre deux gendarmes. Adieu les dunes, adieu le vent, adieu les cendres et les ciels embrasés : Cocteau était rentré à Paris, pas si mécontent peut-être. Il pressait Lucien Rousset de le rejoindre, s'il le pouvait.

L'autre lettre, ancienne déjà, transmise avec mille détours par la Croix-Rouge, était signée Célestine Surmont-Rousset. Elle donnait, sur le ton anodin de qui sait devoir être lu par la censure, des nouvelles de toute la famille. Et recommandait à son frère, s'il en avait le loisir, de prendre contact avec le « cousin Boidin », qui vivait sans doute à Paris.

Lucien Rousset s'interrogea longtemps sur la personnalité de ce mystérieux « cousin Boidin ». Il refit, crayon en main, la généalogie de la famille sans trouver où le caser. Il était presque remis en état quand il se souvint de celui que son beau-frère appelait « mon petit Boidin » ce directeur d'usine parti d'à peu près rien.

Une maigre feuille, un *Journal des réfugiés du Nord*, publiait régulièrement des avis de recherche. Lucien Rousset lui adressa, sans conviction, le texte d'une petite annonce demandant des nouvelles de Clément Boidin. Surprise : deux semaines plus tard, celui-ci lui adressait un message.

Le marin blessé venait de passer devant la Commission spéciale de réforme qui, peu regardante, l'avait jugé encore bon pour le service armé. Il avait quand même droit à une permission de convalescence. Il décida de la passer à Paris. Pour revoir Cocteau. Et Boidin.

Boidin n'était plus vraiment Boidin. Et Paris plus tout à fait Paris.

La première surprise de Lucien Rousset fut la découverte, dans les petites rues proches de la gare du Nord, de touffes d'herbe surgissant entre les pavés. Comme si aucune voiture ne passait plus par là. Des magasins étaient fermés, rideaux tirés. Ailleurs, des mendiants — quelques-uns mutilés, d'autres très jeunes — s'agglutinaient aux portes des brasseries et des grands cafés. La plupart des rues étaient désertes dès la tombée de la nuit, leurs réverbères occultés de violet ne les éclairant, par trouées, que de lueurs sinistres.

Mais sur les boulevards les femmes avaient changé, ne portaient plus de robes entravées, remplacées par des tailleurs aux jupes courtes laissant voir les chevilles et parfois deviner les mollets. Quelques extravagantes, soucieuses de suivre l'actualité, portaient même des calots belges, des vareuses françaises, des bottes russes ou des jupes de Highlanders.

Mais on se battait pour trouver place dans le métro à l'heure de sorties des théâtres, bondés, qui offraient spectacles et revues assez dénudés pour attirer une quantité de permissionnaires et d'officiers en uniformes de fantaisie. Une fête fiévreuse, factice, presque honteuse. Un masque.

— L'hiver a été terrible, racontait Boidin. Un froid de canard. Pas de charbon. Ou presque. Ici, à Paris, le gouvernement avait ouvert des centres de distribution. Les gens faisaient la queue pendant des heures pour emporter sur une voiture à bras ou un landau d'enfant un sac de boulets. Mais quels boulets ! Plus de paille et de tourbe que de charbon. Et quel charbon ! Monsieur Surmont-Rousset n'en aurait jamais voulu pour ses usines : les machines à vapeur l'auraient vomi, recraché.

Il se penchait, chuchotait, comme s'il craignait d'être entendu :

— Ici, à Montparnasse, les peintres se gelaient, dans

les ateliers. Vous savez bien — non, vous ne savez peut-être pas —, leurs grandes verrières sont mal mastiquées, même en temps de paix, le froid est chez lui là-dedans, il prend ses aises. Alors, cet hiver, pour se dégourdir les mains, être capables de tenir leurs pinceaux, ils brûlaient d'anciennes toiles, des dessins aussi. J'en ai acheté quelques-uns pour trois sous. Je dirais plutôt : presque trois sous. Vous connaissez Foujita — non, personne ne connaît Foujita en dehors de Paris, c'est un Japonais qui a exposé l'an dernier ; un triomphe, il n'y a plus que les étrangers qui exposent, les autres sont à la guerre, enfin, beaucoup, pas tous —, bon, Foujita était invité chez une bonne femme, une sacrée bonne femme, il faut le dire. Savez-vous ce qu'elle a fait afin de lui prouver son amour ? Elle a cassé une superbe chaise Louis XV héritée de son père pour allumer une flambée dans la cheminée. Du coup, il s'est enflammé pour elle.

Il rit, fier de sa plaisanterie.

Lucien Rousset l'écoutait, fasciné. Sans presque l'entendre, sans prêter beaucoup d'attention à ses propos. Ce qui l'intriguait, le stupéfiait, c'était la mue du personnage, de celui que son beau-frère appelait naguère « le petit Boidin », autoritaire dans les ateliers peut-être, mais presque timide avec ses patrons, un homme de l'ombre. Tellement gris qu'il l'avait longtemps oublié. Boidin avait, certes, baissé le ton avec un reste de respect, voire de dévotion, en prononçant le nom de Surmont-Rousset. Mais il paraissait désormais si sûr de lui, tellement à l'aise dans le petit monde des artistes un peu affamés et très alcoolisés qui peuplaient ce soir-là la Rotonde. Il devait l'être tout autant, Rousset l'eût juré, dans les dîners mondains. Il affichait l'aplomb que donne l'argent et l'autorité que confère le succès.

Car il en avait informé le marin dès les premières minutes :

— L'argent de Monsieur Surmont-Rousset est bien placé. Monsieur Surmont-Rousset serait content, s'il pouvait savoir exactement. Je lui ai écrit, bien sûr, mais en me bornant à des allusions. Je ne sais même pas si les lettres arrivent.

Il racontait comment les usines Quentin qu'il avait achetées près d'Elbeuf tournaient toujours à plein. Il avait même fait venir de nouveaux métiers d'Angleterre, et investi dans un autre tissage à quelques kilomètres de là. Le problème avait été de trouver un directeur pour mener toute l'affaire : « On m'en avait proposé un, un godelureau, un gommeux qui ne savait pas distinguer une broche d'une peigneuse ; en deux jours, j'avais compris. Alors, je suis resté trois semaines dans les usines à regarder. Sans rien faire. Seulement regarder les uns et les autres, leur demander de m'expliquer leur travail. J'ai découvert un petit jeune, un garçon que le père Quentin n'aimait pas, pour une histoire de filles je crois. Mais sérieux, docile et intelligent. Réformé parce qu'il lui manque un pouce, à la suite d'un accident. Une chance par les temps qui courent. Je l'ai mis à la tête de toute cela. Il y a eu du raffut. Mais, à présent, ça tourne. »

Lucien Rousset songeait que ce garçon, ce « petit jeune », devait ressembler au Boidin d'avant-guerre, écoutait à peine le bilan que celui-ci dressait encore, tellement fier. Car les fonctions dont l'avait chargé Ferrandon le faisaient voyager dans tous les centres textiles de France. Sans compter qu'il était bien placé pour acheter les laines d'Argentine sur lesquelles on était obligé de se rabattre puisque l'Angleterre se réservait toute la production de ses dominions d'Australie et de Nouvelle-Zélande. Il avait acquis en outre à Roanne pour son propre compte — avec quel argent ? — une usine qui fabriquait de la toile pour les empennages des avions, remarquait cependant que cela ne durerait pas, que l'on fabriquerait surtout désormais des aéroplanes en métal léger, comme les Voisins, qu'il faudrait donc reconvertir bientôt la production, ou revendre l'usine avec un beau bénéfice. « En attendant, ça paye. »

Quand ils se furent séparés, Lucien Rousset constata

que Boidin, qui s'était certes enquis de sa santé, ne l'avait pas interrogé sur les conditions du combat, la vie ordinaire des soldats ou des marins. Comme s'il existait deux mondes, séparés et liés à la fois, l'un fournissant à l'autre des hommes résignés à souffrir et à mourir, et l'autre l'approvisionnement en matériel, en armes, en rations. Indispensables l'un à l'autre sans doute. Mais qui ne pourraient jamais se comprendre tout à fait. Il se sentit soudain étranger à Paris, souhaitant presque repartir au plus vite vers la guerre.

Il entra dans un cinéma qui annonçait des films de Charlie Chaplin. Charlot était devenu la vedette des tranchées. Voir l'un de ses films était le rêve des permissionnaires, qui les racontaient au retour, dans les cagnas et les ruines, en tiraient vanité comme d'un exploit personnel, une exclusivité, et s'efforçaient d'imiter sa démarche de canard.

Lucien assista, dans une salle comble, à la projection de *Charlot dentiste* et de *Charlot fait la noce*, où il remarqua surtout la partenaire de la vedette, une jeune femme blonde, très jolie, aux yeux soulignés d'un trait noir et aux agréables rondeurs, dont le nom était à peine indiqué : Edna Purviance. Il en devint amoureux.

Il se sentait si seul.

Il y avait eu, d'abord, le silence. Si profond que l'on croyait entendre, que l'on entendait peut-être vraiment, les Allemands, en face, se livrant à leurs tâches quotidiennes, raccommodant leur réseau de barbelés ou raclant le fond de leurs gamelles.

On avait dit aux poilus qu'il importait cette fois de surprendre l'ennemi, qu'il n'y aurait donc aucune préparation d'artillerie. Rien qui puisse donner l'alerte. Mais les barbelés ? Des hommes du génie, munis de grosses pinces, accompagneraient la première vague d'assaut.

Lucien, rentré la veille, doutait. Il reprit son bidon — il s'était pourtant promis de ne plus le faire —, avala une gorgée de gnole, qui le brûla. Des oiseaux tournoyaient dans le ciel. Des mouettes peut-être, ou des goélands. Si près de la mer.

Le coup de sifflet le surprit. Il était le troisième à se hisser sur l'échelle. Déjà les mitrailleuses allemandes commençaient à tirer. L'artillerie française, à tonner. Il s'élança, attendant le choc, la cisaille des balles. A droite, à gauche, les hommes avançaient. Quelques-uns s'effondraient, comme des poupées brisées. D'autres sortaient encore et encore de la tranchée. Lucien ne pensait pas qu'ils fussent si nombreux. Ils couraient, vacillaient, s'effondraient, avançaient, le fusil pointé en avant, contournant, appliqués, ceux qui étaient tombés avant eux.

Il n'était plus qu'à quelques mètres des barbelés allemands. Des hommes s'étaient pris dans leurs fils, secoués par les balles des mitrailleuses, corps tordus. D'autres agitaient des cisailles. Avancer.

Il s'écroula. Un souffle puissant l'avait jeté au sol. Il se retrouva, tremblant, dans un trou où gisaient des cadavres, un blessé aussi, à la joue arrachée. Les pieds dans une petite mare, d'eau saumâtre sans doute. Comme on en voyait dans toutes les tranchées : dans ces polders, l'eau sortait à mesure que l'on creusait, la terre se purgeait de cette ennemie fraternelle.

Les mitrailleuses. Comme des machines à tisser, pensa-t-il. Il existait, ailleurs, des arbres et des fruits, et des fleurs, des prairies paisibles où paissaient des vaches, des lacs et des mers sillonnées d'inoffensifs voiliers, des femmes aux corps si doux. Ailleurs.

Aux bruits, il devina que les derniers hommes lancés à l'assaut refluaient. L'attaque avait échoué.

Il n'était pas question de sortir du trou, d'offrir aux tireurs allemands, si proches, une cible si facile. Il attendit la nuit, rampa, se laissa tomber dans sa tranchée. Il avait vidé son bidon.

Le lendemain, il voulut adresser un message à Cocteau, qu'il n'avait pas retrouvé à Paris : le poète, disait-on, avait disparu pour préparer un ballet avec le compositeur Erik Satie. Mais il s'interrompit à la troisième ligne, désespérant de trouver les mots capables d'exprimer ce qu'une fois encore il venait de vivre.

Alors, il entreprit de composer une lettre pour Céline :

« Ma chère Céline,

« Les espadons appartiennent à l'ordre des perciformes. C'est-à-dire qu'ils sont percomorphes. C'est-à-dire qu'ils ressemblent à la perche. La perche, bien plus petite que l'espadon, est un poisson vorace. Ses alevins, les bébés-perches si tu veux, sont déjà des prédateurs, c'est-à-dire qu'ils dévorent tout ce qui vit et qui est plus faible qu'eux, bien que leur mère ne les ait pas lâchés en liberté sans les doter de provisions. Comme tu le vois, en matière de méchanceté, les espadons ont de qui tenir. Une sacrée famille. Mais s'ils sont plus grands que les perches, beaucoup plus grands, les espadons sont aussi plus agressifs, beaucoup plus agressifs. A proportion.

« Les espadons sont plus grands aussi que les hommes : quatre mètres cinquante en moyenne. Mais leurs cerveaux sont moins développés. Ici, dans les Flandres, je ne peux pas consulter une bibliothèque — elles ont toutes brûlé — pour rechercher l'exacte dimension de ces cerveaux. Je suis seulement certain qu'ils sont plus petits que ceux des hommes. Moins compliqués aussi. Or, les hommes ont compensé leur faiblesse physique en faisant travailler leur cerveau. Ce qui leur permet non seulement d'égaler en méchanceté et en agressivité les espadons, mais surtout de se montrer beaucoup plus efficaces. Les espadons ne disposent que d'une longue épée en guise de nez. Les hommes n'ont eu longtemps que des épées, ou des couteaux, ou des piques, ou des lances, ce genre d'armes. Aujourd'hui, ils disposent de tout ce qui est nécessaire pour déchirer, découper, asphyxier, écraser, assommer, mutiler, tuer. Même de loin, ce dont l'espadon est incapable.

« Conclusion : il faut se méfier des hommes plus que des espadons.

Lucien Rousset. »

Il se relut, revit le sourire de Céline, ses yeux qui disaient une telle confiance en la vie, une telle certitude des lendemains, et conclut que cette lettre était ridicule. Il ne la déchira pas, pourtant. Il en fit une petite boule, très serrée, qu'il enfonça dans sa poche.

# VII

Voilà. C'était dit. Expulsé plus tôt. Rien ne pourrait plus empêcher que cela soit su, partagé. Au moins par Aline.

— Tu es la seule, répétait Blandine, la seule à qui je pouvais l'avouer.

Aline, le dos tourné, debout près de la fenêtre, aurait voulu tambouriner sur les carreaux, les briser même, à se blesser, à saigner, à souffrir.

Sa sœur l'avait réveillée au milieu de la nuit. Surgissant comme une apparition dans sa longue chemise blanche, les cheveux dénoués descendant jusqu'à la taille. En pleurs. Capable pourtant d'imposer le silence à Aline, qui imaginait déjà un accident, l'incendie, un mal soudain qui aurait frappé son père, voire l'irruption des Allemands. Et qui avait failli crier.

Voilà. C'était dit : Blandine n'avait plus ses règles. Depuis quatre mois. Au début, elle avait failli en parler à sa mère, pensant à un dérangement passager dû à la mauvaise nourriture, aux difficultés de l'époque. Mais elle s'était vite convaincue qu'elle était enceinte et avait supporté, seule, le fardeau du silence.

Alors Aline, lui saisissant le bras, la secouant, brusque :

— De lui ? De ce... ? Hans Schmidt ? C'est cela, non ?

Blandine, se redressant :

— Tu es jalouse ?

Une gifle, brutale, en guise de réponse. Aline, alors,

s'était mise à pleurer. Avant de courir vers la fenêtre, pour cacher cette extrême faiblesse, son remords, son trouble, sa colère.

Voilà. C'était dit. Mais ce que Blandine ne dévoilerait jamais, c'est comment, en cette soirée de décembre où elle avait tellement craint la patrouille allemande et l'homme qui la serrait comme une proie sous la porte cochère, le jeune officier l'avait fait entrer dans la maison qu'il occupait rue de Paris, et comment, rassurée, libérée, elle était tombée dans ses bras. Ensuite, leurs bouches s'étaient rencontrées. Elle s'était laissé emporter, heureuse, stupéfaite. Quand il l'avait déshabillée, quand il l'avait vue pour la première fois nue, il s'était caché les yeux de ses deux mains, comme ébloui. De derrière ses mains, il répétait qu'elle était si belle, bien plus belle que dans ses rêves. Alors, c'est elle qui l'avait supplié de venir. Sans attendre. Dans des « je t'aime » et des baisers. Les jours suivants, quand ils s'étaient revus, quand ils s'étaient repris, elle avait eu le sentiment d'un accomplissement : ce qui arrivait était ce qu'elle avait toujours attendu, souhaité, sans le savoir. C'était son chemin. Un chemin éclaboussé de soleil en dépit du malheur des temps, des prétextes qu'il fallait imaginer chaque jour, ou presque, pour courir vers la maison de la rue de Paris, des précautions qu'il fallait prendre pour éviter les regards des passants, leur mépris pour une jeune femme qui entrait chez des Allemands.

Aline l'arracha à ses souvenirs.

— Il le sait ?

— Non.

— Il faut le lui dire.

— Il est parti. Tu n'es pas au courant ?

— Parti ? Pourquoi veux-tu que je le sache ? Je ne l'ai plus revu depuis qu'il a terminé le... le pillage des usines. Ah, ça c'est vrai, il a été correct. Il a signé tous les papiers que je lui ai tendus. Comme si l'on pouvait espérer être payés après la guerre ! Correct !

Elle laissa échapper un ricanement désespéré.

— Correct ! Il a fait un bébé à ma sœur. Et maintenant, l'oiseau s'est envolé.

— Il ne voulait pas.

— Il préférait continuer ici son travail de voleur ?

— Ils l'ont envoyé sur le front russe.

— Tu en as eu des nouvelles ?

Le silence. Aline regardait les façades, de l'autre côté de la rue. Comme pour y trouver une réponse, un réconfort. Une mince lumière éclairait une fenêtre. Une lampe à pétrole sans doute. Un malade, peut-être, qui avait réclamé des soins.

Si Blandine se taisait c'était, bien sûr, qu'elle ne savait plus rien de son amant. La guerre. Passer les poings à travers ces vitres. Tout casser.

Correct. Elle revoyait le visage de Hans Schmidt le jour où, à la filature, un sous-officier allemand avait trouvé, en dépit de toutes les précautions qu'elle prenait, un message laissé par un « invisible ». L'homme avait apporté le papier à son chef. C'était le plan de la gare de Roubaix, avec des indications sur les emplacements militaires. De quoi se méfier, pour le moins. Le jeune lieutenant n'y avait jeté qu'un bref coup d'œil, avant de le tendre à Aline : « Cela vous est destiné, dirait-on. » Correct. Trop. Elle pensait à présent qu'elle avait dû ce geste à la liaison de l'officier avec Blandine. Un échange, en somme.

Elle frissonna. La lampe, en face, venait de s'éteindre.

Elle se retourna vers sa sœur, assise sur le lit.

— Que veux-tu faire, maintenant ?

— C'est pour cela...

— Pour cela, quoi ?

— Pour cela que je suis venue. Pour te demander.

Aline faillit céder à la colère, se retint de crier qu'elle ne pouvait pas prendre en charge le monde entier, son père mutilé et désespéré par le saccage de ses usines, sa mère gémissant chaque jour que l'on manquait de tout, la petite bonne flamande qu'il avait fallu envoyer dare-dare à l'hôpital, un poumon creusé par la tuberculose, pour éviter qu'elle ne contamine la maisonnée. Plus l'écoute épuisante des stations de TSF. Plus le réseau de Dautriche, qui avait fini par se reconstituer, l'homme ayant reparu après des mois d'absence, expliquant que les Allemands, l'ayant pris alors qu'il passait en Belgique, avaient fini par croire qu'il se livrait seulement à des trafics d'épicerie. Mais la peur revenait chaque jour, attisée par les affiches des occupants qui multipliaient interdictions et réquisitions ou, surtout, annonçaient l'exécution, à la citadelle de Lille, de civils qui avaient sauvé et hébergé des aviateurs alliés. La peur entretenue par les arrestations d'hommes ou de femmes à qui l'on n'avait à reprocher que des bricoles mais que des voisins, des jaloux, avaient dénoncés, accusés de commerce clandestin ou d'espionnage. Et maintenant, Blandine, la fragile Blandine, si claire, candide, qui était enceinte. D'un Allemand dont elle n'avait même plus de nouvelles. Qui était peut-être déjà mort, là-bas, quelque part dans les plaines de cette Russie glaciale où les armées du Kaiser, semblait-il, gagnaient partout du terrain.

Aline se laissa tomber sur le lit. Blandine eut un geste pour se rapprocher d'elle, l'interrompit, incertaine.

— Alors ? dit-elle.

— Alors, je vais réfléchir.

— Et papa ? Et maman ?

— Tu veux leur parler ?

— Il le faut ?

— Je ne sais pas. Je ne sais rien. Je ne vois pas clair. C'est trop.

Revint le silence. Les deux sœurs tête basse. Le jour naissait, jetait dans la chambre une pâle lueur. Blandine se leva.

— Tu as du sang sur les lèvres, remarqua-t-elle.

— Je me suis mordue.

— Tu t'es mordue ?

— Pour ne pas hurler.

— Alors ? demandait Blandine.

— Je ne sais pas, répondait Aline.

La même scène, presque chaque matin, quand elles se retrouvaient dans le couloir des chambres, mal éveillées d'un mauvais sommeil, courant vers la salle à manger, la seule pièce chauffée, où leur mère admettait même les bonnes. Car le froid était revenu. Paralysant. Comme si le ciel voulait ajouter aux souffrances que s'infligeaient les hommes. La grande Augusta qui avait tenté, un jour, de remonter le moral de la famille en énonçant « année de gelée, année de blé » s'était fait renvoyer à l'office, glacial, par Laurent Surmont-Rousset, furieux : comme si elle ignorait encore, cette sotte, que le blé irait aux seuls Prussiens !

Chaque matin, Aline trouvait à sa sœur le teint plus pâle, les yeux plus cernés, les traits plus tirés. Observait alors sa mère, surprise de ce que celle-ci ne manifestât aucune inquiétude. Elle finit par conseiller à Blandine de n'apparaître le matin qu'après avoir fait sa toilette, en prétextant le froid, et s'être recouvert les joues d'une épaisse couche de poudre, puisque — bizarrement — ce produit-là, des fards aussi, se trouvaient encore dans les boutiques et les pharmacies.

Cette angoissante incertitude, cette attente se prolongèrent jusqu'au lendemain de Noël. Une toute petite fête, si ce mot avait encore un sens. La mère avait fouillé le grenier, enveloppée dans un lourd manteau de fourrure, afin de dénicher, parmi les souvenirs de voyage et les petits objets accumulés par les générations précédentes, des cadeaux pour toute la famille. La grande Augusta s'était procuré on ne sait comment — peut-être pour obtenir de son patron un pardon — un lapin, que la jeune Céline chuchota être en réalité un chat. Ce qui lui valut une de ces réprimandes qui faisaient son ordinaire.

Aline avait bien vu que Blandine se contentait de grignoter, touchait à peine, elle qui l'adorait, au chocolat que son père avait obtenu à prix d'or de l'un de ses anciens contremaîtres, désormais connu pour diriger un réseau de trafiquants qui se fournissait en Belgique, et jouissait, en distribuant denrées et argent aux autorités allemandes et françaises, d'une totale impunité.

Inquiète, elle avait très peu dormi. Elle se reprochait de n'avoir eu aucune conversation avec sa sœur depuis la révélation de sa grossesse, de l'avoir laissée seule, en somme. Elle trouvait, certes, des excuses, des moyens de se justifier à ses propres yeux : c'est qu'elle ne voyait aucune solution, et ne pouvait, pas plus que Blandine, imaginer de révéler l'affaire à ses parents. Mais elle dut s'avouer qu'elle avait d'abord éprouvé quelque jalousie : sa sœur avait, du moins, connu l'amour. Elle, avec Oscar Vanhoutte, trois nuits où les corps avaient plus compté que les cœurs, même si elle n'en gardait pas un trop mauvais souvenir.

En outre, sa sœur serait mère avant elle, ce qui dérangeait, pensait-elle vaguement, l'ordre des choses. A moins qu'une fausse couche. Ou un avortement. Mais il était sans doute trop tard. Et comment faire ? A qui s'adresser ? On chuchotait bien, avant-guerre, entre demoiselles, que si telle compagne avait soudain disparu — partie aux eaux ou à la montagne, disait la famille —, c'était pour se rendre dans une maison spécialisée, à Paris ou en Suisse. Des femmes de la campagne, disait-on aussi, et des ouvrières, savaient « se débrouiller », avec des herbes, des aiguilles à tricoter. Mais Aline n'en connaissait aucune qu'elle puisse mettre dans la confidence, associer à ce qui lui semblait être un meurtre.

Elle avait fini par tomber dans un sommeil agité de sanglants cauchemars.

Elle sut, le lendemain, un jour de glace, qu'il n'était plus possible de tergiverser. Rentrant de sa maison de Roubaix, qu'elle s'obligeait à visiter régulièrement, elle s'était presque heurtée, aux abords de la gare, à Blandine. Laquelle avait, rapide, refermé son manteau. Trop tard : Aline avait pu observer qu'elle portait seulement, sous ce vêtement, ouvert à tous vents, une robe d'été aux vives couleurs, la plus légère sans doute qu'elle eût trouvée. Et qu'elle tenait son chapeau à la main.

— Viens !

Elle la tira, la traîna, jusqu'à la maison familiale, l'amena dans sa chambre, ouvrit le manteau, la prit à bras-le-corps. Rien sous la robe. Blandine était presque nue, les seins à l'air, le ventre lisse aussi. Un peu bombé déjà.

Une rage saisit Aline.

— Tu voulais attraper la mort, n'est-ce pas ? Par ce froid. Un suicide, c'est ça ?

Blandine ne répondait pas. Immobile. Dressée, blanche, comme une statue grecque. Belle. Mais absente. Ailleurs.

Alors, des gifles, sur le visage, sur le dos, sur les fesses. Des frictions sur les seins et le ventre.

— Couche-toi. Dans mon lit. Sous l'édredon.

Elle semblait hésiter, obéit enfin, toujours silencieuse. Un objet.

Aline courut jusqu'à la salle de bains, trouva un gant de crin, une brosse aux poils durs, écouta : du rez-de-chaussée venaient les bruits familiers de la maison, Céline étudiait son piano, la petite Delphine riait avec une bonne. Personne, semblait-il, n'avait rien remarqué.

— Tu vas voir !

Elle la griffait presque, avec la brosse. Comme pour se venger. De sa peur, de ses soucis, d'elle-même. Elle frottait plus fort, plus fort encore. Et la peau blême prenait des teintes plus roses, bientôt rouges, écarlates. Quelques gouttes de sang perlèrent même sous les omoplates.

Elles pleuraient toutes les deux. Finirent par s'enlacer. Puis à rire, fébriles, à bout de nerfs.

— Tu vas encore attraper froid. Prends cette couverture. Ma petite, ma toute petite.

Aline, à présent, berçait sa sœur, lui jetait de petits baisers, au hasard, sur le visage. Maternelle. Elle se pencha sur le ventre de Blandine, le caressa, douce.

— Il bouge ?

— Non. Je ne sais même pas quand ça commence à bouger, un bébé. Et toi ?

Aline ne répondit pas. Honteuse de son ignorance. Blandine pleurait de nouveau, s'interrompait :

— Mais tu étais mariée, non ?

— Trois jours.

— On ne t'avait rien dit ? Maman...

Aline haussa les épaules, pensa que si leur mère devait pousser à ce moment, par malheur, la porte de la chambre, elles s'uniraient pour l'injurier.

Elle s'efforça de se reprendre.

— Bon. Tu vas te rhabiller. Chaudement cette fois. Les bêtises, ça suffit.

— Oui, mais après ?

— Après, je finirai par trouver. D'abord, tu ne dis rien à personne. Tu manges... enfin, tu fais comme tout le monde, tu prends ce qu'il y a, tu ne te laisses plus aller. Tu te débrouilles aussi pour te serrer un peu le ventre...

— J'ai un peu de mal à fermer mon corset, déjà.

— Tu viendras me voir, le matin, je tirerai sur les lacets. Ensuite, je te prêterai l'un des miens, ils sont un peu plus larges.

— Et après ?

— Après, j'ai mon idée.

— Comment ?

— Je te le dirai, mais je dois encore vérifier deux ou trois petites choses.

— Tu sais comment faire ? Tu es sûre ?

— Je te dis que j'ai mon idée.

En vérité, elle n'en avait aucune. Le soir, épuisée, elle n'écouta pas la radio, expliqua à son père qu'elle était grippée. Ils n'apprirent pas que le président du Conseil, Briand, venait, en guise de cadeau de Noël, de nommer Joffre maréchal de France. Mais lui avait aussi retiré son commandement, confié à un certain Nivelle qui mènerait les armées en 1917. Des informations qui les auraient, probablement, laissés indifférents.

— Madame, je sais pour votre sœur.

La grande Augusta avait attendu le soir, toute la maisonnée pelotonnée dans la chaleur des lits, pour gratter à la porte d'Aline. Qui, sur cette phrase chuchotée, l'avait fait entrer.

— Quoi ? Vous savez quoi ?

— Les règles, Madame, ça laisse des traces. Sur le linge. Même sur les draps, quelquefois. Au début, je n'y avais pas fait attention. Il n'y a pas longtemps que ça m'a frappée. J'ai compris que Mademoiselle Blandine n'avait plus ses jours. Alors, je me suis souvenue qu'elle avait vomi plusieurs fois dans l'automne. Mais elle mettait ça sur le compte de la mauvaise nourriture et de leur pain tout noir. Elle ne voulait surtout pas que ses parents soient au courant, pour ne pas les inquiéter, à ce qu'elle disait. Quand j'ai repéré l'histoire des règles, j'ai mis tout cela ensemble, et j'ai compris. Après, j'ai deviné que vous le saviez aussi, qu'elle avait dû vous le dire.

— Qu'est-ce que vous racontez ?

Cette phrase à peine lancée, Aline se jugea ridicule. Augusta eut un petit sourire, de pitié semblait-il. Condescendant. Presque insupportable.

— Nous, les bonnes, Madame, nous avons des yeux. Comme vous. Nous avons aussi une tête pour penser. Comme vous. Quand on sert à table, on entend bien des choses, on voit même les regards. Et on comprend. Alors, je peux vous le dire : entre votre sœur et vous, il y a quelque chose de changé depuis...

— Depuis ?

— Depuis quinze jours, trois semaines. J'ai pas compté. Mais j'ai compris.

— Compris quoi ?

— Madame !

Aline, cette fois encore, pensa que sa question était idiote. Qu'elle ne devait pas chercher à se défendre. A nier l'évidence. A protéger un secret qui n'en était plus un. Plus tout à fait.

— Asseyez-vous.

— Je ne me permettrai pas, Madame.

— Écoutez, Augusta, ne faites pas de manières. C'est la guerre. Tout a changé. Asseyez-vous. Prenez ce fauteuil.

— Non, Madame.

C'était dit sans humilité. Avec fierté même. Orgueil. Sur un ton qui signifiait : quoi que vous fassiez, quoi que vous pensiez, nous ne sommes pas du même côté, pas dans le même camp, et le nôtre n'est pas si mal.

Il ne fallait pas insister. Mais.

— Bon, Augusta. C'est vrai.

— Je le savais, Madame : « Vérité plaît et fausseté nuit. »

A l'énoncé de ce proverbe, elles se sourirent. A peine. Le devinèrent pourtant dans la pénombre. Complices soudain.

Cette Augusta pouvait être une alliée. Mais comment Aline oserait-elle avouer, sans ridicule, sans perdre toute autorité, qu'elle ne savait, pas plus que Blandine, presque rien de la grossesse, de la formation d'un enfant ? Ses amies se racontaient que les bonnes initiaient les garçons, les accueillaient dans leurs lits, dans les sous-sols ou les combles. Mais qui aurait pu initier les filles ?

— Vous en avez parlé, Augusta ?

— Madame !

— A personne ?

— Madame !

— Et alors ?

— Alors, j'ai pensé que je pourrais peut-être vous aider. Cette petite Blandine, vous savez, je l'ai toujours protégée, comme Céline. Comme la plus petite. Vous...

Traduction, pensait Aline : vous en aviez moins besoin. Elle en éprouvait à la fois fierté et dépit.

— C'est presque une enfant, Madame. Même aujourd'hui.

— Une enfant... vous en avez de bonnes, Augusta. Nous n'avons qu'une année de différence. Et ce qui lui est arrivé...

— Il n'y a pas d'âge pour...

— Cessez de me réciter des proverbes !

Aline eut le sentiment d'avoir marqué un point. Poussa son avantage.

— Pensez-vous que l'on puisse le cacher jusqu'au bout ?

— Peut-être. Cela s'est vu. Dans mon village, j'en ai connu une. Elle a fait un garçon et l'a porté chez les sœurs. Et, croyez-moi, les parents n'ont rien deviné. Jamais. A moins qu'ils n'aient pas voulu comprendre, je ne sais pas. Il n'est pire sourd que celui qui ne veut pas entendre. C'est la même chose. Quoique Monsieur Surmont-Rousset et Madame votre mère...

— Vous pouvez nous aider ?

— Si je me suis permis, Madame, à cette heure-ci...

— Merci.

Aline se jeta à son cou.

Un peu plus tard, alors qu'elle cherchait en vain le sommeil, elle s'étonna, amusée. Elle avait embrassé une bonne. C'était, il est vrai, Augusta. Comme une cousine éloignée, presque. Puis elle s'interrogea sur les servantes, sur ce monde qui vivait autour de sa famille, la regardait vivre, saisissait des bribes de conversations. Elle se demandait comment apparaissaient, aux yeux des bonnes, ses parents et ses sœurs. Qui, sans le savoir, se donnaient, en somme, en spectacle permanent. Elle était surprise de n'y avoir jamais beaucoup songé auparavant. La guerre, décidément, changeait tout.

Aline interrogeait sa sœur :

— Rien ?

Rien. Blandine ne recevait aucune nouvelle de son lieutenant bavarois. Deux lettres seulement, peu après le départ de Hans Schmidt, jetées dans des bureaux postaux de gares et transmises par un vieil officier qui avait cantonné avec lui dans l'immeuble de la rue de Paris. Puis le silence. Elles savaient, certes, que l'armée allemande n'avait plus à livrer de rudes combats sur le front de l'Est où, depuis le début de janvier, les troupes russes semblaient refluer en désordre. Cela ne retenait pas l'angoisse de Blandine. Aline, elle, se surprit même à s'en réjouir, se le reprocha aussitôt. Mais quoi ? Si le jeune Allemand avait appris sa future paternité et s'il était aussi amoureux que le prétendait Blandine, aussi correct qu'il avait toujours affecté de l'être, il eût pu s'organiser pour ramener la jeune femme dans son pays, peut-être sa famille.

C'eût été une solution. Pas fameuse, bien sûr. Aline imaginait la colère, le désespoir, la honte de ses parents, le tintamarre chez les notables de Lille et de Roubaix, les questions de ses jeunes sœurs. Mais aucune solution n'était meilleure, ni simplement bonne. Et l'on pourrait toujours espérer qu'après la guerre, le temps gommant rancunes et rancœurs, les jeunes époux vivant au loin, des arrangements, des réconciliations s'avéreraient possibles. Mais fallait-il prier pour la survie d'un ennemi ?

La morsure de l'hiver devenait chaque jour plus cruelle. La faim aussi. Depuis 1915, les municipalités avaient obtenu qu'un Comité hispano-américain, qui s'était formé pour alimenter la population de la Belgique envahie, étendît son action aux territoires français occupés. Mais ses dons, forcément limités, se réduisaient à mesure qu'avançait la guerre. Les Allemands, pas tellement mieux lotis, en prélevaient toujours davantage. Les trafiquants, toujours plus nombreux et mieux organisés, en distrayaient de larges parts. Et les péniches affrétées par ce comité ne pouvaient plus circuler sur les canaux gelés. Célestine Surmont-Rousset, qui avait depuis longtemps épuisé les provisions amassées au début de la guerre, quémandait sans cesse à son mari de l'argent pour acheter à prix d'or du riz, des pommes de terre, du saindoux, des betteraves avec lesquelles on tenta de faire des frites. Avant d'y renoncer, tant elles étaient fades et sucrées. Les bonnes racontaient qu'aux portes des entrepôts et des usines où les Allemands avaient établi leurs casernes se formaient des queues de mendiants en quête de restes, que des commerçants vendaient, très cher, des pelures de pommes de terre ou du pâté de chien. Mais la grande Augusta dut, en cachette, élargir les vêtements et les sous-vêtements de Blandine qui s'arrondissait, parvenait à le cacher en se serrant, autant que possible, avec une large ceinture de flanelle et en s'affublant d'amples tricots dont la cruauté du froid justifiait l'usage.

Il fallut bientôt accepter l'évidence : le jeune Bavarois ne donnerait plus de nouvelles. Aline tenta de rassurer sa sœur en lui serinant la meilleure hypothèse : qu'il ait été fait prisonnier, aussitôt arrivé sur le front, par ces troupes russes dont *La Gazette des Ardennes*, contrôlée par les Allemands, annonçait maintenant qu'elles se débandaient et se mutinaient. Des soldats qui n'étaient peut-être même plus capables de tuer une mouche. Sauf leurs chefs. Mais puisque aucune issue ne pouvait plus être espérée, sauf miracle, de ce côté, il faudrait bien, ajoutait-elle, tout avouer à leurs parents : Blandine ne pouvait pas accoucher en secret dans cette maison ; à supposer même que, par impossible, elle y parvienne, que feraient-elles de l'enfant ? Il ne pourrait pas vivre en clandestin, comme ces aviateurs alliés tombés vivants du côté allemand, que de braves gens tentaient de cacher — au risque de se faire prendre et fusiller.

L'évocation de ces clandestins fit surgir l'image de Dautriche, le long et mystérieux personnage qui passait encore, à intervalles réguliers, collecter des messages des « invisibles » et dont elle craignait toujours l'arrestation : des imprudences, la délation, le hasard permettraient un jour aux Allemands de mettre la main sur le réseau qu'il avait tissé. Que ce réseau ait subsisté jusque-là constituait déjà un exploit, montrait assez l'habileté de son chef, sa capacité à se déplacer en échappant à tous les contrôles.

Ils ne se parlaient guère, lors de ses rapides passages. Sinon pour échanger quelques phrases, banales, évoquer la pluie, le beau temps, les rigueurs de l'invasion, parfois les nouvelles de la guerre. Mais elle avait acquis, plus que du respect, une grande confiance en cet inconnu.

Elle décida qu'elle n'avait pas d'autre choix, les semaines passant, la naissance approchant : elle lui demanda s'il pouvait trouver une famille, une nourrice qui puisse prendre en charge un bébé, moyennant rétribution bien sûr, jusqu'à la fin de la guerre. Dans le plus grand secret. Il parut à peine surpris, eut seulement un regard vers sa taille, son ventre, ce qui amusa presque Aline. Puis promit de s'informer. Il semblait presque certain de trouver.

Dès lors, Aline s'activa. Elle parvint, au cours d'une visite à la petite bonne flamande entassée dans un long couloir où des dizaines de femmes crachaient leurs poumons, à pénétrer dans la bibliothèque de l'hôpital, presque abandonnée et poussiéreuse, pour dérober un gros bouquin sur la grossesse. Dont elle constata ensuite qu'il datait de 1876. Mais se dit que les conditions de l'enfantement n'avaient pas dû changer depuis des siècles et des siècles. Après tout, l'Évangile racontait que Marie avait accouché dans une crèche, sans sage-femme ni docteur. Blandine ne présentait sans doute pas, aux yeux de Dieu, les mêmes vertus. Mais rien n'était plus naturel, conclut-elle après lecture, que la naissance d'un enfant. Rien n'était plus difficile, en revanche, que de la cacher aux grands-parents. Par chance, il y avait la grande Augusta.

Avec Augusta, précisément, elle composa un scénario. Blandine afficherait désormais une grande faiblesse, cesserait de jouer la comédie de la santé avec des poudres et des fards, feindrait même à l'occasion de se trouver mal. Préparerait le terrain, en somme, pour qu'Augusta puisse proposer aux parents Rousset de l'emmener chez l'une de ses sœurs dans un village proche de la frontière belge où elle pourrait respirer un air plus pur — « Nuages sur la ville et l'usine ne baignent pas plaines et collines » — et serait quand même mieux nourrie. Elle accoucherait là.

Blandine se révéla assez bonne comédienne. Laurent Surmont-Rousset, à vrai dire, se préoccupait à peine de son entourage. Son amputation, la prolongation de la guerre, pourtant conforme à ses prévisions, le saccage de ses usines enfin semblaient l'avoir abattu. Ou plutôt l'entraînaient jusqu'à l'obsession dans des visions d'avenir qui ne laissaient aucune place aux soucis du quotidien.

Il n'évoquait plus, lorsqu'il intervenait à la table familiale, que les mutineries de quelques régiments russes, annonçant peut-être une véritable révolution dont les Allemands semblaient, à l'avance, se réjouir. La Russie, expliquait-il à son épouse qui l'écoutait à peine, s'était industrialisée trop vite, depuis quelques années ; un nouveau monde était né, les fils de paysans, brusquement transplantés et transformés en ouvriers, ne supportaient pas cette nouvelle condition ; la guerre, brassant tous les hommes, avait alors permis la contagion des idées socialistes. Elle en faisait autant à l'Ouest bien qu'on l'ignorât ici : qui pouvait savoir, de Lille envahi, ce qui se disait ou se fomentait dans la boue des tranchées ? Le pire était à craindre, même si l'on gagnait, ce qui semblait toujours possible puisque les Américains paraissaient décidés à bouger enfin. Le pire : une révolution ouvrière, en Europe.

Célestine Surmont-Rousset acquiesçait, du bout des lèvres, sans s'intéresser vraiment, comme mue par le seul souci de ne pas inquiéter un grand malade, de lui donner le change, d'éviter, surtout, de le contredire, ce qui eût provoqué une de ses colères qui faisaient désormais trembler toute la maisonnée.

Les regards qu'elle lançait à toute occasion vers Blandine, quelques remarques aussi, enfin la préoccupation nouvelle qu'elle marquait pour le lavage du linge et de la literie, inquiétèrent Aline. Sa mère avait-elle deviné, comme, des semaines plus tôt, la grande Augusta ?

Elle n'en laissait rien paraître, certes. Mais Aline la surprit plusieurs fois à pleurer, en se cachant. Elle n'obtint guère de réponse à ses questions. Sauf un jour, ce presque aveu : « Je me fais trop de souci pour... » Et, se reprenant : « Pour vous tous. »

Aline fut tentée de la pousser à davantage de confidences, se reprit elle aussi : la comédie de l'ignorance était sans doute préférable. Il fallait continuer de faire comme si.

Vint le jour où Augusta proposa d'emmener Blandine chez sa sœur. Laurent Surmont-Rousset grogna. Célestine pleura. Aline fit mine de s'étonner puis poussa à la roue. La décision fut prise. Restait à se procurer des laissez-passer. Dautriche résolut rapidement le problème. Il avait aussi trouvé une famille qui prendrait en charge le bébé après la naissance, moyennant subsides : l'épouse d'un mobilisé, en charge déjà de deux enfants.

L'enfant naquit pour Pâques. C'était une fille, que l'on baptisa Aurélie. Les cloches ne sonnèrent ni pour la fête, ni pour le baptême qu'Aline administra elle-même, à la sauvette. Les Allemands les avaient enlevées du clocher, comme dans tous les villages alentour, pour en faire des canons.

Deux jours plus tard, Dautriche emmenait la petite Aurélie. Blandine mordait son oreiller de paille pour éviter de crier.

# VIII

Ferrandon, ce 18 mai 1917, jubile. Il feuillette le programme du théâtre du Châtelet qui annonce *Parade* et le présente comme un « ballet réaliste » de Jean Cocteau, sursaute en découvrant dans le texte un nouveau mot, d'Apollinaire celui-là, « surréalisme », admire le rideau peint par Picasso où des Noirs servent un pique-nique à un gondolier vénitien, tandis qu'un torero gratte une guitare et que des arlequins jouent les acrobates de cirque.

La salle du Châtelet bourdonne. Comble. Les uniformes d'officiers, très chics, impeccables, côtoient à l'orchestre et dans les loges les smokings et les longues robes, très décolletées et chargées de perles.

On se raconte l'histoire de ce ballet, commencée en même temps que la guerre, émaillée de mille incidents entre Cocteau, qui partageait son temps entre le front et Paris, Diaghilev, le patron des Ballets russes, et Erik Satie, compositeur raffiné et complexé, coléreux, amoureux du cognac et des parapluies, qui ne supporte pas d'être considéré comme inférieur aux plus grands.

On s'esbaudit de ce que Picasso, parti rejoindre le ballet à Rome, se soit passionné pour une danseuse dont le talent reste à prouver, la fille d'un colonel de cette armée du tsar en voie de décomposition avancée. Mais on s'amuse plus encore de répéter qu'à Rome aussi Cocteau, tellement désireux d'imiter et de séduire le peintre, s'est attaché à une autre ballerine — oui, Cocteau, disent les galonnés et les smokings aux emperlées —, une certaine Shabeska qui lui barbouillait le visage de rouge et de fards afin de manifester à tous leur intimité.

— Ce sera la bataille d'Hernani, annonce Ferrandon à Boidin.

Il lui explique que le ballet, audacieux et burlesque, va tellement diviser la salle que Satie, inquiet, est allé, barbichette en avant, distribuer des billets d'entrée gratuite à ses copains des bistrots de Montparnasse, de préférence aux permissionnaires, en leur recommandant de venir avec leurs lourds brodequins, ceux des tranchées, pour impressionner galonnés et embusqués. Boidin songe soudain à se lever, à quitter cette salle impatiente, ce monde qu'il a commencé à découvrir, qui le fascine, l'écœure et l'intimide encore. Mais il regarde la jeune femme qui l'accompagne — qui lui ouvre sa porte et son lit à chacun de ses passages à Paris —, une longue brune qui porte une sorte de chemise de soie crème, liserée de fourrure. Alors, une bouffée d'orgueil le saisit, l'envahit. Il mesure le chemin qu'en deux ans et quelques mois il vient de parcourir, revoit le quartier de son enfance lilloise, Wazemmes, avec ses filles aux visages blancs et comme enflés par la vapeur des filatures « au frec » où elles travaillaient toute la semaine dans l'eau et la fumée, regarde encore sa voisine aux yeux en amande, dont la robe si courte laisse voir de si minces jambes. Il soupire. D'aise ?

Le rideau se lève. Devant une tente de cirque, des personnages comme on n'en a jamais vu dans un spectacle de ballet, vêtus de tissus criards, coiffés de hauts-de-forme et chaussés de bottes de cow-boys, rugissent pour attirer d'imaginaires spectateurs. La musique ne rugit pas moins, imite soudain le crépitement des machines à écrire, qui rappelle celui des mitrailleuses. Alors, les vrais spectateurs, ceux de la salle, se divisent et se déchaînent, crient « Vive Picasso » ou « Sales boches », applaudissent, sifflent et s'injurient. Boidin jette un regard, devant lui, vers un soldat en uniforme, au crâne rasé, à la tête encore entourée d'un bandage : c'est Apollinaire, lui a dit Ferrandon, Apollinaire le poète qui, gravement blessé dans les vraies batailles, a dû être trépané. Boidin voudrait bien savoir ce qu'il pense, Apollinaire, se dit qu'il doit trouver ce spectacle et ce chahut d'une extrême futilité, être pris d'une envie de vomir ou de déguerpir. Mais l'homme au crâne rasé et couturé de cicatrices applaudit bruyamment, enthousiaste, à demi levé de son fauteuil. Et Boidin pense qu'il a encore beaucoup à apprendre.

Il profite d'une interruption, brève, pour sortir de sa poche un poème d'un sergent nommé Drieu la Rochelle, dont il n'avait jamais entendu parler, mais que Ferrandon lui a glissé, à l'entrée du théâtre, en le lui présentant comme une gourmandise, le texte d'un frondeur, interdit par la censure, presque une bonne blague. Un poème qui évoque le partage de l'humanité par la guerre :

*Les combattants et les non-combattants*
*Ceux qui sont blessés ou tués, ceux autour de qui l'air est tranquille*
*Ceux qui ont un lit chaud et dorment leur saoul,*
*Ceux qui ont les veilles froides*
*Ceux qui aiment de près, ceux qui aiment de loin leurs aimés.*

Clément Boidin ne veut pas aller plus loin, poursuivre cette lecture, dans cette salle.

Il tente un instant d'oublier ce poème et le raffut du public, ferme les yeux pour songer à la négociation qu'il doit mener le lendemain avec Moreel. Moreel qu'il a retrouvé à Elbeuf, après qu'il eut quitté le Nord avec sa famille — un exténuant voyage à travers Belgique, Allemagne et Suisse —, et s'est retrouvé à la tête d'une antique filature de coton. Pas grand-chose à voir avec ses tissages lainiers de Roubaix. Le directeur, un cousin éloigné, semblait plus préoccupé de bousculer les ouvrières sur les balles de coton que d'accélérer la production et de veiller à la rigueur des comptes. Moreel l'a écarté, s'est débattu. Trop tard. Les dettes s'accumulent, les créanciers s'agitent. Une absurdité dans une période où les besoins des armées sont si grands que l'on peut vendre n'importe quoi ! Mais c'est ainsi : la faillite menace. A moins que Moreel, demain, n'accepte la proposition de Boidin, n'ouvre son capital à l'argent de Surmont-Rousset, qui a fait des petits depuis deux ans, et à celui de Boidin lui-même, très à l'aise depuis qu'il a prélevé sa dîme quand il s'est retrouvé seul à Paris.

Il sait bien, Boidin, que les grands du textile nordiste n'aiment guère ce genre d'association, qu'ils préfèrent rester en famille. Mais il a beaucoup appris, lui, depuis plus de deux ans qu'il tourne d'usine en usine pour le compte de l'État et sur les instructions de Ferrandon. Il a beaucoup lu aussi — c'est l'un des rares avantages des longs voyages en train —, beaucoup observé. Il a des idées sur l'économie moderne, les évolutions nécessaires, indispensables. Il a aussi repéré, à Fécamp, un garçon de trente ans qui dirige une filature de plus de dix mille broches et qui pourrait bien prendre en main celle de la famille Moreel à Elbeuf. En main, c'est une façon de parler car ce Pierre Ouvrard a perdu la gauche lors de l'offensive d'Alsace en août 1914, lorsqu'on croyait gagner la guerre en deux temps et trois mouvements. Une chance pour ce garçon, en somme, la bonne blessure, comme on dit, qui garantit la vie sauve et laisse tout espérer pour l'avenir. Boidin est certain de pouvoir le décider à quitter Fécamp. A condition que Moreel accepte. Mais l'industriel n'a pas le choix. A moins que...

La salle rugit de nouveau et arrache Boidin à ses réflexions. C'est que vient d'apparaître sur scène une jeune femme à bicyclette qui imite Charlie Chaplin, poursuit un voleur avec un revolver puis danse un ragtime. Ça, un ballet ! Des fauteuils claquent. Des rangs entiers crient encore « A bas les boches », une insulte lancée à tout propos depuis la guerre, tandis que d'autres hurlent leur enthousiasme.

Boidin se retourne vers la loge où Ferrandon, tout à l'heure, lui a montré Picasso en polo rouge aux côtés de Misia.

— Vous savez, cette dame qui avait monté une expédition d'ambulances avec Cocteau au début de la guerre.

Misia règne, en robe éblouissante, parée de diamants et d'une tiare d'argent. Boidin regarde surtout Apollinaire, le blessé, le seul homme des tranchées qu'il ait vraiment repéré dans cette assemblée, Apollinaire qui applaudit avec autant de chaleur que Misia. Comme s'ils appartenaient au même monde. Comme si là-bas, dans les tranchées justement, pas très loin en somme, des hommes n'étaient pas en train de souffrir mille morts, et de se révolter, parce qu'ils en ont assez, parce que l'on ne peut pas exiger toujours l'impossible.

Alors, Clément Boidin se répète que, décidément, il a encore beaucoup à apprendre.

— Viens-tu ?

Clément Boidin ne répond pas à l'invitation de son amie, déjà étendue sur le lit.

A la sortie du théâtre, ils sont allés, en compagnie de Ferrandon et de quelques autres, dîner dans un restaurant de la place du Châtelet où l'on fait fi de la décision gouvernementale de limiter désormais les repas à deux plats et de ne plus proposer de viande le soir. Un dîner animé, où l'on se scandalisait des propos de quelques spectateurs de *Parade* qui voyaient dans les hurlements et les applaudissements « la plus grande bataille de la guerre ». Il a acheté à un gamin un journal du matin, à peine sorti des presses. Et voilà que, rentré chez son amie, jetant un coup d'œil rapide au quotidien, il a eu l'attention attirée par un article qui évoque l'arrivée à Paris d'un sénateur du Nord. Un certain Potié, dont il n'avait jamais entendu parler et qui vient de sortir du territoire occupé, sans doute par la même voie que Moreel.

Ce Potié a été acclamé la veille, le 16 mai, à son entrée au Sénat. Mais ce qui intéresse Boidin, c'est que ce parlementaire, à en croire le journal, n'a pas mâché ses mots : « Que de fois, a-t-il dit, je me suis demandé pourquoi notre région du Nord, si riche en industries, en terres fertiles, n'avait pas été défendue. Que de blé, que de houille, que de sucre, que de biens puissants elle aurait fournis à la France pour une guerre de si longue durée. »

Clément Boidin pense que ce sénateur a tout à fait raison, se souvient des histoires que Ferrandon lui a racontées, dès l'automne de 1914, sur la bêtise de l'état-major. Puis il se dit que si le Nord avait été protégé au lieu d'être abandonné à l'ennemi, il ne serait pas devenu, lui, l'homme qu'il est aujourd'hui.

Alors, il froisse le journal, le roule en boule, le jette, et se dirige vers le lit.

Le bébé pleure. La petite fille ne supporte pas très bien le lait de vache. D'autant plus que, Julia Bondues en est certaine, la mère Marchand le coupe avec de l'eau : cette couleur bleutée ne trompe pas.

Il faut dire que les fermiers n'ont pas la vie facile. Quand les Prussiens sont arrivés, ils ont commencé par réquisitionner le quart des troupeaux, qu'ils ont abattu pour nourrir la troupe. Ensuite, mois après mois, ils ont mis toutes les terres en commun, amené de chez eux, dans chaque village, des chefs de culture qui décident maintenant de ce qu'il faut semer et quand, à quelle date, il faut rouler, herser, moissonner. Ils ont recruté tout ce qui pouvait travailler dans le village, hommes, femmes, gosses et vieux. Du travail forcé. Comme au bagne. Pire qu'au bagne, peut-être.

Ils ont même raflé des jeunes, l'an dernier, au petit matin, pour les envoyer dans des camps on ne sait trop où, du côté des Ardennes. Des scènes qu'on n'aurait jamais osé imaginer : les femmes à peine vêtues, un tablier passé à la hâte sur leurs chemises, qui s'accrochaient à leurs fils ou à leur père rassemblés sur la place de l'église et que les soldats repoussaient à coups de poings ou de crosses. Ils étaient même entrés chez Julia, fouillant ses deux pièces, la cave et le tout petit grenier — pour y chercher un homme peut-être.

Mais le sien est parti à la guerre, en 1914, dès le deuxième jour. Confiant. Il était certain, son François, de revenir rapidement : « C'est une erreur ; quand ils comprendront que je suis mineur, ils me renverront dare-dare. On aura toujours besoin de charbon, tu comprends. Et de costauds pour l'arracher à la terre. » Mais ils ne l'ont pas renvoyé. Et elle n'en a plus de nouvelles. La mine, d'ailleurs, à six kilomètres du village, est fermée, son chevalet renversé. Trop près du front.

Le front, donc, est à dix kilomètres, ou douze, on ne sait trop. Ça bouge de temps en temps, de quelques centaines de mètres. Des canonnades d'abord. Puis l'on voit revenir des blessés, allemands. A pied ou sur des charrettes. Ou des Français. A pied. Ils se traînent. Ceux-là, on voudrait bien leur dire quelques mots, les interroger. Mais les Allemands font bonne garde. Ils sont toujours là. Une Kommandantur par village. Des soldats dans la plupart des maisons ou des granges. Presque mêlés aux habitants et aux troupeaux.

Les troupeaux, les fermiers ont pu en partie les garder. Mais toutes les bêtes ont été recensées, jusqu'aux poules et aux lapins. La mère Marchand raconte même qu'elle doit demander au maire, pour le porter à la Kommandantur, un certificat de décès si une bête meurt de maladie. Pour le lait, c'est la même histoire. Tout juste s'ils ne viennent pas la surveiller quand elle trait. Julia n'ose donc pas lui reprocher d'y ajouter un peu d'eau. Même si, elle en est certaine, c'est cette eau — de l'eau de pluie recueillie dans une citerne — qui donne la diarrhée à la petite Aurélie. Ce qui la réveille la nuit, quand ce n'est pas le canon, ou le roulement des convois qui montent vers le front ou en reviennent.

Elle ne regrette pas, pourtant, de l'avoir prise chez elle. Cette enfant est mignonne d'abord, un vrai petit ange. En outre, Julia est payée pour la garder. Une proposition qui tombait à pic. Depuis le départ de son François, elle ne recevait plus rien, ou presque. Des petits secours, par-ci par-là. Elle avait même perdu son emploi de finisseuse : avant la guerre, elle terminait des pantalons — boutons, boutonnières, poches, doublures — pour un fabricant de confection lillois. Depuis l'arrivée des Allemands, il ne passe plus, bien sûr, pour lui livrer la marchandise et reprendre les pantalons terminés.

Sans compter que les occupants s'emparent de tout : un jour les matelas, une autre fois des couvertures, ou bien des assiettes, les machines à coudre. Elle a même ri quand ils sont venus chercher des vases de nuit ; elle avait amené le soldat, un grand rouquin, au fond de la cour, pour lui montrer la planche de bois percée d'un trou dans la cahute qui sert à la maisonnée de cabinet de toilette ; elle ne pouvait s'empêcher de pouffer ; elle craignait qu'une colère le saisisse ; heureusement, celui-là était un bon, il a ri aussi. Mais elle a pleuré quand son chien, le chien de François plutôt, a été écrasé par un de leurs camions ; elle a pleuré et pourtant elle était soulagée : car ils avaient créé un impôt sur les chiens ; 45 marks par an. Bien des gens les avaient tués aussitôt. Pas elle, qui pensait à François. Mais, c'est vrai, la mort du chien l'a soulagée. Quarante-cinq marks de gagnés.

Quand le grand monsieur est venu la voir, amené par le curé, pour lui proposer de garder ce bébé, elle n'a pas hésité. Surtout quand ils lui ont précisé qu'elle toucherait 15 francs par semaine. Quinze francs, c'était le prix qu'elle avait payé au marché de Carvin pour acheter à François, juste avant la guerre, un pantalon de velours à grosses côtes. C'est ce qui lui est venu à l'esprit, allez savoir pourquoi, peut-être parce qu'elle s'y connaît en pantalons, quand ils lui ont lâché ce chiffre : 15 francs. Elle a accepté toutes les conditions : il ne fallait pas chercher à savoir d'où venait la petite fille, répondre aux questions des voisins que c'était l'enfant d'une sœur lilloise qui l'avait confiée à une religieuse avant de mourir de tuberculose en lui demandant de la lui amener, ce qui n'avait pas été facile, à cause des Allemands bien sûr. Quant à l'argent, ce serait le curé qui le lui donnerait. Il lui pardonnait d'avance ses mensonges : la guerre.

La nuit, quand la petite fille, ou le canon, ou un convoi les réveillent, ses jumelles et elle, elle essaie d'abord de calmer tout son monde — il y a toujours une jumelle qui couche avec elle, elles aiment tant ça qu'il a fallu établir un tour de rôle, une semaine Françoise, une semaine Juliette. Puis elle pense à François. Ils en auront des choses à se raconter, tous les deux. Pour des jours et des jours. Des nuits et des nuits.

Oscar Vanhoutte est heureux. Il se laisse envahir par le soleil de mai, qui ruisselle sur les collines de Bavière. Il se laisserait volontiers tomber pour dormir, là, dans cette prairie dont il est venu redresser la barrière, endommagée la veille par la chute d'un arbre victime de la foudre. Un tout petit orage. Mais il a fallu que cet arbre trinque. La fatalité. Oscar a eu peur, et s'est jeté dans les bras de Gertrud qui sait si bien le consoler en l'écrasant contre ses seins lourds.

Il se laisserait volontiers tomber sur cette herbe grasse, au bord du petit ruisseau à l'eau très pure qui se traîne sur un lit de graviers en contournant, paresseux, quelques pommiers. Mais Gertrud l'attend, là-haut, pour le repas, dans la sombre et basse maison aux volets blanc et vert. Elle lui a fait comprendre que son temps était compté, parce qu'elle devait, aussitôt après le déjeuner, aller jusqu'au bourg — un nom dont il ne parvient jamais à se souvenir, il sait seulement qu'il se termine par « gau » — pour toucher sa pension de veuve.

Il existe bien des choses dont Oscar voudrait se souvenir. D'abord qui il est vraiment. Les médecins de l'hôpital lui ont dit qu'il était Français, un soldat français, qu'il y avait une guerre et qu'il avait été blessé à la tête, quelque part en Belgique. On l'avait cru mort, disaient-ils. Mais les hommes qui ramassaient les cadavres pour les jeter dans une grande charrette — les Français s'étaient enfuis, battus, c'étaient « nos hommes », disaient les docteurs, qui faisaient ce travail, nous ne sommes pas des barbares —, ces hommes l'avaient entendu gémir. Alors, ils l'avaient mis de côté, nous ne sommes pas des barbares. Et là-dessus, un obus, un obus français, les avait tous bousculés. Pour ne pas dire plus. Il avait eu vraiment de la chance, lui, de s'en tirer. Mais c'était sans doute le choc de l'obus français, plus que la balle allemande, qui l'avait rendu amnésique. Amnésique veut dire qui a tout oublié. Oscar le sait. Il croit s'appeler Vanpoutte ou Vandoutte. Quelquefois Chapourot, il ne sait pas pourquoi. Ce nom le fait rire, quand il lui revient. Mais il se dit alors que c'est plus joli que Vanpoutte, qu'il pourrait décider de s'appeler Chapourot, puisqu'il a le choix, en somme.

Les médecins allemands ne comprenaient pas le français. Afin de le faire parler et de lui raconter tout cela, ils avaient eu recours à un jeune officier, qui avait été soigné dans le même hôpital, mais semblait bien trop pressé de retrouver ses parents pour s'intéresser longtemps à lui. Puis était venu un vieux professeur qui prenait un vrai plaisir à répéter « Nous ne sommes pas des barbares ». Quand Oscar lui avait demandé, bien poliment à son avis — ce n'était pas pour se moquer, c'était seulement pour savoir —, pourquoi les médecins redisaient toujours cette phrase, il s'était mis en colère. Il avait fallu que Gertrud, ensuite, lui explique que c'étaient les Français, ses compatriotes, qui accusaient les Allemands de barbarie.

Elle avait ri — « Moi, barbare, tu te rends compte » — avant de le presser contre ses seins lourds.

Gertrud, c'était bien plus tard. Il avait traîné quelque temps à l'hôpital, à s'ennuyer, sauf quand on lui passait de l'électricité dans la tête. Pour qu'il retrouve la mémoire, disait-on. Mais il ne retrouvait rien du tout. Pas plus qu'avant. Toujours des images de machines. Et aussi d'une grande cheminée très haute, lâchant de gros nuages de fumée noire. Rien de plus.

A l'hôpital, arrivaient chaque jour des blessés, des Allemands bien sûr, des mutilés ou des garçons qui le seraient bientôt, après l'opération, des soldats à la face écrasée, aux bras en écharpe, à la poitrine défoncée, aux yeux fixes, comme abrutis. En fin de compte, il a dû céder la place. On l'a jeté dans un camp, avec d'autres Français. Qui se moquaient de lui, le traitaient comme un fou. Il avait beau répéter qu'il n'était pas fou, seulement amnésique, rien n'y faisait. Comme s'ils ne comprenaient pas ce que voulait dire ce mot, « amnésique ». Un mot difficile, c'est vrai, qu'il s'étonne encore de ne pas oublier. Donc, il se sentait malheureux avec eux, des Français comme lui pourtant, il était trop seul. Alors, quand les Allemands se sont mis à choisir, parmi les prisonniers, des hommes pour aller travailler dans les champs, remplacer d'autres hommes, d'autres Allemands, qui étaient partis pour la guerre, il s'est arrangé pour en être. Malgré l'amnésie : pour travailler aux champs, pas besoin de savoir d'où l'on vient, il suffit d'être costaud. C'est ainsi qu'il s'est retrouvé chez Gertrud. La journée seulement, parce que le soir, les Allemands regroupent le Kommando — ils appellent cela un Kommando — et ramènent tous ces hommes au camp comme s'ils craignaient qu'ils leur échappent.

Il ne le souhaite vraiment pas, lui. S'échapper ? Pour aller où ? Et comment ?

D'abord, il y a Gertrud. C'est vrai qu'elle a le visage un peu plat, Gertrud. Mais quand elle sourit, ce n'est plus qu'une lumière.

Au début, elle ne souriait pas. Elle se méfiait. Le tenait toujours à l'écart. Elle lui faisait de la bonne soupe, quand même. C'est peut-être ce qui lui a plu en elle, d'abord : la bonne soupe. Mais il ne lui dirait jamais, bien sûr. On ne dit pas des choses pareilles.

Le plus difficile avait été de se comprendre. Il avait bien ramassé, à l'hôpital et au camp, quelques mots d'allemand. Ils s'adressaient aussi des gestes. Mais ça ne suffisait pas. Un jour, elle est revenue du bourg dont le nom finit par « gau » avec un dictionnaire français-allemand et allemand-français. Un vieux livre relié, tout noir, aux coins un peu usés, qu'elle s'est mise à consulter à toute occasion. Elle cherchait ses mots, lente. Un jour, il s'est rapproché pour l'aider, chercher avec elle. Elle ne s'est pas écartée. Bientôt, c'est devenu une sorte de jeu. Ils cherchaient ensemble, l'un contre l'autre. L'épaule contre l'épaule. La cuisse contre la cuisse. Il aimait sentir son odeur. Une autre fois, il lui a passé le bras sur l'épaule. Elle ne s'est pas retirée. C'est ainsi qu'ils ont commencé.

Ils recommencent tous les jours. Ou presque. Sauf le dimanche parce que le Kommando ne sort pas, et parce qu'elle va à la messe. D'autres jours aussi, quand elle ne peut pas, parce qu'elle est dans les sangs. Ils recommencent après le repas de midi puisque, le soir, il rentre au camp. Ce qu'il aime surtout, c'est s'installer, confortable, entre les bras et les jambes de Gertrud. Souvent, il s'en contenterait. Mais elle lui fait comprendre qu'il doit lui caresser les seins, qui lui emplissent les mains, et qu'il doit venir en elle.

Aujourd'hui, ce ne sera pas possible puisqu'elle doit aller chercher sa pension de veuve dans le bourg dont le nom se termine en « gau ». Après le repas, ils ne passeront pas sur le lit, elle n'aura pas à retourner la photo de son mari, à lui faire regarder le mur.

Il s'appelait Wilfrid. Il est mort sur le front russe — puisque l'on s'est battu aussi là-bas — en 1915. Deux ans déjà.

# IX

Quand les Allemands frappèrent à sa porte, ce matin-là, Laurent Surmont-Rousset s'imagina qu'ils avaient découvert son réseau clandestin de diffusion d'informations. A vrai dire, celui-ci agonisait, presque victime de son succès : il devenait impossible de trouver de nouveaux stocks de papier ; le petit journal paraissait désormais moins souvent, avec un tirage de plus en plus limité. Trois Lillois qui le distribuaient clandestinement avaient été arrêtés, peu après Pâques, sans que l'on sût exactement pour quelle raison. Du coup, plusieurs autres avaient préféré abandonner.

L'un des trois hommes arrêtés avait pourtant été libéré à la fin de mai, après quelques semaines d'internement à la prison de Loos. Il était venu expliquer à l'industriel qu'on l'avait impliqué dans une vague affaire de vol de viande, « à moitié rien, disait-il, un morceau de bœuf tombé d'une de leurs voitures ; je l'avais ramassé ; mais ils m'ont vu ; alors voilà ». Il ignorait totalement, en revanche, le sort réservé aux autres, avait interrogé en vain le prisonnier qui allait, à chaque repas, remplir les gamelles de cellule en cellule. Il ne pensait pas que ces arrestations aient un rapport avec le journal.

Après son départ, Laurent Surmont-Rousset s'était interrogé : cette visite était imprudente, l'homme aurait pu être suivi depuis sa sortie de prison ; à moins qu'il ait été libéré, justement, en échange de ses aveux, de la dénonciation du réseau.

Les premiers coups dans la porte, ce matin de juin, le confirmèrent d'abord dans cette hypothèse. Mais il dut bientôt, stupéfait, constater qu'il n'en était rien. Le sous-officier allemand, que deux soldats accompagnaient, était porteur d'une lettre adressée à son épouse, Célestine, par le gouverneur de la ville, le général Von Graevenitz. Il la lut avant elle, effondré : « Madame, le gouvernement français détenant illégalement des Alsaciens-Lorrains en France, le gouvernement allemand se voit dans l'obligation de prendre des otages de sexe féminin, en représailles, et de les conduire au camp d'Holzminden. »

Suivaient des indications pratiques : les femmes ainsi prises en otages devraient se présenter trois jours plus tard à la gare, à 8 h 45, se préparer pour une longue absence en emportant trente kilos de bagages au maximum, et se munir de provisions pour quatre jours. Le sous-officier, interrogé, précisa que ce camp se trouvait dans la région de Hanovre. Puis claqua les talons. Et disparut.

Ce fut, dans la maisonnée, une tempête. Les bonnes s'affairaient d'une pièce à l'autre, oreilles tendues en quête d'un supplément d'information, multipliant pleurs, exclamations, frottant ici, balayant là, comme si leur agitation pouvait écarter le danger. Céline et Delphine pleuraient, accrochées aux jupes de leur mère restée étrangement calme, et dont le visage exprimait plus d'incompréhension que d'inquiétude. Blandine, revenue de son séjour à la campagne, décida brusquement de sortir, sans donner d'explications. Laurent Surmont-Rousset tournant dans le salon, abasourdi et furieux, fut pris d'une colère parce que le lourd atlas qu'il cherchait avait été déplacé, en accusa successivement sa femme, toutes ses filles et les bonnes, avant de l'apercevoir, dissimulé sous des piles de dossiers dans son bureau, et de s'inquiéter davantage en découvrant que Hanovre était décidément bien loin, au cœur de l'Allemagne. Quant à ce camp, Holzminden, il devait avoir été bâti en pleine campagne car les cartes que l'industriel consultait, fébrile, ne portaient aucun nom qui y ressemblât.

Il paraissait difficile d'échapper à cette mesure. Il importait de savoir, d'abord, si Célestine partirait avec des inconnues. Aline fut chargée d'enquêter, se dit que le curé de l'église Saint-Maurice devait disposer de quelques informations, la mairie également, et apprit vite que les Allemands avaient choisi une quarantaine d'épouses de notables, d'industriels, de professeurs. Elle se heurta, rue de Paris, à Blandine, ce qui la confirma dans l'idée que celle-ci était sortie pour demander l'intervention du vieil officier compagnon de Hans Schmidt. Blandine pleurait. Elle avait donc échoué.

Ce nouveau coup les rapprocha.

Les jours suivants furent de silence, rappelèrent à Aline ceux qui avaient suivi, en 1910, le décès de sa grand-mère : la maison n'était que chuchotis, on évitait, aux repas, d'aborder le seul sujet qui préoccupait toute la famille ; Célestine s'enfermait dans sa chambre avec Augusta pour trier, parmi ses vêtements, ceux qu'elle emporterait, n'en redescendait que pour arborer un visage impassible, faisait mine de se passionner pour des détails de vie quotidienne, la cuisson d'un plat, la qualité — chaque jour plus détestable — du pain, la tenue de ses gamines. Chacune de ses paroles semblait voulue. Aline se prit à souhaiter que ce délai, cet intermède, soit écourté, que la séparation intervienne au plus vite.

Le dernier jour, elle accompagna ses parents à la gare de Lille. Ils rencontrèrent là quelques notables. Plusieurs tentaient de faire bonne figure. Deux ou trois hommes semblaient libérés, dissimulaient à peine une secrète satisfaction, ce qui ne la surprit qu'à demi. La plupart étaient prostrés, ou essayaient de négocier quelques privilèges avec les deux officiers allemands qui dirigeraient ce petit convoi. Aline indiqua à son père, qui s'apprêtait à en faire autant, que les garçons et les filles réquisitionnés par les Allemands pour aller abattre dans les Ardennes des arbres qui serviraient aux tranchées ou participer à des moissons, des adolescents choisis dans les familles ouvrières, avaient été entassés, eux, dans des wagons à bestiaux. Sans même avoir droit, comme ces dames, à de modestes compartiments de troisième classe. Il la regarda, surpris. Passa outre. S'agita beaucoup. En vain, bien que les officiers aient fait mine de lui accorder quelque considération, lui aient donné du « monsieur », avec une politesse affectée.

Un peu plus tard, pour voir le train partir, ils montèrent sur une passerelle qui surplombait les voies. Alors seulement, il s'effondra dans ses bras. Elle pleura avec lui.

« Un malheur n'arrive jamais seul », disait parfois la grande Augusta. Aline, ces semaines-là, pensa qu'ils se pressaient en foule. Dautriche, en effet, disparut.

Elle ne s'était pas trop inquiétée, la première fois.

Depuis le démontage, la démolition des usines, elle le rencontrait de préférence à l'église Saint-Maurice où l'affluence avait grandi à mesure que les malheurs de la guerre ramenaient vers les autels tous les anxieux, les inquiets, les désespérés.

Dautriche et elle passaient inaperçus devant les autels de la Vierge et du Sacré-Cœur, les plus fréquentés. Elle priait, ne s'interrompait qu'un instant pour lui transmettre les messages des « invisibles » et lui demander, ces derniers temps, des nouvelles de la petite Aurélie. Il la rassurait rapidement. Elle avait cru comprendre, un jour, qu'il avait placé le bébé par l'intermédiaire d'un curé de village qui le renseignait sur les mouvements des troupes allemandes, aux abords du front. Dans un secteur calme, bien sûr. Mais le front tournait autour de Lille. Alors, dans quel secteur ? En Artois ? Dans les Flandres, du côté d'Armentières ou de Bailleul ? La prudence, le lieu de leurs brèves conversations, la discrétion impressionnante du personnage ne lui avaient pas permis d'en savoir davantage.

Il était déjà arrivé à Dautriche de rater un de ces rendez-vous. Mais, d'ordinaire, il réapparaissait dès le lendemain. Elle passa, ce jour-là, presque toute la soirée devant la statue de la Vierge, en fit autant les jours suivants. Et dut bientôt se rendre à l'évidence : Dautriche ne reviendrait pas, Dautriche ne viendrait plus.

Elle abandonna ses soirées de prière à l'église. D'autant que, depuis le départ de sa mère, elle avait dû prendre la direction de la maison, se soucier du ravitaillement — plus les Allemands semblaient épuisés, démunis de tout, plus ils raflaient toute nourriture —, diriger les bonnes, réconforter Blandine qui ne se remettait pas d'avoir perdu amant et enfant, contrôler les études de ses deux plus jeunes sœurs, et tenter de sortir son père de la prostration où il s'enfermait.

L'annonce de l'entrée des États-Unis dans la guerre avait tout juste arraché à Laurent Surmont-Rousset quelques propos optimistes. Il guettait chaque jour l'arrivée du courrier, mais ne reçut dans les premières semaines qu'une carte de la Croix-Rouge où son épouse avait griffonné au crayon quelques phrases rassurantes, presque effacées d'être passées entre trop de mains et trop banales pour ne pas laisser soupçonner le pire.

Quand, le soir, la maisonnée couchée, ayant vérifié avec soin que toutes les issues étaient bien fermées, Aline regagnait sa chambre, il lui arrivait de s'étonner : elle avait jusque-là pensé que ses parents, mariés, comme elle, par arrangement entre deux familles, étaient presque étrangers l'un à l'autre ; elle ne les avait jamais vus manifester entre eux quelque tendresse ; et, à présent qu'ils étaient séparés, elle croyait deviner qu'ils avaient fini par former un vrai couple. Alors, elle se disait qu'elle n'était encore qu'une enfant, que les filles de sa condition n'avaient pas été préparées à vivre vraiment, à comprendre le monde. Alors, elle se revoyait le soir de ses noces, se disait qu'elle avait fait la forte, la décidée, s'était donné une petite comédie peut-être puérile, avait eu la chance peut-être d'avoir affaire à un faible. Une vraie chance ?

Les premiers jours, elle n'avait éprouvé que du découragement. La peur vint ensuite. Obsessionnelle et oppressante. La peur que Dautriche, torturé, ait fini par parler. Qu'il ait été suivi, épié lorsqu'il la rencontrait à l'église Saint-Maurice. Ou que le délateur qui l'avait fait prendre — s'il avait été dénoncé — ait eu d'autres informations sur le réseau et les ait aussi livrées. Aline se disait, bien sûr, que si cela était, les Allemands l'auraient déjà arrêtée, comme ils l'avaient fait l'année précédente d'une autre Lilloise, Louise de Bettignies, qui servait d'agent de renseignements aux Anglais. Elle tentait de se raisonner, de se convaincre que chaque jour nouveau écartait un peu plus le danger. Il n'empêche : comme son père quelque temps plus tôt, elle sursautait au moindre bruit insolite.

Quand un visiteur sonnait à la porte de la grande maison, elle se précipitait vers les fenêtres du premier étage, prête à fuir par le grenier si elle apercevait un uniforme allemand.

Quand elle sortait, elle ne cessait de se retourner, s'imaginait toujours être suivie, s'épuisait à courir dans les tortueuses rues de la vieille ville pour distancer des hommes ou des femmes à l'allure suspecte, empruntait d'interminables détours pour aller ramasser les messages des « invisibles », qui s'étaient faits, en vérité, plus rares. Comme si, se disait-elle, ces informateurs avaient été eux aussi arrêtés. Ou s'ils avaient deviné, mystérieusement informés, que leurs recherches étaient désormais inutiles, que leurs messages n'allaient pas plus loin qu'une cache qu'elle avait creusée derrière une brique, dans la cave.

Elle fut, plusieurs fois, près d'en parler à son père. Mais lorsque Laurent Surmont-Rousset s'isolait avec elle, le soir, pour recevoir les informations de la tour Eiffel, elle se sentait plutôt le devoir de le réconforter. L'inquiétude, presque désespérée, provoquée par le départ de sa femme, avait accru son défaitisme. Moins sur l'issue de la guerre que sur ses suites. La débandade russe lui semblait confirmer les plus sombres pronostics. Il entrevoyait désormais une révolution mondiale aux conséquences imprévisibles, s'interrogeait, en dépit des silences de la censure, sur la situation réelle du front occidental, où l'offensive alliée sur la Somme, au début de mai, s'était soldée par un piteux échec, et se demandait combien de temps encore des milliers et des milliers de jeunes hommes accepteraient de se faire massacrer pour une victoire toujours espérée, souvent annoncée et toujours retardée. Il avait failli interrompre la diffusion de son petit journal clandestin, ne l'avait poursuivie que sur les sollicitations du vieux journaliste qui en écrivait l'essentiel et s'était tellement pris au jeu qu'il publiait parfois des annonces de victoires maritimes ou aériennes issues de sa seule imagination mais assez judicieusement choisies pour être probables et incontrôlables.

Aline s'employait donc, quoi qu'elle en ait, à présenter à son père un visage rassurant. Elle apprit bientôt à exercer elle-même une forme de censure. Ainsi lui cacha-t-elle que des grèves, commencées étrangement dans les ateliers de la haute couture parisienne, la maison Jenny aux Champs-Élysées, une autre aussi place Vendôme, avaient peu à peu gagné de nombreuses branches professionnelles, y compris la métallurgie, les usines d'armement parce que les femmes n'en pouvaient plus de devoir faire face, seules, à toutes les difficultés de la vie quotidienne et que les prix des poireaux, des carottes ou des salades venaient de tripler en trois mois. Elle insista, en revanche, sur la nomination de Pétain, le héros de Verdun, à la tête des armées françaises, et tint de longs discours sur l'arrivée des premiers aviateurs américains ainsi que sur l'utilisation, nouvelle, par les Français et les Anglais, d'autocanons, engins blindés et motorisés, que l'on appelait, bizarrement, des tanks. Qu'il ne parût pas convaincu par ces innovations, alors qu'il était connu dans tous les milieux industriels de la région comme un fanatique de la mécanisation, fut pour elle un signe supplémentaire de ce qu'elle commença à appeler sa neurasthénie.

Lasse d'en supporter seule le poids, elle finit par en parler à Blandine, imaginant que le souci des autres distrairait celle-ci de ses peines et de ses malheurs. Car Blandine montrait dans toute la maisonnée un visage dolent. L'énergie qu'elle avait manifestée pour tenter — sans succès — d'empêcher le départ de sa mère pour l'Allemagne s'était rapidement évanouie. Un bref sursaut. Lorsque Aline lui parla des inquiétudes que lui inspirait le moral de son père, elle demanda seulement, avec une sorte de rancœur, si c'était sa femme ou ses usines qui lui manquaient le plus.

Ce qui inquiétait plus que tout Blandine, c'était le sort de sa fille, la petite Aurélie. Aline avait cru pourtant, les premiers jours, que sa sœur voulait abandonner l'enfant. Ensuite, elles n'avaient guère évoqué l'avenir. Trop d'inconnues subsistaient, à commencer par le sort de Hans Schmidt. Ensuite, la déportation et le sort de leur mère avaient été l'unique sujet de leurs conversations. Elle comprit enfin que Blandine ne se consolait guère d'avoir dû se séparer de l'enfant.

Elle s'interrogea sur elle-même, vaguement jalouse : connaîtrait-elle un jour le bonheur de sentir, dans son ventre, naître une autre vie ?

Elle n'osa pas dire à Blandine que, Dautriche disparu, elle ne savait guère où était l'enfant, ni comment la retrouver.

— Je la garderai quand même, Monsieur le Curé. Tant pis. On ne peut quand même pas l'abandonner. On ne peut quand même pas la laisser aux mains de n'importe qui. Et puis je m'y suis attachée, quand même, à cette petite.

L'abbé Vanparys admirait cette accumulation de « quand même ». Comme si Julia Bondues les répétait pour renforcer sa détermination. Après la disparition de Dautriche, il avait d'abord donné de ses propres deniers à la jeune femme, soucieux de ne pas l'inquiéter. Les semaines passant, il avait été contraint d'avouer que le contact était perdu, que la source de ce revenu s'était tarie. Julia Bondues n'avait pas cillé. Ni hésité une seconde. Cela, dit-elle, ne changerait rien. Une affirmation renforcée à coups de « quand même ».

L'abbé fit une nouvelle tentative.

— Nous pourrions peut-être confier cette enfant à des religieuses qui tiennent un orphelinat. D'ailleurs, nous aurions dû le faire dès le début, peut-être. J'y avais pensé. Et puis je m'étais dit que ça vous aiderait, ces quinze francs...

Alors, Julia :

— L'orphelinat ? Vous savez ce que c'est qu'un orphelinat, Monsieur le Curé ? Moi, je sais. J'y ai été, depuis toute petite. Quand mon François, avant, me racontait la caserne, je me disais : l'orphelinat, c'est la même chose. En pire. En pire parce qu'on est des enfants, sans défense. Les bonnes sœurs, hein ? c'est comme tout le monde, il y en a des bonnes et des moins bonnes et des vraiment mauvaises. Mais les bonnes, elles peuvent pas câliner toutes les petites, à elles toutes seules, même si elles voudraient bien. Alors, c'est règlement, règlement, discipline, discipline. Remarquez : c'est grâce aux sœurs que j'ai appris à lire, écrire et compter — et aussi à finir les pantalons. Mais elles n'avaient pas le temps de me donner de l'amour. Ou bien, elles n'y pensaient pas.

— Voyons, Madame Bondues : si elles avaient voulu être religieuses, c'était justement...

— Écoutez, Monsieur le Curé, moi je pourrai donner à cette petite plus d'amour qu'un bataillon de bonnes sœurs. Même de bonnes bonnes sœurs. Parce que je l'aime, maintenant, et ses sœurs — oh ! vous voyez, quand je parle des jumelles, je dis déjà ses sœurs —, eh bien ses sœurs l'aiment aussi. Elle est dans la famille, vous comprenez. Pourtant, y a pas longtemps qu'elle est là. D'ailleurs, elle va bien, maintenant. Elle est mieux. Parce que j'ai une connaissance — je vous dirai pas son nom — qui vend son corps aux Allemands...

L'abbé Vanparys croyait savoir de qui il s'agissait. Il connaissait cette maison, à l'entrée du village, où trois femmes, dont les maris étaient mobilisés, recevaient chaque soir des soldats, disposaient en échange de vins fins, de sucre, de viande, de chocolat importé de Hollande. Il aurait aussi pu citer, comme tout le village, les noms de celles qui allaient parfois festoyer à la Kommandantur, qui avait pris la place de la mairie. Il ne posa pas de questions.

Julia Bondues n'en avait pas attendu. Elle continuait d'expliquer que, grâce à cette « connaissance », elle pouvait désormais obtenir du bon lait, non coupé, « le même qui était livré tous les matins à la Kommandantur ». Et que cette « connaissance » ne lui demandait rien en échange. « Parce que ces femmes-là, Monsieur le Curé, il y en a aussi qui ont du cœur. Comme les religieuses. »

L'abbé Vanparys pensa qu'il eût dû protester. Mais n'en fit rien. Il réfléchissait aux moyens de venir en aide à cette petite femme aux traits tirés sous un grand chignon blond. Il eût voulu l'embrasser, comme une sœur aimée. Se le reprocha aussitôt : il était prêtre.

# X

Une femme, en tête du groupe, montra un panneau qu'un obus avait fracassé, cria qu'ils étaient en Belgique.

Ils s'étonnèrent à peine. Ils suivaient.

Ils marchaient depuis trois jours déjà. Couchaient au hasard des granges ou des écoles disponibles dans les villages traversés, quelquefois chez des habitants que les Allemands n'avaient pas obligés de fuir. Ils s'arrêtaient quand la route longeait un champ où traînaient encore, rousses et vertes, des fanes de pommes de terre. Alors, la petite troupe se débandait. Ils s'abattaient comme un vol d'oiseaux sur la terre fraîchement remuée. Vieillards, femmes, enfants, ils grattaient. Avec leurs doigts, des débris de bois, des couteaux. Quelques affamés avalaient crues, sur le champ, des pommes de terre qu'ils trouvaient. Mais les gendarmes à collier les rabattaient vers la route.

Ils marchaient, tirant des gosses aux bottines éculées, aux pieds rouges de sang et noirs de boue dans leurs vieux sabots, poussant des voitures d'enfants ou des vieillards enfoncés dans des brouettes, d'antiques charrettes qui avaient survécu à quatre années de réquisitions, de vols, de trocs en tous genres.

Au début de la semaine, encore, les hommes de la Kommandantur avaient perquisitionné pour rafler ce qui restait de nourriture au fond d'une armoire, dans une cachette, sous un plancher. Ils avaient même envoyé une équipe de prisonniers italiens, pauvres bougres à peine vêtus de légères loques et qui tremblaient de froid en ce début d'automne, razzier dans les jardins les carottes, les navets ou les choux que l'on avait laissés en terre pour qu'ils puissent grossir un peu.

Tout le village avait pensé que c'était la dernière fois. On savait que les Français, dans l'Aisne, les Anglais plus près, en Artois, du côté d'Armentières aussi, avançaient, poussaient devant eux les régiments ennemis, s'il était encore possible d'appeler régiments ces hordes d'Allemands harassés, des gamins que l'on avait vus passer au printemps de cette année 1918, toujours fiérots, gueulant leur éternel « Victoria, gloria » et qui semblaient encore y croire. Ou faisaient comme si. Les survivants, maintenant, se traînaient en sens inverse, lourds et lents, comme un fleuve verdâtre et jaune s'échouant à bout de course, épuisé. Leurs officiers, dont la plupart, remarquait-on, avaient renoncé à leurs monocles, ne les harcelaient même plus.

Le bruit d'orage du front se rapprochait chaque jour, chaque jour plus métallique. On voyait remonter vers le nord des chariots de l'armée, délabrés et rafistolés, des canons et des prolonges qui tressautaient sur les pavés dans un vacarme de ferraille déglinguée. Suivaient les blessés à la tête enveloppée de pansements, des boiteux aux bottes encroûtées de glaise à qui des sous-officiers criaient sans trop y croire des injures pour que, schnell, ils se pressent, au nom de Dieu. Mais ils s'arrêtaient en traversant le village pour porter la main à la bouche, montrer qu'ils avaient faim ou soif. Alors, on n'est pas des brutes, il arrivait qu'une femme prenne pitié, aille pomper pour eux un seau d'eau, qu'un vieux tire de sa poche un croûton de pain sec comme brique qu'il s'était réservé jusque-là. Mais d'autres villageois riaient au nez de ces éclopés, leur auraient presque lancé des injures, les mêmes bien sûr que l'on avait vus faire leurs dévotions à la Kommandantur depuis quatre ans. Car on ne gardait plus le moindre doute. Demain, après-demain peut-être, les Français ou les Anglais seraient là. Enfin. Avec du vrai pain, tendre et blanc, et du lard, des conserves, des biscuits, du vin.

On s'était trompé. Une nuit, des Allemands un peu plus frais que les autres s'étaient mis à taper à grands coups de crosse dans les portes. Ordre d'évacuation. Immédiate. Deux heures pour faire les paquets.

Julia Bondues avait essayé d'entasser, dans d'énormes sacs de toile à matelas ficelés à la diable, des souvenirs et du linge, jusqu'aux pantalons de son François, car il faudrait l'habiller quand l'armée le lâcherait, après... après la victoire. La victoire. Car on allait gagner maintenant. Il faudrait bien s'habituer à ce mot. Oser le lâcher : victoire.

En serrant ses paquets, si gros, si lourds qu'elle ne parvenait pas à les soulever, en les défaisant, en se lamentant de ne pouvoir tout emporter, Julia hésitait entre rire et larmes. Bientôt, François serait là, son François dont elle n'avait plus de nouvelles depuis des mois et des mois. Deux ans peut-être. Elle ne voulait pas compter. Mais rien d'étonnant dans une telle pagaille. Il aurait sans doute maigri. Il faudrait rétrécir ses pantalons. Un bonheur.

A la fin du tri et du tri suivant et d'un autre encore, elle s'était résolue à n'emporter que quelques vêtements d'enfants, une vieille robe, et les pantalons de François quand même. Tout cela tiendrait avec la petite Aurélie dans la caisse de bois qu'elle avait réussi à poser sur les essieux et les quatre roues vieillies d'un vieux landau. Le reste... à la grâce de Dieu. Elle ne se faisait pas d'illusions. Les Allemands se serviraient. Ou, plus tard, les Français. Ou les Anglais. A la guerre chacun se sert.

Quand le village avait été rassemblé, maire et curé en tête, quatre gendarmes allemands, qu'on avait appris à reconnaître à leurs curieux colliers, les avaient emmenés. C'était le petit matin. Un froid d'octobre, humide et brumeux. Les gens s'interrogeaient sur cet ordre d'évacuation. Le maire, un vieux médecin qui marchait avec peine, expliquait qu'il avait questionné les hommes de la

Kommandantur. En vain. Ils faisaient les inflexibles et les braves, laissaient entendre qu'on allait se battre ici, que cette évacuation était pour le bien des villageois. Comme s'ils s'en souciaient, du bien des villageois ! Mais, c'était vrai, quelques jours plus tôt, des vieux territoriaux et des prisonniers russes avaient creusé des tranchées, grises blessures qui coupaient champs et jardins. Comme si leurs chefs avaient décidé d'établir là une ligne de défense.

Pas de chance, donc. Et rien à comprendre. Car ils avaient traversé des villages voisins encore habités, presque paisibles. D'autres aux maisons ouvertes à tous les vents, pillées, aux rues encombrées de meubles brisés, de vieux papiers, de vêtements déchirés, de colis crevés qui laissaient apparaître des photos de mariage, les souvenirs d'une vie perdus par des hommes et des femmes épuisés, comme ceux que l'on voyait parfois au bord des fossés, qui tentaient de reprendre souffle ou avaient décidé de ne plus faire un pas, au risque de mourir.

Leur groupe croisait des bandes de gamins aux visages de couteau, des voyous que l'on eût dit surgis d'une niche à rats, qui poussaient des piles de draps, de couvertures et de tapis sur des chariots ou des caissons d'artillerie, qui avaient donc osé prendre ce matériel aux Allemands, ce qui en disait long. Les villageois avaient même vu des soldats qui gardaient une file de prisonniers russes se précipiter avec eux, pour la dépouiller, sur une longue voiture chargée de vêtements féminins et s'accoutrer, pour lutter contre le froid, de robes, de pelisses ou de manteaux. L'un d'eux avait envoyé au fossé, d'un coup de crosse, le conducteur, un Allemand pourtant, qui tentait de s'interposer. C'était le temps des brigands et des barbares. Alors, Julia imaginait que d'autres fuyards, d'autres voyous, d'autres prisonniers à demi fous de malheur et de misère, s'arrachaient sans doute, au même instant, ses robes et les chemises de François, les vêtements de fête de ses parents qu'elle n'avait jamais eu le courage de jeter, voire les petits vêtements des jumelles.

Puis elle les regardait, ses filles, qui marchaient crânement aux côtés de la caisse où trônait la petite Aurélie. Une bouffée de fierté la réconfortait.

La petite troupe, soudain, fit halte. Les premiers rangs avaient été bloqués à un carrefour par des gradés allemands pour céder le chemin à des camions brinquebalants dont les ridelles laissaient passer des bras aux mains d'un bleu sale ou noires de sang séché, des pieds dont brodequins ou bottes avaient été arrachés. Des cadavres.

Ce convoi cahotant n'allait pas très loin : vers un grand bâtiment, une vieille usine d'où s'échappait une fumée sombre, âcre, puante, qu'un coup de vent poussa bientôt vers la route.

Depuis les premiers rangs de la file courut alors, rapide, la rumeur : les Allemands brûlaient leurs morts, ne prenaient même plus le temps de leur creuser des trous et de les recouvrir de quelques pelletées de terre où ils piqueraient une baïonnette ou une croix de bois. Un homme qui jouait l'informé expliqua qu'une terrible épidémie s'était déclarée, le scorbut, qui faisait tomber les dents, apparaître sur tout le corps des taches bleuâtres, et qui vous vidait un homme en deux jours peut-être. Même moins.

Un gamin qui criait « Bien fait pour eux » reçut une baffe. Au village, en voyant passer les blessés, on avait eu pitié. Seulement pitié. Désormais, à mesure que l'on avançait, on se sentait proches de ces hommes. Même de ceux que l'on croisait, qui semblaient donc partir pour le front. Des vieux ou des gamins déjà cassés de fatigue, qui se laissaient tomber à la première occasion et qui bégayaient « Mauvais la guerre » ou « Krieg fertig », comme s'ils étaient certains que le combat était terminé et leurs souffrances inutiles. On formait avec eux comme une communauté de malheur. De peur aussi à présent : le scorbut. Et puis le canon, dont le grondement se rapprochait encore.

Julia n'hésita pas longtemps. Pourquoi suivre cette colonne, ce troupeau qui ne savait même pas où on le menait ?

Elle interrogea ses voisins. Leur rappela tous les bruits qui couraient. Sur les Bavarois qui désertaient par paquets. Sur les tracts lancés par des avions alliés, qui garantissaient aux Allemands la vie sauve s'ils se rendaient en criant « France » ou « Angleterre ». Et sur ce qu'avait raconté un Berlinois, connu deux ans plus tôt à la Kommandantur, un brave homme celui-là, que des villageois avaient retrouvé la veille : des soldats parlaient de faire comme les Russes, annonçaient même la mort de Guillaume, du Kaiser.

Il n'était pas question, bien sûr, d'aller à contre-courant, de remonter la longue file qui s'étirait derrière eux : c'eût été se jeter dans les pattes des quelques gendarmes qui les escortaient encore. Et l'on ne pouvait savoir ce qu'ils feraient. Mais on finirait bien par croiser une route, un chemin de traverse.

Les voisins hésitaient. Le maire, qui se traînait maintenant, et l'abbé Vanparys, consultés, jugeaient qu'il était préférable de rester groupés. Se disperser serait dangereux, fatal peut-être. Et puis, quitter la colonne pour aller où ? Connaissait-elle, Julia, un quelconque refuge ? Elle n'avait, pas plus qu'eux, jamais mis les pieds en Belgique. Alors ?

Elle aperçut soudain, sur la droite — entre deux maisons de briques sombres égayées par des fenêtres toutes blanches qui avaient gardé leurs rideaux —, un petit chemin, une voyette, comme disaient les villageois.

Les gendarmes étaient loin.

— Tant pis, dit-elle, j'y vais.

Deux jeunes filles, seulement, la suivirent. Deux sœurs, des Flamandes qu'elle connaissait peu et dont le père, à l'autre bout du village, avait tenu une forge jusqu'au début de la guerre. Avant que les réquisitions de chevaux le privent de travail. Plus tard, une sentinelle l'avait tué, une nuit, alors qu'il tentait d'approcher du hangar où les Allemands stockaient du blé. On lui avait fait de belles obsèques, pour les défier.

Les maisons et leurs jardins passés, le chemin s'élargissait. A peine boueux, il menait vers un petit bois aux arbres roux. La route, derrière elles, n'était plus qu'un brouhaha, déjà lointain. Comme si elles avaient quitté le malheur. Elles se sourirent, presque rassurées. Les jumelles ramassèrent des fleurs de pissenlit dont elles firent un bouquet, un peu fané. Un avion passa au loin, entre deux nuages. Un Anglais, jugèrent-elles. Les filles du forgeron avaient commencé de raconter comment elles avaient été astreintes au travail des champs, avec d'autres femmes, quelques hommes aussi, des ouvriers allemands, puis des prisonniers russes, les derniers temps. Sous les ordres d'un chef de culture qui se prenait, disaient-elles, pour un seigneur, avec tous les droits que cela comportait. A ce moment, elles s'étaient arrêtées, regardant les gamines qui marchaient devant elles. Julia comprenait qu'elles ne voulaient pas en dire plus, d'ailleurs ce n'était pas nécessaire : depuis quatre ans, on avait assez vu courir de ferme en ferme, toujours en alerte, cet homme de haute taille qui s'était taillé une forte réputation de trousse-jupons.

Elles découvrirent soudain, dans un creux, près du petit bois, une poignée d'hommes auprès d'une mitrailleuse. Des visages de naufragés qui se tournèrent à peine à leur passage. Elles pressèrent pourtant le pas, furent un instant ralenties par une ornière où s'étaient enfoncées les roues de la vieille caisse, regardèrent derrière elles. Mais les hommes n'avaient pas bougé. Existaient-ils encore ?

Une nouvelle rumeur les surprit, qui venait de face, cette fois. Il y avait là une ligne de maisons, assez hautes, qui laissait supposer l'existence d'une autre route, parallèle à celle qu'elles avaient quittée. Julia pensa qu'avec un peu de chance elles pourraient emprunter celle-là afin de reprendre le chemin de la France, pas si lointaine.

Alors, la surprise : sur cette large route, presque vide de civils, défilait en bon ordre un régiment en casques à pointe comme on n'en voyait plus depuis longtemps, des hommes qui paraissaient bien nourris, reposés, décidés, sûrs d'eux-mêmes, avec cet air d'arrogance qu'on leur avait connu dans les premiers mois, en 1914. Des jeunes qui faisaient claquer leurs bottes sur le sol en cadence comme s'ils allaient parader, comme s'ils ne connaissaient ni la peur, ni le scorbut, ni la souffrance.

Juliette et Françoise, les jumelles, s'étaient serrées contre leur mère. Les deux filles du forgeron, elles, avaient commencé de reculer dans le sentier, entre les hautes maisons de briques noires, s'étaient ensuite arrêtées, indécises.

Julia regardait cette troupe disciplinée, martiale, si différente de tout ce que le village avait vu depuis l'été. Elle frissonna : si les Prussiens disposaient encore de bien des régiments comme celui-là, la guerre ne finirait donc jamais ? Le souvenir ensuite lui revint de ce que lui racontait jadis son grand-père de la bataille de Waterloo, l'image de la garde impériale qui, dans la débandade générale, les hennissements des chevaux affolés, le fracas de la mitraille, avançait au pas, impeccable, impassible, muette, serrant les rangs quand un boulet faisait tomber un homme, superbe dans la défaite.

Ne jamais s'étonner.

La petite Aurélie s'était dressée entre les sacs de vêtements. Elle applaudissait.

Comment elles avaient échoué dans ce village belge, Rantinies, Célestine Surmont-Rousset n'aurait pu le dire précisément. Depuis l'été, les Allemands avaient traîné de camp en camp leurs derniers otages. Comme s'ils ne savaient que faire de ce petit groupe de femmes, oubliées pour d'obscures raisons alors qu'ils avaient rapatrié en juillet la plupart des Lilloises et des Roubaisiennes.

Un matin, ils avaient fait quitter à Célestine Surmont-Rousset et ses compagnes leurs baraques d'Holzminden, qu'elles avaient peu à peu aménagées, presque égayées avec de minuscules bouquets de fleurs sauvages, des bouts de tissus rassemblés en patchwork pour en faire de petits tapis. Ils les avaient priées de faire leurs paquets, sur un ton presque courtois, inhabituel. Ils les avaient ensuite transportées en camion jusqu'à une gare où attendait, accroché à un train militaire, un wagon dont le confort les avait surprises. Rien de commun avec ceux qui les avaient amenées de France. Une compagne de Célestine Surmont-Rousset, une Valenciennoise qui les lassait depuis des mois en répétant qu'il faudrait donner le droit de vote aux femmes, parce que si les femmes votaient il n'y aurait plus jamais de guerre, s'était exclamée, la première, que tant d'attentions de la part des Allemands laissait supposer qu'ils ne croyaient plus à la victoire et craignaient désormais des représailles.

Mais ce voyage confortable — on leur avait même donné une boule de pain et un saucisson graisseux par groupes de quatre — s'était vite achevé. Après quelques dizaines de kilomètres, elles s'étaient retrouvées dans un hospice désaffecté, une haute demeure aux allures de caserne où couraient des rats dans les débris de peinture écaillée et de plâtre humide. C'était le début d'une errance, à pied, à voiture, en wagons à bestiaux parfois, qui les avait amenées jusqu'à Bruxelles. Où leurs gardiens les avaient lâchées. Sans argent. Sans provisions. Raus ! Finie la guerre, Madame.

Finie ? Vraiment finie ? Elles interrogeaient des civils surpris par la rencontre de ce groupe de femmes aux robes fripées, aux traits tirés, qui gardaient pourtant des allures d'importantes et qui battaient le pavé, bagages à la main, indécises, les yeux clignant comme si on les avait sorties d'une cave pour les exposer au soleil.

Non. La guerre n'était pas finie. Mais on sentait la fin. On avait vu, dans des estaminets ou des brasseries, des Allemands se battre entre eux, Prussiens ou Saxons contre Bavarois, accusant qui le Kaiser de Berlin, qui le roi de Munich. Des Flamands, qui comprenaient à peu près leur langue, les auraient entendus parler de retour au pays et même de révolution.

Célestine Surmont-Rousset, accompagnée de l'épouse d'un notaire de Roubaix, une petite bonne femme dont les cheveux avaient blanchi en moins de vingt-quatre heures le jour de leur départ de Lille, n'avait pas longtemps tergiversé. Se repérant sur les clochers des églises, elle était allée de presbytère en presbytère. Infatigable, elle avait sillonné la ville, courant de Saint-Nicolas à Saint-Jean-Baptiste sans prendre le temps d'en admirer les pignons baroques, échoué enfin à l'église du Finistère où un sacristain aux manches de lustrine lui avait indiqué une maison de religieuses, près du canal de Charleroi, qui hébergeait des réfugiés.

C'était une fausse nouvelle. Des compagnies allemandes avaient occupé, depuis la veille, les quatre cinquièmes des bâtiments, ne laissant aux sœurs et à ceux qu'elles avaient accueillis que la chapelle aux lourdes colonnes. Les deux femmes avaient fini par trouver une place près de l'autel, au milieu d'un groupe de vieillards geignant et gigotant. Célestine Surmont-Rousset s'était efforcée de les oublier, de s'attarder dans la contemplation des chapiteaux ornés de feuilles de choux frisés qu'éclairaient d'immenses cierges récupérés par les sœurs dans les caches où ils avaient survécu quatre années durant. Elle n'avait guère dormi, ni mangé.

Le lendemain, elle repartait, l'épouse du notaire toujours à ses trousses, pressée de trouver le moyen de regagner Lille ; une religieuse lui avait indiqué un carrefour, au bord du canal, où se retrouvaient souvent des trafiquants qui venaient s'approvisionner sous l'œil de gendarmes allemands et de policiers belges grassement payés : c'était, disait-elle, une sorte de marché noir en plein air, car des péniches accostaient là depuis l'été 14, qui emportaient vers l'Allemagne du grain, des pommes de terre ou des carottes raflés dans les territoires occupés. Les trafiquants achetaient, très cher, une partie de cette nourriture pour la ramener parfois d'où elle était venue. Ils disposaient de chariots et de chevaux qui, moyennant finance, avaient échappé à toutes les réquisitions.

Célestine Surmont-Rousset trouva le lieu presque désert. Une seule péniche avait accosté, qui emportait vers l'Allemagne des meubles, des tableaux et des tapis, le produit de pillages de toute évidence. Personne. A l'exception d'un grand dégingandé qui contemplait, mains dans les poches, les vaguelettes de l'eau agitée par un léger vent.

Elle l'aborda.

Par chance, il avait un ami, venu d'Enghien — trente-quatre kilomètres peut-être — qui allait s'en retourner, désappointé, à vide avec son âne — celui-là avait un âne — et sa charrette.

Enghien, c'était la route de Tournai, de Lille. L'homme accepta de les embarquer en échange de la moitié de ses robes et de ses jupons, qu'il reluqua d'un sourire inquiétant. Elle pensa qu'elle saurait se défendre. Elle lui aurait donné, au besoin, tout son bagage. Elle se voyait très bien conduisant, seule, une charrette à âne.

Depuis que les Allemands les avaient enfin sorties d'Holzminden, où elle avait vécu comme prostrée, soucieuse seulement du maigre courrier qu'elle pouvait échanger avec les siens, elle se sentait animée d'une énergie nouvelle, presque illimitée, née peut-être d'un sursaut d'espoir.

A Enghien, elle avait réussi à persuader le maître de l'âne de pousser plus loin, jusqu'à Ath. Ils trouvèrent là un hangar où s'entassaient quelques fagots. Elle avait veillé longtemps, méfiante, ne voulant pas céder au sommeil avant que le bonhomme s'endormît. Au matin, il avait disparu. Avec leurs bagages.

Ensuite, le vagabondage. Elle utilisait toujours la même technique, sonnait aux portes des presbytères. Ici le curé les invitait à partager une soupe de légumes, là un autre leur fermait la porte au nez, alléguant qu'il ne pouvait suffire à tout, subvenir à tous les besoins, ailleurs, une servante leur affirmait que Monsieur le doyen était parti, emmené par les Allemands, ou décidé à accompagner quelques ouailles sur les routes.

Célestine Surmont-Rousset ne se décourageait jamais. Elle parvint même à se hisser sur un train qui roulait vers le front, s'arrêtait fréquemment sans raison évidente. Mais dont les soldats finirent par les chasser. Presque au bord de l'Escaut qui paressait entre saules et peupliers. Elles entendirent, au loin, gronder le canon. Pour la première fois depuis 1914. Elles franchirent un pont, encore intact. Il y avait plus loin un village, Rantinies. C'était tout près de Tournai.

Dans la direction de Lille, de la France.

Les premiers obus éclatèrent quelques kilomètres après le village, derrière une haute haie où s'accrochait une brume légère et feutrée.

Elles se jetèrent dans le fossé, furent le nez dans l'herbe jaune et mouillée. Les jumelles pleuraient, la petite Aurélie aussi.

— C'est le régiment, souffla une des filles du forgeron. Le régiment qu'on a vu. Il a dû être repéré. Et voilà.

Julia réfléchissait vite. Impossible de rester en ce fossé qui faisait un piètre abri. Mais il était risqué de repartir. Où ?

C'était à nouveau le silence. L'étonnant silence de la guerre.

— On n'aurait pas dû vous suivre, dit l'autre fille.

Julia ne répondit pas. Elle s'efforçait d'apaiser les jumelles et Aurélie, presque couchée sur elles pour les protéger. Mais plus rien ne bougeait. Ni vent, ni oiseaux, ni hommes. La campagne comme figée. A croire qu'elles étaient seules dans un monde lunaire.

Revenir vers le village pour y trouver un abri, une cave où elles se nicheraient.

Julia se redressa pour observer la plaine. Découvrit, sur leur droite, un groupe de maisons, une ferme aussi, auxquelles elle n'avait pas prêté attention. Presque aussitôt, comme si elle avait servi de cible ou de signal, une autre rafale s'abattit. Sur la haie cette fois. Julia s'allongea, tomba plutôt, rapide, sur les filles. On entendait maintenant des cris, des tirs, de longues rafales de mitrailleuses. A trois cents mètres, quatre cents mètres ? Plus loin.

Les jumelles ne pleuraient plus. La petite Aurélie tremblait.

Julia se tourna vers les deux sœurs, qui n'avaient pas bougé.

— Maintenant, dit-elle. Il y a des maisons, pas trop loin, par là. C'est maintenant qu'il faut y aller.

Elles baissèrent les yeux, silencieuses. Soumises.

— Allez, debout !

Julia se dressa la première, Aurélie dans les bras. Les jumelles l'imitèrent. Courbées d'abord. Craintives.

Elles se précipitèrent à travers un champ de blé moissonné, se tordant les pieds dans la terre boueuse hérissée d'éteules. Les filles du forgeron suivaient.

— B'ba, b'ba, pleurait la petite.

— Elle veut sa poupée, dit Françoise.

C'était une poupée de chiffon, bricolée par Julia dans un vieux morceau de tissu noir et que les jumelles avaient baptisée Bamboula. Elle était restée dans la caisse, abandonnée dès les premiers tirs au milieu de la route pavée.

— Tant pis, dit Julia. Trop tard.

Arriver aux maisons. Arriver aux maisons.

— M'man, cria Françoise.

— Quoi ?

— C'est Juliette. Elle est repartie chercher la poupée.

Elles s'arrêtèrent toutes, figées. Se retournèrent. La gamine courait, rapide. Julia hésita, quelques secondes. Elle sut aussitôt que toute sa vie elle se reprocherait cette hésitation. Sur leur droite, le fracas des explosions se mêlait à une fusillade maintenant nourrie. Encore lointaine quand même.

— Restez là.

Julia allait rechercher Juliette, qui avait presque atteint la caisse. Mais l'une des filles du forgeron, celle qui lui avait adressé des reproches l'instant d'avant, la dépassa. Julia s'arrêta, Aurélie toujours dans les bras. Qui gigotait. Voulait en descendre, trottiner peut-être.

Des cris sur la droite. Un groupe de soldats qui se repliaient. Rapide coup d'œil. On pouvait deviner les casques à pointe de ceux qui avaient défilé dans le village.

Est-ce que les soldats apercevraient ce groupe de femmes, figées comme des statues, et la gamine qui courait ?

Aurélie pleurait toujours.

Juliette. Elle avait enfin atteint la caisse, fouillait, dressait soudain à bout de bras, victorieuse, la poupée noire. Emportait un baluchon, revenait, rejointe par la fille du forgeron, qui lui avait pris la main, la tirait.

Les Allemands, à droite, s'étaient arrêtés. Des cris, qui ressemblaient à des ordres. Ils prenaient position dans une légère ondulation de terrain, qui les protégerait peut-être. A deux cents mètres, pensa Julia. Trop près.

Trop près : l'artillerie — française ou anglaise ? — allongeait son tir, à la poursuite de la ligne allemande. Une vague d'obus s'abattit devant la haie, faisant voler, très haut, des gerbes de terre et de branches, une herse aussi, ou une machine de ce genre, difficile à distinguer dans la fumée, qui sembla hésiter un instant avant de s'écraser.

Julia embrassa sa fille, enfin revenue. Lança la poupée

à Aurélie. Un regard à la Flamande. Presque un sourire. Vite. On repart. Les maisons et la ferme semblent toutes proches maintenant. Irréelles de propreté, on dirait d'impassibilité, à cent pas de cette tourmente.

Elles y sont enfin. Portes fermées. Partout. Maisons vides, à ce qu'il semble.

Les obus, plus près.

Vite. Une pierre dans une vitre. La main qui passe par le trou, ouvre la fenêtre.

— Entrez.

Elles sont toutes les six dans une sorte de salle à manger, dominée par un énorme poêle de faïence blanche, à l'allemande. Une explosion, pas loin. Elles s'allongent contre un mur, sur le parquet ciré, loin des fenêtres. Elles ne pensent même pas à chercher la cave. Julia a pourtant le temps de penser que cette pièce ne devait pas être utilisée, occupée seulement les jours de fête ou de cérémonie. Une nouvelle rafale, plus proche, fait trembler les murs, sonner quelque part une pendule. Qui ne s'arrête plus, comme emballée. Des cris, des gémissements. Les Allemands vont être là, maintenant.

Toutes les vitres éclatent. Des morceaux de plâtre tombent du plafond. La maison a été atteinte. Julia se couche sur les enfants. Pleurs. Caresses. Une nouvelle explosion. Assourdissante. Fumée. Et un grand cri. Irréel. Insupportable. Julia regarde sa petite troupe. Personne n'a été touché. Personne, là, n'a crié.

La fusillade, encore, dehors. Et des gémissements. Il y a quelqu'un dans la maison. Un blessé sans doute. Aller voir.

— Gardez mes filles.

— M'man, crie Juliette.

— Toi, ne recommence pas. Ne bougez pas.

Julia rampe dans le plâtre en passant devant la fenêtre, pénètre dans une cuisine un peu voûtée qui aurait dû offrir une meilleure protection. Mais c'est là que l'obus est tombé. Un enchevêtrement de poutres, de tuiles et de gravats. Dans un coin, près du poêle de fonte noire, une femme à cheveux blancs, écrasée par la chute d'un lourd vaisselier. Morte, à coup sûr. A côté, geignant, une autre femme, adossée à un reste de mur. Une nouvelle rafale d'obus. Plus loin. Quelques briques tombent. Des casseroles aussi. La pendule encore.

Julia court vers la femme. Une grande tache rouge sur la poitrine. Arracher ce manteau, cette robe.

— Vous avez mal ?

Question bête. Elle le sait. L'autre gémit, ouvre les yeux.

Un éclat. C'est sans doute un éclat d'obus qui l'a blessée. Tamponner la plaie. Elle arrache la combinaison. Le sein gauche est déchiré ; la poitrine trouée. Sang partout.

Des cris, dehors. Des coups de feu, tout proches.

Voilà. Elle a fait une boule de tissu. Appuyer. Appuyer.

— Trop tard, dit la femme. Peux plus...

— On va vous soigner. Ils vont arriver.

La femme halète. Appuyer encore.

— Surmont-Rousset, souffle la femme. Mon mari...

— Votre mari...

— A Lille. Surmont-Rousset.

Une Lilloise, une Française. Appuyer. La main de Julia rouge de sang. Une présence à ses côtés. Presque silencieuse. La petite Aurélie, qui a échappé aux autres, s'est traînée à quatre pattes dans la poussière et les gravats et qui regarde la blessée, interdite. Puis les autres, aussitôt, qui la suivent.

Appuyer.

La femme semble avoir aperçu la petite, esquisse un sourire, qui se défait.

Appuyer.

— Mon mari, vous lui direz...

Elle glisse sur le côté, tombe doucement. Julia lâche son tampon sanglant pour la redresser. Mais comprend. Lui touche l'œil comme elle le faisait, avant la guerre, aux lapins qu'elle avait pendus pour les tuer. Pas de réaction. Morte.

Julia prend la main d'Aurélie, lui fait faire un signe de croix.

Des coups de feu, encore.

Il faudra se souvenir. Surmont-Rousset. Surmont-Rousset. A Lille. Une personne riche, ça se voit à ses vêtements, même s'ils sont froissés, tachés, déchirés. Quelqu'un de connu, à coup sûr.

Pas de sac, pas un bijou. Julia ramasse deux épingles à cheveux qui ont glissé quand le corps s'est affaissé, serre contre elle la petite Aurélie. Les autres : des statues.

Bruits de pas vers la porte. Un soldat apparaît, habillé d'une curieuse tenue. Avec un drôle de casque, tout plat. Un Anglais.

# XI

Laurent Surmont-Rousset n'avait pas tenu longtemps. Il voulait se rendre à Paris. C'était là, comme toujours, qu'il fallait être, pour trouver les moyens de recommencer. Depuis l'entrée des Anglais dans Lille, la semaine précédente, il était comme ressuscité, ne rêvait plus que de machines, d'achats de laines, de coton, de crédits que les banques de la place, débordées, désorganisées, n'avaient pas les moyens de lui consentir. Clément Boidin lui avait fait parvenir, par la préfecture, une lettre où il donnait des précisions sur les usines d'Elbeuf, ajoutant que ses fonctions l'appelaient pour quelques jours à Nantes au sujet d'une affaire d'importation de laines. Comme s'il n'était pas tellement pressé de venir rendre des comptes. Raison de plus pour précipiter la rencontre.

Aline avait tenté de retenir son père, suggéré qu'il devrait être à Lille pour accueillir son épouse. « Mais j'y serai, plaidait-il, je serai revenu. Les Allemands, maintenant, ne vont pas la relâcher avant la paix, l'armistice. Ils ont d'autres soucis. La guerre n'est pas finie. Et moi, Paris : un aller et retour seulement. »

Elle n'avait pu argumenter longtemps. Car il avait retrouvé sa voix de jadis, celle qu'il avait pour la jeter dehors quand, gamine, elle se hasardait dans son bureau. Elle l'en admirait en secret, s'en réjouissait sans le montrer. Jusqu'au moment où Céline intervint.

Céline, seize ans maintenant, avait aussi voulu tenter

sa chance, participer au débat. Sur un mode un peu larmoyant, forcé, auquel il ne crut guère : « Si vous nous quittez, j'aurai peur. Il n'y aura plus que des femmes à la maison. Dans cette pagaille ! Mon amie Augustine Dassonneville — vous voyez qui c'est — a été attaquée dans la rue par des voyous. Ils en profitent : la police n'est pas encore réorganisée. Et vous nous laisseriez seule ? »

A quoi il avait répondu, une fois de plus, qu'il ne prolongerait guère son séjour et qu'elles seraient huit en comptant les bonnes. Pas vraiment seules, donc. « D'ailleurs, fais confiance à ta sœur aînée. Elle saura te défendre. » Là-dessus, une sorte de rire qui avait fait enrager Céline. Laquelle avait pris ensuite sa sœur dans un coin pour lui confier qu'elle craignait surtout pour Blandine. Alors, Aline, désemparée, pressentant ce qu'elle allait entendre :

— Peur pour Blandine ? Pourquoi ?

— Vous vous figurez toutes les deux que je n'ai rien compris ? Je suis certaine que mère aussi le savait, quand Blandine est partie chez la cousine d'Augusta-les-proverbes.

— Savait quoi ?

— Ne fais pas la bête. J'en ai assez qu'on me prenne pour une gosse. Chez les bonnes sœurs, je ne peux pas l'empêcher. Mais toi... Tu ne sais pas que les gens recherchent partout les femmes qui ont été avec les Allemands, qu'ils les traînent dans les rues en les insultant, en leur crachant à la figure, qu'ils les emprisonnent ? Alors, Blandine...

— Tais-toi ! D'abord les gens ne peuvent pas le savoir. Et toi, tu t'es imaginé...

— Je n'ai rien imaginé du tout. Figure-toi que Noémie Masure habite rue de Paris, presque en face de ce bureau où étaient installés les Allemands des réquisitions. Elle l'a vue, Blandine. Plusieurs fois. Et si elle l'a vue, elle n'est pas la seule.

Aline avait dû céder, avouer. Tout en mettant sa sœur au secret : « Tu as tenu ta langue jusqu'à présent. Continue. Papa ne doit pas savoir. Ni Blandine. » Puis, en jouant la confiance : « Dans un sens, ça me soulage. Nous serons deux pour faire face, maintenant. »

Elle n'osait pas lui dire qu'elle était harcelée par Blandine qui semblait vivre sur une autre planète, se disait disposée à partir pour l'Allemagne à la recherche de son amant dès que la guerre serait terminée et quémandait, avide, insistante, des nouvelles de sa fille. Ce qui torturait Aline, incapable, pour l'instant, de remonter la filière qui la ramènerait jusqu'à la petite Aurélie. Où était Dautriche ? S'il vivait encore, rien n'était perdu. Si les Allemands l'avaient tué, en revanche, ou laissé mourir dans un de leurs camps dont les journaux reparus commençaient à publier d'étonnantes descriptions...

Elle avait fait bonne mine jusqu'au départ de son père pour Paris. Lorsqu'il fut parti, sur une voiture à cheval qui l'emmènerait à Dunkerque où il espérait trouver un train, elle se réfugia dans sa chambre. Céline, anxieuse, vint toquer plusieurs fois à sa porte, n'obtint pas de réponse. La grande Augusta, passant par là, commençait à lui dire qu'il n'était pire sourde que celle qui... Elle ne put terminer. Céline lui avait lancé un « Ma fille, j'en ai assez de vos proverbes ! » sur un ton qui les laissa pantoises toutes les deux.

Paris était, déjà, une fête. Comme si la victoire était acquise, la guerre terminée.

Laurent Surmont-Rousset, au cours d'un épuisant voyage, avait traversé des plaines disloquées par les obus, une nudité déchiquetée où s'obstinaient des herbes jaunies par les gaz ; il avait longé des routes au bord desquelles gisaient encore des corps aux uniformes moisis, contourné des villages aux rues jonchées de décombres sur lesquels s'étaient acharnés les canons comme s'ils avaient voulu séparer chaque brique de l'autre brique, chaque pierre de l'autre pierre, chaque tuile de l'autre tuile. Il avait aperçu des ébauches de cimetières marqués de croix bancales où des camions apportaient de simples caisses qui faisaient office de cercueils, et cru dix fois que la voiture qui le menait à Dunkerque allait s'enfoncer dans les chemins boueux, défoncés par les camions de l'armée, parfois par ces curieux engins à chenilles qu'on appelait tanks. Là-dessus, un train bondé, dont les antiques wagons laissaient passer la pluie. Et enfin, Paris.

Paris, une symphonie, une débauche de couleurs vives. Des femmes aux cheveux courts, enveloppés dans un turban ou couverts, malgré l'automne, de canotiers de paille. Plus surprenant encore, des jupes courtes, à mi-mollet, des tailleurs droits qui les faisaient apparaître plates, sans seins ni hanches, comme si, s'interrogea l'industriel, on avait supprimé les corsets.

Il avait trouvé place, sans peine, dans un autobus où opérait une jeune fille en bonnet de police et s'était retrouvé assis en face d'une femme au visage comme peint, ocré d'une poudre fine, barrée d'un rouge gras qui débordait largement les lèvres. Il avait cru d'abord qu'il s'agissait d'une fille des rues comme on en trouvait avant la guerre dans les quartiers chauds, mais constaté, en observant ses voisines, que celle-ci n'était pas seule. Les femmes qui se pressaient sur les trottoirs parmi les militaires en uniformes de tous pays étaient, pour la plupart, maquillées de la même manière. Sauf celles, nombreuses tout de même, nombreuses hélas, qui cachaient leur visage sous un voile de deuil, ou qui laissaient apparaître sous leur chapeau noir, une figure blanche, comme délavée par les pleurs.

Descendu de l'autobus, il était pris de l'envie de courir vers elles, de leur prendre les mains, de leur parler, de leur dire qu'il les comprenait, qu'il venait du pays de la mort, de la souffrance et du malheur, justement, que la guerre lui avait coûté cher à lui aussi, un bras, un gendre, qu'il n'avait même plus de nouvelles de son épouse, que les Allemands lui avaient pris son usine, ses usines, que... La tête lui tournait. Il regardait les boutiques aux vitrines bien garnies, les murs couverts d'affiches qui annonçaient des souscriptions en faveur des poilus, des soldats tuberculeux, des Belges, proposaient aux Parisiens d'acheter des bons de la Défense nationale, mais annonçaient aussi que l'on jouait au théâtre de l'Athénée *Le couché de la mariée*, aux Ambassadeurs *La revue Shocking avec son merveilleux défilé de jeunes filles à marier* et aux Bouffes-du-Nord *Les amours d'une courtisane*, un spectacle, indiquait la publicité, qui n'était « pas pour les demoiselles ».

Il hésita à s'asseoir à la terrasse d'un des cafés du boulevard Saint-Germain emplis d'une foule composite et bruyante. Il ne se sentait pas de force à entrer, seul, dans ce monde étranger. Il échoua dans l'église Saint-Germain-des-Prés, balbutia une prière, l'abandonna vite, se redressa. Ce fut pour se révolter contre un sort injuste. D'autres, il en était certain, il connaissait assez les hommes, le négoce et les affaires, avaient, durant ces quatre années, bâti des fortunes considérables. Tandis que lui... Tandis que ses concurrents du Nord, des concurrents qui étaient quand même des confrères...

Il quitta son prie-Dieu, s'avança vers un crucifix que l'on avait fleuri de drapeaux tricolores et fit le serment de ne plus se laisser gagner par la neurasthénie, de lutter. Pour commencer, il importait de savoir ce que Boidin avait fait et ce qu'il avait dans le ventre.

— Ferrandon ? Il est mort la semaine dernière. En quatre jours, cinq peut-être. La grippe espagnole.

— On ne meurt pas de la grippe si facilement, quand même. Surtout à son âge.

— Cette grippe-là, si. Vous ne savez pas ?...

Clément Boidin le regarda avec un petit sourire apitoyé, condescendant. Il ne baissait plus les yeux, comme jadis. Il semblait même avoir grandi. Comme s'il se tenait plus droit. Une impression, bien sûr, une simple impression, mais qui agaçait Laurent Surmont-Rousset, lui fit regretter d'avoir accepté de s'installer sur la molle banquette de cette brasserie tandis que l'autre se fichait, un peu plus haut, un peu plus raide, sur une chaise. Et se lançait à présent dans de longs développements sur cette maladie terrifiante venue d'Asie, de Chine peut-être, qui emplissait les cimetières d'Europe, finirait par faire concurrence avec la guerre, et dont des sots avaient d'abord attribué la responsabilité à des conserves fabriquées en Espagne — d'où son nom.

Comme s'il voulait, Clément Boidin, éviter d'en venir au fait, de rendre des comptes, et s'était empressé de saisir la perche qui lui avait été maladroitement tendue. D'ailleurs, il multipliait encore les questions sur le sort des uns et des autres — « Vous ne me croirez pas, Monsieur, mais moi qui ne suis pas vraiment du parti clérical, j'ai souvent prié pour vous tous » —, s'inquiétait des détails de la vie quotidienne sous l'occupation, de l'état des usines, dont on avait quand même appris, à Paris, que beaucoup étaient démontées, leurs machines emportées, leurs stocks vidés.

A ce moment, Laurent Surmont-Rousset n'avait pu s'interdire de laisser s'exprimer sa rancœur.

— Savez-vous qui présidait au démontage ? Hans Schmidt, vous vous souvenez, ce jeune stagiaire bavarois que nous avions accueilli en 1911.

Alors, l'autre, ravi de cette diversion :

— Ce blanc-bec ? Excusez-moi, Monsieur, mais il n'y a pas d'autre mot. Quand j'y pense : nous lui avons tout appris. Et pour quel résultat ? On ne s'est pas assez méfiés des boches. Ni avant. Ni pendant. Parce qu'il fallait entendre les récits des permissionnaires de retour du front, ou des blessés. Des barbares, des boches, Monsieur, des brutes à l'esprit tortueux, qui ne savaient quelle traîtrise imaginer.

Il était parti, racontait des histoires de Prussiens qui se tenaient en groupe, les mains en l'air, apparemment décidés à se rendre, et qui s'écartaient quand les Français approchaient pour laisser apparaître une mitrailleuse, cachée jusque-là, qui fauchait les poilus. Il décrivait aussi des pièges, des explosifs dissimulés dans les maisons des villages que les Alliés libéraient et qui éclataient dès que l'on poussait une porte ou une fenêtre.

— Et mes affaires, Boidin ?

Voilà. C'était envoyé. Enfin. Laurent Surmont-Rousset se sentit soulagé, heureux presque d'avoir repris les cartes en main, réaffirmé qui était qui, qui commandait. Et ne s'en laisserait pas conter.

Mais l'autre, sourire toujours fiché aux lèvres, sûr de lui. Presque triomphal, même.

— Vos affaires vont bien, Monsieur. Même très bien, si je peux oser. Avec de beaux carnets de commandes, en dépit de la fin prochaine de la guerre. Vous aviez réalisé un joli coup en 1914 avec la toile bleue, grâce aux confidences de Ferrandon. Eh bien figurez-vous que voici presque deux mois — on ne doutait déjà plus de l'issue de la guerre à ce moment-là, on pensait même que cela irait plus vite, on espère toujours trop —, il y a deux mois, donc, à cette même place, ce pauvre ami m'avait glissé que l'administration commençait à établir des plans pour la démobilisation des millions d'hommes encore sous les drapeaux. Et parmi ces plans, il y avait, il y a encore, la distribution à tous ces poilus d'un costume civil, une sorte d'uniforme nouveau pour tous ces bougres. Alors, vous pensez bien : dès que je l'ai su, j'ai pris mes dispositions.

— Comment ? Où ?

Ignorait-il ou feignait-il d'ignorer, Boidin, que Laurent Surmont-Rousset ne savait presque rien de ce qu'il avait fait de l'argent encaissé après la vente des toiles bleues ? Il eut un regard vers la salle, où les tables, garnies surtout de militaires, discutaient du dernier communiqué de guerre anglais qui annonçait la capture de sept mille prisonniers et de plus de cent canons, mais faisait état de la résistance opiniâtre des Allemands dans la région de Valenciennes : « Vous comprendrez bien, Monsieur, que je ne puis vous livrer les comptes ici. Mais soyez sans crainte, tout est en ordre, classé, dossier par dossier, année par année. J'ai tout préparé. »

— Mais les draps, pour ces costumes de démobilisés, vous le fabriquez où, ce drap ?

Alors, Boidin énuméra, comme autant de victoires, le tissage « Quentin et Cie », agrandi et modernisé grâce à de nouvelles machines importées d'Angleterre, l'autre tissage de la région d'Elbeuf, en arriva enfin à la filature de Moreel.

— Moreel ?

— Oui, Moreel, vous connaissez bien. D'ailleurs, il m'a raconté que vous et lui, pendant des années... c'est très bien ce que vous avez fait là, Monsieur, c'est très patriotique.

Un ton obséquieux, tout à coup, qui gênait Laurent Surmont-Rousset, agit même comme un signal : l'autre avait-il quelque chose à faire accepter ? Se tenir sur ses gardes.

— Nous la lui avons reprise, Monsieur, sa filature.

— La filature de Moreel ? Du coton ?

— Oui, Monsieur. Il était au bord du trou. Avec des machines épuisées. Et des dettes... Il a fini par accepter mes propositions.

Une bouffée d'orgueil, d'admiration aussi. Laurent Surmont-Rousset revoyait Moreel prêt à festoyer le jour de Noël 1914, le laissant attendre, fébrile, dans le couloir où le bousculaient les bonnes chargées de plateaux de victuailles, puis lui annonçant, deux ans plus tard, qu'il abandonnait l'écoute de la radio, le laissait en plan et quittait Lille. Le ton qu'il avait pris pour dire, assuré, qu'il pourrait vivre sans difficultés grâce à « une petite affaire en Normandie, qui me vient de ma femme ». Voilà qu'il avait été contraint de la vendre ! Mais il y avait ce

« nous ». Boidin avait bien dit : « Nous la lui avons reprise. »

— A quelles conditions ?

— Pour quatre sous, Monsieur. Enfin, vous verrez cela dans les comptes.

— Et il est resté dans l'affaire ?

— Non. Il a tout vendu. Maintenant, il n'y a plus que vous... et moi.

Voilà. Il avait fini par le dire.

— Vous, Boidin ?

— Ce qui restait de votre argent, Monsieur, après l'achat des deux tissages d'Elbeuf, ça ne pouvait pas suffire. Alors, j'ai emprunté. J'ai des relations dans la banque.

— Vous avez emprunté en votre nom ?

— Comment faire autrement, Monsieur ? Parmi les procurations que vous m'aviez données, il n'était pas prévu d'emprunt. C'était même impossible.

Bien joué. D'autant que l'on ne pourrait l'obliger à montrer ses comptes personnels. Vérifier qu'il avait vraiment emprunté cet argent. Il avait pu tout aussi bien taper dans la caisse, distraire une partie du produit de la vente des toiles bleues. Ferrandon, sans doute, aurait pu le dire. Mais Ferrandon... Laurent Surmont-Rousset se sentait esseulé, soudain, écoutait à peine Clément Boidin qui parlait d'une autre usine, à Roanne, finit par s'y intéresser.

— Quoi, Roanne ?

— Une petite affaire que j'ai rachetée, Monsieur, qui fabriquait de la toile pour les empennages d'avions.

Cette fois, il avait dit « je ». Laurent Surmont-Rousset se sentit dépossédé, trompé. Puis se prit à penser qu'il n'en avait aucune preuve, qu'il n'en aurait sans doute jamais, que ce n'était peut-être pas vrai. Pas tout à fait vrai. Il fixait Clément Boidin, qui ne cillait pas. Il finit par murmurer.

— Vous aviez emprunté, là aussi ?

— Oui, Monsieur.

Il fallait quand même tenter de marquer un point :

— Êtes-vous certain d'avoir bien fait ? Les avions, maintenant, utilisent de moins en moins de toiles. Vous ne risquez pas de vous retrouver avec de gros stocks sur les bras, invendables après la guerre ?

Toujours le même sourire, en face :

— Vous avez tout à fait raison, Monsieur. Mais j'y ai pensé. Depuis un an déjà, je revends de la toile à une fabrique lyonnaise de linge de maison. J'ai même mis quelques francs dans leur affaire. Vous pourriez le faire aussi, quand nous aurons remis les choses en route là-haut. Les gens vont avoir envie d'habiter dans des logements un peu plus gais, je dirais coquets même, après tous ces malheurs. Vous avez vu les vêtements des femmes. Je ne parle pas de celles qui sont en deuil, bien entendu. Pourtant, elles aussi...

Il sortit d'une poche un papier, plié en quatre, qu'il tendit à Laurent Surmont-Rousset. C'était une page d'un journal de mode.

— Lisez donc la réclame, Monsieur, en bas.

C'était une annonce encadrée de fleurs noires, accompagnée d'une image de vêtements : « Modèle veuve éplorée : le vrai deuil de guerre, le plus élégant, se porte en charmeuse et en crêpe Georgette pour la robe, en velours de laine pour le manteau. Ainsi habillée, Madame, vous donnez exactement l'impression de la douleur contenue et dignement supportée qui convient à votre état d'âme. »

Laurent Surmont-Rousset revoyait les cadavres en uniforme noir au bord des routes de Flandres. Il fut saisi d'une envie de balayer, de son bras valide, leurs deux verres, de se lever et de partir. Mais se souvint de son serment. Gagner. Il essaya de sourire, n'y parvint pas tout à fait.

Clément Boidin avait sorti de son gilet une petite montre en or, qu'on eût imaginée accrochée au collier d'une femme. Tiens... les femmes ? Ce n'était sans doute pas un moine, Boidin.

Savoir. Il y avait tant de choses à savoir, à apprendre,

un nouveau monde à découvrir. La France, un nouveau monde. Laurent Surmont-Rousset regardait les tables voisines d'où fusaient cris et rires.

— Vous voudrez bien m'excuser, dit Boidin, mais j'ai un rendez-vous. Je suis encore attaché au Ministère, vous savez, pour les fonctions que m'avait confiées Monsieur Ferrandon.

— Vous ne pourrez pas regagner Lille ?

— En principe, les civils ne peuvent pas retourner immédiatement dans les territoires libérés, sauf autorisation des préfets. Mais je me débrouillerai, Monsieur. Dans ma position, vous savez...

Il se leva.

— Si vous le permettez, je vous inviterai volontiers à dîner. J'ai réservé une table à la Tour d'Argent. Vous connaissez je pense : la plus belle vue de Paris, sur la Seine et Notre-Dame, et le meilleur canard au sang. C'était fermé mais ils ont rajeuni la salle, modernisé les cuisines, et André Terrail a réouvert récemment.

Il disait André Terrail comme un habitué, comme s'il appartenait désormais au petit cercle des Parisiens importants.

— Je vous apporterai, Monsieur, quelques papiers. Ainsi, vous pourrez les consulter dès ce soir à l'hôtel. A huit heures, quai de la Tournelle, cela vous conviendrait ?

Comment refuser ? Laurent Surmont-Rousset acquiesça, d'un signe de tête, regarda s'éloigner, songeur, ce subordonné qui venait de se poser en partenaire. Il se sentait un peu rassuré : avec Elbeuf, il ne repartirait pas de zéro. Un peu fier aussi : après tout, ce Boidin, c'était lui qui l'avait sorti du rang.

Il y avait peut-être quelqu'un derrière ce changement, une influence qui expliquerait tout. Ferrandon ? Impossible de le savoir à présent. Une femme ? Peut-être. On en connaissait qui avaient changé des hommes, les menaient à leur insu.

Restait l'autre question, lancinante : associé ou rival ?

Avoir l'œil. Et se battre. Un peu mieux que tout à l'heure.

Laurent Surmont-Rousset n'était pas très content de lui. Le sentiment de s'être laissé mener. D'avoir perdu l'expérience et la maîtrise des négociations difficiles, des duels de mots et d'idées. Voilà où menaient quatre années d'engourdissement. Les ruines n'étaient pas seulement matérielles.

Il bouscula sa chaise en se levant, se heurta à une femme en noir, encore jeune, au fort parfum de lavande. Troublé, surpris, il s'excusa à peine. Célestine ? Où était Célestine ? Les journaux annonçaient que le dimanche suivant, pour la première fois, un train quitterait la gare du Nord pour Lille. Il se promit d'en profiter. Paris, déjà, lui pesait.

Aline, secouée de sanglots, carrée dans son fauteuil, tête dans les mains, réussit pourtant à se reprendre. Pour répéter la question dix fois posée déjà :

— Vous en êtes absolument certaine, certaine ?

Julia Bondues, qui avait quitté sa chaise, s'approchait, se reprochait d'être un oiseau de malheur, n'osait pas, quoi qu'elle en eût, prendre dans ses bras cette jeune femme en pleurs :

— Vous pensez bien, Mademoiselle, que je n'aurais pas... Surmont-Rousset, c'est le nom qu'elle m'a dit. Deux fois. Juste avant de... de trépasser. Voilà.

Elle tournait entre les doigts, machinale, les épingles à cheveux ramassées dans la cuisine de la grande ferme belge, reprenait la description de la robe de drap que portait la mourante — « avec des volants de dentelle aux poignets, mais tout déchirés et noircis, j'aurais dû en prendre un morceau, une belle robe, toute sale, mais on voyait que c'était quelqu'un, cette dame, quelqu'un de bien, vous comprenez ». Elle expliquait comment un médecin anglais avait examiné les deux femmes, mais trop tard, on ne pouvait plus rien faire, d'ailleurs l'autre était morte avant, et des soldats avaient emporté les deux cadavres dans l'église du village : « J'avais un crayon à encre, j'ai écrit Surmont-Rousset sur le papier d'un Anglais, et on l'a accroché, ce papier, à son vêtement, comme ça on pourra la reconnaître. »

Aline ne doutait pas, revoyait sa mère emportant dans son bagage cette robe de visites, solide, garnie quand même de tresses de soie mate, demandait de nouvelles précisions, voulait tout savoir : comme si l'accumulation des détails pouvait la distraire de sa peine. Julia racontait l'évacuation du village, la longue marche jusqu'à la Belgique, la peur lorsqu'elles s'étaient retrouvées en plein combat, le retour enfin, les bâtiments aux pans de toits gisant à terre, aux ouvertures béantes. « On reconnaissait à peine notre chez-nous, on s'est entassés dans les maisons qui restaient debout, les gens rentraient peu à peu, sauf quelques-uns qui étaient blessés. Parce qu'ils avaient été rattrapés par la bataille, comme nous. Il y a même eu quatre tués. Notre curé, un bon curé, était tombé le premier. Une mitrailleuse, ont dit les autres. Et moi, après, je me disais qu'il fallait que j'aille voir à Lille, pour trouver ce Monsieur Surmont-Rousset. C'était mon devoir, n'est-ce pas ? »

Elle redisait comment elle avait confié ses enfants — « deux jumelles et une plus petite » — aux filles du forgeron, trouvé place dans une voiture militaire, fait quand même la moitié du chemin à pied.

Aline l'interrogeait encore, vaguement soupçonneuse : sa mère n'avait donc pas de bagage, de papiers ?

— Rien du tout. Comme si on les avait dépouillées avant, elle et la dame aux cheveux blancs qui était déjà morte. C'est ce qui m'étonnait. J'ai bien regardé avant de quitter cette maison. Rien. C'étaient peut-être les Prussiens, avant ?

Julia Bondues avait rougi. Aline s'en étonnait, se reprocha d'avoir posé une telle question : si cette petite femme blonde avait pris des bijoux, volé quoi que ce soit, elle ne se serait pas présentée ensuite. Elle s'excusa :

— Je vous demandais cela... Quand les Allemands l'ont emmenée, elle n'avait pas emporté grand-chose. Mais son alliance, quand même. Elle y tenait tellement, vous comprenez...

Julia n'osa pas avouer qu'elle n'y avait pas prêté attention. Tout allait si vite. L'irruption des Anglais qui avaient tout précipité, le médecin qui se chargeait du corps, les enfants qu'il ne fallait pas laisser près des cadavres. La folie de ces moments.

Elle s'adressait pourtant des reproches, tentait en vain de se souvenir, de revoir l'image de la mourante, ses mains sur sa robe tachée de plâtras. Portait-elle une alliance ? Elle ne se souvenait pas. Elle se mit, sans y penser, à faire tourner la sienne autour du doigt. Aline le remarqua, l'interrogea sur son mari. Oui, il était soldat. Non, elle n'avait pas de nouvelles, mais espérait en recevoir bientôt, la liberté étant revenue et sans doute, un de ces jours, la paix.

Aline devinait ce qu'elle cachait de souffrance, de pauvreté, de misère peut-être, souhaitait la voir partir, rester seule avec son chagrin, pouvoir prévenir ses sœurs, Blandine, si fragile, Céline, mystérieuse, Delphine, encore une enfant. Elle se leva enfin, se dirigea vers un secrétaire du salon, n'y trouva que quelques-uns de ces « bons de ville » émis par la municipalité depuis que Lille avait été coupé de la Banque de France :

— Prenez, dit-elle.

Julia rougit encore.

— Non merci, Madame. Non merci. Ce n'est pas pour cela. C'est simplement qu'il faut s'aider, n'est-ce pas ? Il faut s'aider.

— Quand même... votre voyage jusqu'ici...

Un petit sourire, triste :

— D'abord une voiture militaire. Et puis à pied... Ça ne coûte pas bien cher.

— Mais, pour repartir...

— Il n'y a plus d'omnibus, Madame. Mais je trouverai bien.

Julia montrait ses chaussures.

— Je les avais épargnées, pendant toute la guerre. J'avais des sabots. Maintenant, ça ira mieux. On pourra en retrouver. Alors...

Aline balbutiait, en larmes, sonna pour que l'on reconduise la jeune femme. Quand elle fut partie, elle songea qu'elle ne lui avait même pas demandé son adresse. Son nom seulement : Julia Bondues. Comme le village de Bondues. Il faudrait la revoir. Puis elle tira la sonnette de nouveau pour qu'on aille chercher ses sœurs, d'urgence. Elle ne savait comment joindre son père. Elle retomba, lourde soudain, dans le fauteuil. Elle se sentait vaincue.

# XII

La lumière fragile du soleil d'automne avait réussi à filtrer entre les lourds rideaux.

Isabelle s'étira, se rapprocha de Lucien Rousset, glissa sur lui. Comme en rêve, il sentit son corps chaud et mince, commença, des lèvres et de la langue, à caresser la naissance du cou, lui prit la bouche et fit glisser les mains sur son dos, lentement, s'amusant de s'attarder à chaque vertèbre, à chaque attache de côte. Elle se redressa pour mieux lui piquer des baisers, papillons à peine posés aussitôt enfuis, sur le nez, les yeux, les lèvres et sur cette cicatrice qu'il portait comme une décoration sous la clavicule gauche, en haut de la poitrine.

Sa troisième blessure. Depuis deux ans, il s'était battu sur mer, un peu. Sur terre, davantage. Une balle perdue lui avait valu un nouveau séjour à l'hôpital. Ensuite, ce début de convalescence, en Charente. Un bonheur. D'abord Angoulême, fière, campée sur son promontoire, dominant ses faubourgs aux assises caressées par le fleuve indolent. Puis les rangs serrés de ceps, partant à l'assaut des douces collines. Et là, un vaste château dressant une façade orgueilleuse derrière de longs murs de pierres blondes, transformé en hôpital de réserve.

Il avait bientôt multiplié les promenades dans le proche voisinage. D'abord en compagnie d'un ancien fusilier marin comme lui, un Breton de Séné, village de pêcheurs au bord du golfe du Morbihan, qui lui racontait le dragage des huîtres, la rude vie des familles qui ramassaient le goémon pour en faire des matelas, les femmes de marins contraintes de vendre leur dernier lopin de terre pour payer leurs dettes quand le mari ne rentrait pas de la pêche, ou de la guerre. Et puis, ce Doridour avait dû regagner le front, un bidon de cognac en bandoulière. Lucien Rousset avait poursuivi, seul, ses vagabondages.

C'était le temps des vendanges. Il croisait sur les chemins étroits de lourds percherons tirant des charrettes chargées de cuves de châtaignier d'où débordait le raisin. Il aima s'attarder le long des champs de vigne au parfum subtil où s'affairaient filles et garçons, la plupart très jeunes, dans un bourdonnement de guêpes.

Il présumait peut-être de ses forces et avait dû s'allonger, un soir, au bord du chemin. Une voiture vint à passer, emmenée par un cheval bai. A bord, une jeune femme au visage plein, aux yeux d'un brun doré, légèrement saillants, aux longs cheveux bruns relevés en arrière par un gros chignon traversé d'une flèche, et dont toute la personne donnait une impression de santé et de bonheur. Elle l'avait ramené à l'hôpital. Ils s'étaient revus. Elle se prénommait Isabelle.

Le père d'Isabelle Lafeuille, un propriétaire veuf et âgé, avait initié Lucien Rousset au cognac, lui avait enseigné à apprécier la saveur de pomme confite qui tapissait après boire le palais et qu'il appelait le rancio. Il lui avait fait découvrir aussi le pineau, délicate union de vieux cognac et de moûts de raisins frais.

Veuf et âgé, il n'avait toléré que sa fille lui amenât et lui ramenât Lucien Rousset qu'à la condition que celui-ci lui raconte sa guerre. Comme s'il regrettait d'être trop vieux pour y participer.

Lucien Rousset regardait la fille en parlant au père. Il ne cachait rien de la boue, du sang, des folies des assauts, de la misère des hivers. Le père Lafeuille faisait tourner le cognac dans son verre ventru, le respirait, en prenait une gorgée, s'en parfumait la gorge, claquait la langue, satisfait, avant de conclure : « Je le savais bien que c'était comme ça. » Sa fille, alors, pouffait : « Allons ! Tu croyais tout ce que disaient *L'Illustration* et les quotidiens : la guerre facile, nos soldats bien pourvus en nourritures et en munitions, les tranchées bien aménagées. » A quoi il rétorquait, toujours : « Et les morts ? Tu crois que je ne compte pas les morts ? Trente-quatre, déjà, dans la commune. Dont trois frères, Monsieur Rousset, trois frères tués le même jour dans la bataille de la Marne, la deuxième, celle de cette année. » Là-dessus, il s'attendrissait, reprenait une gorgée de cognac, parlait d'aller chercher d'antiques bouteilles datant de son arrière-grand-père. Le bonheur quand même, mêlé d'amertume. Et des inquiétudes de Lucien Rousset qui avait écrit à Lille, sitôt la ville libérée par les Anglais, mais attendait encore une réponse.

Les blessés de l'hôpital de réserve, désireux d'y prolonger leur séjour, se passaient des recettes permettant, disaient-ils, de retarder la guérison. A les entendre, le vin blanc très sec, consommé sans modération, était épatant pour faire suppurer une blessure ; la graisse d'armes, bien étalée sur une plaie, l'empêchait de se refermer ; il fallait aussi répandre du sel et encore du sel sur la nourriture pour garder un taux d'albumine inquiétant. Mais la blessure de Lucien Rousset, résistant à ces mauvais traitements, s'était vite cicatrisée. Le jour où le médecin-major constata qu'il serait bientôt, de nouveau, tout à fait bon pour le service, il comprit qu'il était vraiment amoureux, qu'il ne pourrait plus désormais vivre sans Isabelle. Mais aimerait-elle la mer ? Quand il lui avait posé, un peu gauche, la question, elle avait éclaté de rire en renversant la tête. Il avait vu, attendri, les veines se gonfler sur la blancheur de son cou joliment arrondi. Elle s'était blottie contre lui.

Ils étaient étendus sur le lit baigné par la lumière voilée du soleil. Elle sommeillait un peu, à présent. Il se redressa pour la regarder, admirer ses seins ronds, ses longues cuisses, les jambes minces. Il s'appuyait sur un coude, tendit la main gauche — légère douleur sous la clavicule, vite chassée — pour capturer un sein. Elle cligna de l'œil, lui sourit.

C'était le matin de leur première nuit. Le père Lafeuille était parti, la veille, pour Cognac. Un rendez-vous avec des négociants anglais puisque la guerre n'avait fait qu'accélérer les commandes, augmenter la demande.

Le soir, Lucien Rousset s'était attardé. Jusqu'à dépasser l'heure de l'appel dans la grande salle de l'hôpital. Il s'était dit qu'il eût fallu prendre des précautions, demander à son voisin de lit de mettre deux polochons sous la couverture et crier « présent » quand le sergent se présenterait à vingt et une heures tapantes, comme toujours, pour vérifier que tout le monde était rentré. Tant pis. L'autre aurait peut-être deviné, pris l'initiative. D'ailleurs, on sentait un relâchement depuis quelque temps, depuis que les journaux ne parlaient plus que des progrès des troupes alliées. Deux jours plus tôt, ils avaient même écrit le mot : « armistice ». Lucien s'était dit que s'ils osaient l'évoquer, c'est que la censure était levée, que permission leur avait été donnée, que l'issue était proche.

Aimerait-elle la mer ? Isabelle, à cette question répétée, avait répondu cette fois que le cognac était une boisson vraiment maritime, une des seules avec le brandy et le rhum à n'avoir pas le mal de mer, à ne pas souffrir du roulis et du tangage, tandis que la bière, le bordeaux... Il lui avait répondu en évoquant la boisson flamande, le genièvre, baptisée gin quand l'Angleterre, un pays de marins justement, l'avait adoptée. Ils s'étaient vite accordés en essayant, au milieu du repas, une très ancienne bouteille sortie de la cave. « Le coup du milieu », disait-elle. Elle lui avait raconté comment la coutume était née au début du siècle précédent, d'abord à Bordeaux, oui à Bordeaux, capitale du vin, de faire servir le cognac aussitôt après le rôti par une jeune fille aux bras nus jusqu'au-dessus des coudes, une jeune fille qui devait être absolument choisie parmi les blondes. « Ma mère l'avait fait, avant son mariage, car elle était blonde, elle. » D'une famille alsacienne échouée là après l'autre guerre. Fille unique de vignerons qui étaient passés du riesling au cognac.

— Je l'ai à peine connue. J'avais quatre ans quand elle est morte. Tombée du tilbury où elle était avec mon père quand le cheval s'est emballé. Mon père, ensuite, était comme fou, disparaissait des journées entières. Son régisseur lui courait après, en pleines vendanges, de peur qu'il n'aille se jeter dans la Charente. Mais on ne se jette pas dans la Charente. Un fleuve aussi paresseux n'est pas fait pour la tragédie. D'ailleurs, j'étais là, peut-être, pour le retenir, en dépit de mes quatre ans. On a fini par former un couple, un curieux couple.

Elle avait eu un petit rire, dont il ne sut que penser. Il regardait de vieux ceps, tout tordus, qui crépitaient dans la cheminée, lui avait saisi la main, attendri.

— J'avais quatre ans, mais je me souviens qu'elle me lançait en l'air, de ses deux bras, me rattrapait pour me serrer sur sa poitrine. J'étais effrayée et ravie. Elle était solide, je n'avais rien à craindre. Solide et douce. J'aimais, quand elle me tenait sur sa poitrine. Une grosse poitrine, je crois. Elle me bécotait, me chatouillait. Jusqu'à...

Isabelle, alors, s'était abattue sur l'épaule de Lucien Rousset. Il lui caressait la joue, avait cru y deviner la trace d'une larme, s'était étonné de cette souffrance intacte après tant d'années, dissimulée sous l'image de bonheur qui rayonnait d'elle, qui l'avait tant impressionné, le jour de leur première rencontre.

Plus tard, ils avaient gravi l'escalier de pierre. Elle l'avait conduit vers sa chambre.

Au petit matin, la nuit était profonde encore, il avait pris la main d'Isabelle. Il ne parvenait pas à dormir, en dépit de la fatigue de cette bienheureuse nuit. Elle ne bougeait pas. Il avait hésité. Il s'était redressé pour baiser d'abord, légèrement, si légèrement, le dos du poignet, puis l'intérieur, puis chaque doigt l'un après l'autre. Elle avait eu un petit gémissement, un soupir — de plaisir ou d'agacement ? de plaisir — et lui avait tourné le dos, sans ouvrir un instant les yeux, emportée par le sommeil. Dans quels rêves ? Il eût voulu être en elle, pour les connaître, savoir quelle place il occupait, s'il existait là, déjà, un espace pour lui. Il contemplait son dos et, plus bas, ces collines de chair tendre, les jambes si fines enfin, terminées curieusement par de fortes chevilles. Comme un défaut qui la rendait plus proche.

Un remords l'avait saisi de lui avoir si longtemps, la veille, parlé de la mer, raconté les nuits sans lune et sans étoiles au beau milieu de l'océan, loin des côtes, quand on n'a plus de repères, plus de lumières scintillantes ni de vagues silhouettes d'églises, de tours, d'arbres qui vous trompent, quand on n'est plus dérangé par la terre et que l'on se sent libre, malgré le froid, malgré la peur parfois, malgré les creux qui vous secouent, brusques, malgré les cris des haubans souffletés par le vent, et les vagues aux crêtes dressées qui attaquent le bateau, noient le pont, vous jettent à plat ventre.

Il lui avait dit, aussi, la fraternité de ces nuits, sous le pont, dans la crasse et la puanteur des coques où l'on vit presque avec le poisson, où l'on se passe du gros tabac que beaucoup chiquent, puis calent entre les dents et joues en prétendant que ça aide à dormir.

Il n'avait pas oublié les espadons, bien sûr, raconté qu'on les avait d'abord pêchés au harpon, comme des baleines, et comment ils pouvaient lutter sans relâche, trois heures, quatre heures parfois, avant de s'avouer vaincus, de se laisser hisser à bord, épuisés.

Il lui avait dit aussi la passion de Céline, sa nièce, pour ses histoires de pêche à l'espadon. Il avait alors deviné sur ses lèvres un sourire dont il ne pouvait distinguer, tant la nuit était profonde, s'il n'était pas un peu, beaucoup, teinté d'ironie ou de tendresse.

C'était avant qu'ils tombent sur ce lit, lorsqu'ils étaient montés vers sa chambre. Elle avait ouvert toute grande la fenêtre. Ils avaient observé la nuit, cherché en vain une étoile, à peine entendu frissonner des peupliers qui formaient une haie d'honneur jusqu'à l'entrée de la propriété. Il avait craint pour elle le froid pénétrant de la brume, l'avait serrée contre lui. C'était avant qu'il s'en prenne à son corsage blanc, qu'elle s'en prenne à sa grosse chemise de soldat et qu'ils s'étourdissent des parfums de leurs peaux.

C'était la veille. Au petit matin, réveillé, contemplant ce dos à demi caché par le pli d'un drap, il s'était encore interrogé, saisi presque d'angoisse, il s'était reproché d'avoir si longtemps évoqué la mer, ses plaisirs et ses dangers, à une terrienne bienveillante à coup sûr, disposée sans doute à tout accepter, aspirant même dans l'instant à tout apprendre de sa vie et de sa passion mais qui finirait par se lasser, qui avait peut-être déjà commencé à s'en agacer. Ce qui expliquerait sa précipitation, ensuite, quand, la fenêtre refermée, elle avait écarté sa chemise. À moins que... Il s'était dit, attentif au souffle régulier, rassurant, d'Isabelle, que son amour serait toujours inquiet, insatisfait. Mais avait fini par céder au sommeil, heureux de nouveau, en se serrant contre son dos, en retrouvant son parfum.

Ensuite, elle s'était étirée, avait glissé sur lui, naturelle, maternelle presque. Ils avaient été l'un à l'autre, l'un pour l'autre, une fois encore. Avant ce moment de la matinée où le soleil d'automne avait enfin baigné leurs corps étendus, ce moment où elle avait cligné de l'œil, souriante, alors qu'il lui capturait un sein.

Avant ce moment où une cloche a commencé de sonner, là-bas, au village. Elle a regardé, surprise, la vieille pendule. Onze heures, un lundi. Pas de messe à cette heure. Aucun office prévu. Mais une autre cloche, plus loin, au bourg, répétait la première. Alors, ils se sont regardés, éblouis, craintifs encore, s'interrogeant du regard. Alors, ils ont couru à la fenêtre, tiré les rideaux, ouvert toute grande la voie au pâle soleil, mais un soleil quand même. Les cloches tintaient toujours. Et au loin, à Angoulême sans doute, un canon semblait-il, oui, ça ne pouvait être qu'un canon, gueulait. Puis un autre encore. La paix. C'était la paix. Alors, ils ont oublié le froid de novembre. Ils se sont serrés l'un contre l'autre, épanouis, radieux. La servante du père Lafeuille, une femme du village dont ils avaient négligé depuis le matin la présence, qui était sortie dans le jardin pour écouter les cloches, qui s'était retournée au bruit de la fenêtre, a aperçu cet homme et cette jeune femme, nus, qui s'embrassaient, les corps dorés par le soleil de l'automne. Elle a fait un signe de croix. Remercié Dieu. Pensé que plus jamais elle n'aurait la chance de contempler une telle image de bonheur. Éblouissante.

# XIII

Le maire était venu la veille. Elle était occupée de laver le linge des gamines dans le grand baquet de bois qui servait aussi à leur bain chaque samedi, le grand baquet où elle se serrait contre François, jadis, quand, les enfants couchés, ils se lavaient mutuellement le dos. Avant, parfois, qu'il ne la jette en riant sur le lit.

A son retour au village, elle avait retrouvé ce baquet, que les Allemands n'avaient pas pris, qui n'avait intéressé personne, ce qui lui avait réchauffé le cœur. Elle y avait vu comme un signe. Un souffle d'espoir l'avait encouragée à rafistoler sa petite bâtisse, à clouer des planches pour remplacer les vitres brisées, à grimper sur le toit pour replacer les tuiles, à recoudre un matelas crevé, à remettre en état la pompe à eau, devant la porte, dont le bras avait été retiré, jeté dans le petit jardin, par bêtise sans doute.

Il avait fallu nettoyer à fond les deux pièces. Sans savon. Avec de l'eau, du sable, des chiffons, les morceaux d'une capote de soldat, un couteau aussi parfois. Mais elle avait retrouvé, chez une voisine, les grands cadres noirs entourant les portraits, sévères et solennels, des parents de François. Et, à son retour de Lille où elle s'était empressée — tremblant mais c'était son devoir — d'aller porter la mauvaise nouvelle chez les Surmont-Rousset, elle avait récupéré un peu de vaisselle.

La municipalité avait rassemblé sur la place du village

les meubles et les objets abandonnés dans les ruines, la salle paroissiale où des soldats avaient sans doute cantonné, l'école aussi.

Les habitants, regroupés autour de ce bric-à-brac poussiéreux ou boueux, se guettaient autant qu'ils cherchaient, soucieux de ne pas voir un voisin peu scrupuleux s'emparer de leurs draps, de leurs chaises ou de leur moulin à café. Julia avait eu la chance de retrouver les assiettes et les verres hérités de ses beaux-parents, quelques couteaux et une louche émaillée.

Le temps du malheur n'était pas terminé.

D'abord, on avait découvert dans une cave deux pauvres filles que personne ne connaissait, qui ne parlaient guère, comme si elles avaient perdu l'esprit, et qui avaient été violées. Par des soldats sûrement. Allemands disait-on. Mais Julia, que deux Anglais ivres étaient venus importuner un soir et qui n'avaient reculé qu'en apercevant les trois gamines, pensait que ceux-là aussi, ou d'autres, en auraient bien été capables.

Ensuite les premiers télégrammes officiels étaient arrivés. Des avis de décès qui attendaient depuis des mois, des années peut-être. Quelques-uns étaient bien parvenus, au début de l'invasion, par l'intermédiaire de la Suisse, de la Croix-Rouge. Pas tous. Surtout depuis deux ans. La première fois que l'on avait vu le maire traverser le village, soucieux, un papier à la main, on n'avait pas compris. Mais quand on avait entendu la mère Vandenabeele, chez qui il venait d'entrer, pousser de grands cris, on avait deviné que son fils, un échalas de dix-huit ans qui s'était engagé aussitôt la guerre déclarée, y avait trouvé la mort. Au champ d'honneur, comme disait le maire en baissant la tête. Depuis, les Duponchelle, les Banquart, les Gremaux, les Sarrazin, d'autres encore, tous ceux qui avaient vu partir en 1914 un fils, un frère, ou un mari, tremblaient, craignaient le pire, dès que le maire apparaissait au coin de la rue. Des femmes commençaient à pleurer, pétrissant un bout de mouchoir, un coin de tablier. Les hommes se tripotaient la moustache, pour cacher qu'ils tremblaient, faisaient mine de chercher, à terre, un objet perdu et ne se redressaient que s'il passait son chemin.

Julia avait craint, comme les autres. Respirait pourtant un peu mieux, les jours passant.

Mais le maire était venu la veille. Elle avait aperçu, de loin, sa silhouette à travers la seule vitre demeurée intacte. Et aussitôt compris. Laissé tomber, dans le baquet, sa brosse de chiendent. Éperdue. Elle n'avait même pas attendu qu'il lui parle. Les jumelles non plus, qui s'étaient accrochées à sa jupe, criaient comme elles l'avaient entendu faire trois jours plus tôt à la voisine. La petite Aurélie, d'abord interdite, s'était vite jointe à ce chœur de désolation.

Le maire s'était retiré, rapide, à reculons, après avoir précisé que le papier, dont elle n'avait pas voulu se saisir, qu'il avait dû poser sur le rebord de la fenêtre, indiquait que le soldat François Bondues était mort à l'hôpital. Blessé ? Malade ? Rien de plus.

Alors, ce 11 novembre, quand la rumeur s'est répandue que l'armistice était signé — c'était en fin d'après-midi seulement puisque l'église n'avait plus de cloches —, Julia Bondues a emmené les filles au cimetière, sur la tombe des parents de François. Elle leur a fait faire un signe de croix, réciter un Notre Père et un Je Vous Salue Marie pour leur papa. Puis elle a tourné le dos aux tombes, a levé les yeux au ciel, presque noir déjà, et interpellé Dieu. Tout haut. Criant presque :

— C'est pas bien mon Dieu, non, c'est pas bien. François, c'était un brave homme. Un courageux. Il ramenait toute sa paye à la maison, toujours. Il n'allait jamais au cabaret. Et même, quand il participait au banquet de la Sainte-Barbe, la patronne des mineurs, vous le savez bien, il mettait dans sa poche les gâteaux du dessert pour les ramener à ses filles. Il ne m'a jamais trompée, il n'a jamais connu d'autres femmes, même pendant son service militaire, avant notre mariage. La preuve, vous le savez bien, puisque vous savez tout comme disait Monsieur l'abbé

Vanparys, la preuve c'est qu'au début de notre mariage, la première nuit, il ne savait pas trop comment faire. Il en était presque honteux. Tandis que moi, j'étais bien contente. Il était comme cela, François, mon François. Jamais à perdre son temps. Quand il n'était pas à la mine, il s'occupait du jardin, ou bien il arrangeait les choses dans la maison. Vous le savez bien, mon Dieu, qu'il ne méritait pas de mourir. Vous n'auriez pas dû me le prendre.

— Ce n'est pas le bon Dieu; maman, chuchota l'une des jumelles. C'est les Allemands qui l'ont tué.

— Ces vols sont peut-être une chance, dit Clément Boidin.

Laurent Surmont-Rousset haussa les sourcils, pour signifier son incompréhension, ses interrogations. Ils visitaient la filature. Une ruine déserte, poussiéreuse, boueuse aussi parce que les toitures, guère entretenues, n'avaient pas résisté aux vents et aux pluies, aux ébranlements de la guerre peut-être. Des fils et des tuyaux, dérisoires, rouillés, s'accrochaient encore aux hauts murs de briques. A pleurer. Et ce Boidin osait parler de chance. Bien sûr, il n'avait connu ni les réquisitions, ni les déportations, la faim, l'humiliation. Rien. Il avait vécu de l'autre côté. Il appartenait encore à cet autre monde, portait des vêtements d'une autre coupe, que l'on ne connaissait pas à Lille, mais d'un tissu soigné qui tombait bien. Un faux col moins haut que jadis, ce qui ne l'empêchait pas de redresser la tête. Comme un coq, songeait Laurent Surmont-Rousset, rageur, comme un petit coq trop vite grandi, trop sûr de lui. Encore plus agaçant que lors de leurs retrouvailles à Paris. Faisant tache dans ce décor minable et gris.

Boidin observait, au sol, les traces d'une ancienne machine, les trous qui avaient servi à la fixer.

— Vous vous souvenez ? Deux ou trois ans avant la guerre, vous vouliez déjà vous débarrasser de cette carde qui ne nettoyait plus la laine comme il fallait, qui laissait passer des tas de saletés. Je me demande ce que les boches ont bien pu en faire, de cette vieille ferraille. Pas étonnant qu'ils aient perdu la guerre.

Il eut un petit rire, qui blessa Laurent Surmont-Rousset. Il avait raison, Boidin. Le pis, c'est qu'il avait raison. N'empêche que cette machine avait longtemps été utile, comme un vieux serviteur, et que les autres l'avaient volée. Pour l'emmener Dieu sait où. La casser peut-être.

Boidin donna un coup de stick sur un tuyau. Parce qu'il se promenait avec un stick. Comme tant d'autres que Laurent Surmont-Rousset avait vus à Paris le mois précédent. La mode des sticks, amenée par les officiers anglais, dont les femmes s'étaient emparées, quelques hommes aussi.

— Voyez ça, dit-il. La rouille s'écaille. Il faudra tout changer. Les Allemands n'en ont même pas voulu, c'est dire.

Il faisait tournoyer cette canne légère autour de lui, comme pour tracer les contours de nouveaux ateliers.

— Vous allez pouvoir tout moderniser. Je vous aiderai.

« Je vous aiderai. » Il ne parlait plus comme un subordonné.

— Vous savez, il y a deux ans, pour... pour les usines de Normandie, les nouvelles machines que j'ai importées d'Angleterre, ce sont de fameuses mécaniques, je vous emmènerai les voir. Et j'ai de bonnes relations avec le fabricant. Il nous servira vite.

Il avait failli dire « pour mes usines », Laurent Surmont-Rousset l'aurait juré. Une hésitation d'un quart de seconde, qui ne trompait pas. D'autant que Boidin avait baissé les yeux, dans le même quart de seconde, comme un enfant pris en faute. Avant de repartir, soulagé d'avoir évité la gaffe, dans la description des machines à peigner, à carder, à filer, dont les Anglais n'avaient cessé d'améliorer la qualité et le rendement. Des mots, et encore des mots. Quelques-uns, nouveaux. Comme pour dérouter l'industriel, lui démontrer que le monde n'avait pas cessé de tourner ni les techniques d'évoluer tandis qu'il se trouvait sous la coupe des Allemands, à l'écart.

Laurent Surmont-Rousset le revoyait arrivant, tout gamin, quatorze ans à peine, en veste étriquée aux manches trop courtes, étrennant ses premiers pantalons longs, déroulant comme un parchemin précieux son certificat d'études primaires, un diplôme de grande taille orné de dessins qui représentaient un moulin, une péniche, une usine, le lion des Flandres et les armes de la République bien sûr. A moins qu'il ait confondu, que ce soit un autre gosse candidat à ses bureaux dont il ait ainsi retenu l'image. Mais, bon, il n'était pas beaucoup plus brillant, Boidin, à la veille de la guerre, quand il en avait fait un directeur. Il avait même fallu — cela, l'industriel en était certain — lui indiquer un bon tailleur, pas trop cher mais quand même, afin qu'il soit un peu mieux vêtu, plus « représentatif », lui avait-il dit, afin qu'il en impose davantage aux gens des bureaux et des ateliers. Et voilà que ce parvenu lui faisait la leçon, osait lui parler de chance.

Il souhaita le blesser, le rapetisser, rétablir l'ancienne hiérarchie. Il se souvenait de ses prédictions de l'année précédente quand il avait eu connaissance de la révolution russe. Et de ce que l'on avait appris dans les derniers jours des émeutes allemandes, des soldats qui injuriaient leurs officiers, de l'abdication obligée de ce Guillaume II que l'on avait assez détesté — c'est vrai — mais qui était le signe d'un ordre social en train de s'effondrer. Qu'allaient faire, maintenant, les soldats français que l'armée avait contraints à tous les sacrifices, à qui l'on avait sans doute multiplié les promesses pour qu'ils se fassent trouer la peau ? Depuis que l'on avait appris, l'avant-veille, la signature de l'armistice, ces survivants avaient dû boire et courir les filles, comme les soldats anglais que l'on avait entendu gueuler toute la nuit dans les rues de

Lille. Mais demain, dans quelques semaines, quand ils reviendraient, quand ils retrouveraient leurs places prises par d'autres, leurs femmes délurées, ayant peut-être couché avec on ne sait qui ? Laurent Surmont-Rousset voyait se dresser des barricades, s'affronter policiers et grévistes, flamber les immeubles qui avaient résisté à l'artillerie et aux bombes aériennes et qui, maintenant, seraient peut-être victimes d'une autre guerre, la guerre sociale.

Des personnages comme ce Boidin s'en tireraient, bien sûr, trouveraient le moyen d'appartenir au camp des vainqueurs. Il existe ainsi des gens qui savent se faufiler, retourner leur veste, gagner.

Le remettre à sa place. C'était l'urgence. Chaque chose en son temps. Trouver les mots qui rappelleraient qui commandait ici.

Il finit par s'irriter, s'exaspérer, d'en être incapable. Il tourna le dos à l'autre qui depuis quelques minutes, quelques instants peut-être, le regardait, interloqué. Il s'en alla. Il avait le sentiment d'étouffer dans cette usine délabrée.

Ils se suivirent, silencieux, les yeux à terre, soucieux d'éviter les trous et les bosses, les débris de toute sorte qui encombraient ce bâtiment aux odeurs de sépulcre, atteignirent enfin la vaste cour où des herbes folles recouvraient presque les pavés. Des nuages gris couraient dans le ciel mais Laurent Surmont-Rousset crut retrouver le soleil, se redressa, respira.

— Venez chez moi ce soir. Vous me rendrez les comptes.

L'autre sursauta.

— C'est-à-dire...

— C'est-à-dire quoi ?

— J'aurais voulu voir ma mère, Monsieur. Dès mon arrivée, j'ai couru chez vous. Vous êtes ma première visite. Et ma mère...

— Eh bien, allez l'embrasser tout de suite. Et puis venez chez moi. Nous avons à parler, non ?

Clément Boidin souffla un petit oui.

Laurent Surmont-Rousset lui donna, de son unique main, une petite tape sur l'épaule. Presque bienveillante. Satisfaite. Comme s'il avait remporté la première bataille de la nouvelle guerre.

Quand Boidin revint, il voulut le retenir à dîner. Il disait encore souper, comme les habitants de la région. Mais l'autre, acquis aux habitudes parisiennes, avait d'abord fait mine de ne pas comprendre, avant d'acquiescer, condescendant, ridicule, presque insupportable. Comme si son passage chez sa mère lui avait rendu toute son assurance.

Laurent Surmont-Rousset avait voulu aussi que le repas fût austère, afin de montrer quelle vie avait été la leur : du corned-beef, que les soldats anglais écoulaient volontiers au marché noir, et quelques légumes simplement cuits à la vapeur.

Son fringant subordonné — car il était quand même son subordonné, il ne devait pas l'oublier — n'en paraissait pas affecté. Il avait salué avec aisance Aline, Céline et Delphine, s'était inquiété de l'absence de Blandine. Mais celle-ci, assurait Aline, était souffrante. Pas grand-chose, une bronchite qui la faisait beaucoup tousser ; elle eût craint de troubler la conversation. On s'inquiétait davantage pour la grande Augusta, saisie l'après-midi même d'une forte fièvre, avec maux de tête et étouffements. Il avait fallu l'emmener d'urgence à l'hôpital où s'entassaient des victimes de la grippe espagnole. Elle avait eu l'esprit et l'humour de lancer avant de quitter la maison un dernier proverbe : « A grande et grave maladie, bonne médecine remédie. » Mais existait-il une médecine efficace contre la grippe espagnole ?

Clément Boidin n'avait guère écouté, saisi plutôt l'occasion d'une question de Delphine — huit ans maintenant — pour raconter la journée du 11 novembre telle qu'il venait de la vivre à Paris, la foule sur les Boulevards, les lycéens qui s'étaient emparés des canons allemands exposés aux Invalides pour les traîner sur la chaussée, ce chant presque inconnu la veille — « Ah, y fallait pas qu'il y aille » — et qui roulait d'une rue à l'autre pour moquer Guillaume II, quelques réverbères allumés le soir, les premiers depuis quatre ans, qui diffusaient une lumière grise et rose, qu'on ne reconnaissait pas, qui semblait étrange, Clemenceau enfin, sortant dans la nuit du Grand Hôtel, soulevé sur les épaules de grands gaillards au-dessus d'une marée humaine et qu'il avait vu pleurer. Oui, pleurer. Ce vieux Tigre.

— A propos de Clemenceau, ajouta-t-il, jouant l'informé, savez-vous qu'il a fait censurer le message du maréchal Foch aux Armées et qu'il a refusé de se rendre au *Te Deum* de Notre-Dame !

On se récria autour de la table. Laurent Surmont-Rousset le premier, qui voulut marquer son autorité et sa connaissance des affaires en rappelant que le vieux lutteur anticlérical ne s'était pas toujours montré très avisé, qu'on l'avait vu parrainer jadis le général Boulanger, lequel voulait rien moins que le renversement de la République parlementaire, et que le Tigre d'aujourd'hui avait dû ensuite se rétracter piteusement, comme un chat attaqué par des bataillons de souris.

Ses filles prêtèrent à peine attention à ce propos. Céline, qui avait obtenu en quelques câlineries le droit de troquer les tenues noires qu'imposait le deuil de sa mère contre un vêtement de voile blanc qui mettait en valeur sa jeune poitrine, voulait en apprendre encore et encore sur Paris. Boidin se prêtait au jeu, racontait comment des soldats américains se hissaient sur les réverbères d'où ils se laissaient glisser ensuite pour tomber dans les bras des filles. On avait même vu des dames du meilleur monde, un peu ivres peut-être, de joie, d'alcool, de bonheur, les embrasser à pleine bouche.

Laurent Surmont-Rousset interrompit, brusque, ce causeur qu'il n'avait jamais connu si disert, tapotant de son couteau sur la nappe. Il convenait, dit-il, que l'on n'oubliât pas les morts. Tous les morts. A commencer par ceux de la famille, qui avait été si rudement frappée dès les premiers jours et jusqu'aux derniers puisqu'il était encore impossible de ramener de Belgique le corps de son épouse pour lui donner une sépulture décente et les funérailles solennelles qu'une longue vie de devoir lui avait méritées.

Clément Boidin comprit qu'il fallait se joindre à cet hommage, redit ses condoléances, annonça que cette tuerie lui avait coûté deux cousins et un jeune oncle.

Laurent Surmont-Rousset n'y prêta guère attention. Il revivait l'heure précédente : dans le salon, son directeur lui avait exposé avec une assurance satisfaite la situation des usines d'Elbeuf.

Il avait cherché aussitôt à lui rabaisser son caquet, fait remarquer que le responsable de l'une de ses usines — « Ouvrard, c'est bien cela ? celui qui vient de Fécamp » — était amputé d'une main, l'autre, celui du tissage d'Elbeuf, d'un pouce et lui-même d'un demi-bras. « Nous allons former un triste régiment d'éclopés. Vous serez l'exception, quand même. » Boidin avait sursauté, attendu, répliqué enfin que personne ici ou ailleurs ne pourrait lui reprocher d'être intact, de n'avoir perdu dans les tranchées ni bras, ni jambe, ni œil, de s'être embusqué puisque, « vous le savez bien, j'ai été réformé avant la guerre : les suites de la tuberculose. Quelques-uns qui, à Paris, s'étaient permis de vilaines allusions à ce sujet, se souviennent encore de mes réponses, vous pouvez me croire. D'ailleurs, cela m'a permis, Monsieur, dois-je vous le rappeler, de sauvegarder une partie de vos affaires, ce qui vous donne de l'avance sur vos concurrents ».

Là-dessus, un mouvement circulaire du bras qui semblait englober toutes les usines de Lille, Roubaix, Tourcoing, les Belges même. Et un balbutiement, peut-être volontaire, où Laurent Surmont-Rousset avait cru deviner les mots de reconnaissance et d'ingratitude.

Il avait contre-attaqué en évoquant une fois encore l'usine de Roanne — « Votre affaire à vous ». Bien sûr, à Paris, le mois précédent, Boidin avait assuré avoir trouvé de nouveaux débouchés, répété qu'il allait vendre ses tissus pour empennages d'avions à des négociants lyonnais de linge de maison, mais Laurent Surmont-Rousset croyait savoir que ce marché était déjà très encombré, qu'il faudrait donc casser les prix. A quoi, l'autre, obséquieux mais un brin moqueur, remerciant son patron de tant de sollicitude, avait répondu qu'il avait une autre solution : Roanne fabriquerait des chemises, pour les civils, bien entendu, en toile d'avion. Dès janvier 1919.

Son ton, à la fin de cette tirade, s'était fait presque triomphal. Ce qui avait réconforté Laurent Surmont-Rousset : un habile vraiment habile n'aurait pas fait si grand étalage de son habileté, se serait montré discret. Malin, quoi.

Restait à remettre à sa place ce partenaire — un mot difficile à se mettre en tête, mais ils se trouvaient désormais associés à Elbeuf et il n'était pas envisageable de l'attaquer en justice —, à le repousser au second rang. Et à l'écraser à la première occasion. Lui faire enfin montrer les comptes promis depuis près d'un mois maintenant et dont il n'avait livré qu'une mince partie.

Alors, Boidin, comme s'il avait deviné : « Je sais bien, Monsieur, que vous pouvez vous interroger sur la manière dont j'ai financé l'achat de Roanne. A votre place, je m'interrogerais aussi. Mais j'avais épargné : mon salaire que je continuais à percevoir pour la gestion de vos affaires — je n'ai pas exagéré, j'ai gardé celui que vous me donniez au centime près, en dépit de la hausse des prix — et celui que me donnait l'État pour les missions dont me chargeait Ferrandon. Et puis les banques m'ont aidé, je vous l'ai déjà dit. On se fait des relations à Paris. »

Cette mine satisfaite encore, comme s'il allait lui jeter sa province à la figure, lui, le gosse d'un obscur quartier lillois, que les Allemands, pendant l'invasion, auraient sûrement embarqué — réformé ou non, ce n'était pas une question pour eux — et envoyé dans les Ardennes, comme tant d'autres, partis abattre et tronçonner des arbres, qui y avaient vécu comme des bêtes et rentraient ces jours-ci, épuisés, squelettiques, sacs de puces et de poux.

Laurent Surmont-Rousset s'était à peine contenu, criait presque pour exiger les bordereaux, les comptes, les actes notariés. Boidin avait allégué la maladie de son comptable : « Un jeune Parisien de qualité, Robert Dervaux ; on a même cru un moment que c'était cette terrible grippe ; mais non, heureusement. Vous en avez déjà eu une partie, et je peux vous promettre qu'il vous apportera tout la semaine prochaine. »

Ils s'étaient un peu disputés sur la date de cette remise de comptes, Laurent Surmont-Rousset affirmant qu'ils lui seraient nécessaires pour rencontrer son notaire — ce qui était vrai, il fallait préparer la succession de Célestine — et aussi son avocat — ce qui était faux, mais pouvait inquiéter l'autre.

Ils ne souhaitaient plus vraiment s'affronter. Comme deux boxeurs épuisés qui remettent à plus tard le combat de la revanche, ils avaient accueilli avec soulagement l'annonce du repas. Et maintenant que l'on apportait le dessert — quelques gaufres achetées à prix d'or et chichement mesurées — Boidin continuait de jouer l'important, faisait briller devant les filles tous les feux de Paris, racontait que même au beau milieu de l'offensive du printemps qui avait amené les Allemands à soixante kilomètres de la capitale, les clients devaient réserver plusieurs jours à l'avance pour obtenir une table chez Maxim's où l'on se montrait les aviateurs en vedette, mais qu'il ne fallait pas croire pour autant que tout était facile.

« Le sucre, par exemple, a toujours été difficile à trouver. Tout le monde le stockait. La comtesse de Beaulieu, tenez — oh ! je m'étais promis de ne pas citer son nom — avait réussi à en remplir sa baignoire. Une centaine de kilos, rassemblés peu à peu. Là-dessus, elle s'est séparée de sa femme de chambre pour je ne sais quelle raison. Eh bien, savez-vous ce qu'a fait la femme de chambre avant de partir ? Je vous le donne en mille. Elle a ouvert en grand le robinet. Sur le sucre ! »

Les filles s'esclaffaient. Surtout les plus jeunes. Car Aline souriait à peine. Son père, à présent, l'observait, soucieux.

Elle lui avait semblé embarrassée, presque rougissante en retrouvant Clément Boidin dans la salle à manger. Ensuite, elle n'avait guère pris part à la conversation, laissant Delphine, puis Céline, multiplier les questions. Agacée pourtant quand le jeune directeur, à sa droite, manifestait trop d'intérêt pour Céline.

Laurent Surmont-Rousset, à ce moment, eut une pensée pour son épouse : elle aurait certainement, jugea-t-il, su mener ce troupeau de filles. Compris ce que cachaient leurs mines et leurs moues, deviné ce qu'elles avaient vraiment en tête. A commencer par Blandine, toujours aussi mystérieuse. Que signifiait cette bronchite soudain alléguée pour expliquer son absence au repas ? Avait-elle éprouvé, après cet Allemand, quelque attirance, déçue peut-être, pour ce Boidin ? Mais non : elle ne mettait jamais les pieds dans les usines et il n'était jamais venu à la maison puisque c'était quelqu'un que l'on n'invitait pas.

Laurent Surmont-Rousset se leva, pour mettre un terme à ce repas. Il voulait interroger Blandine. Mais quand il en fit part à Aline, Boidin reparti, celle-ci lui prit le bras :

— Je l'ai envoyée dans la famille d'Augusta. Tu sais, ces gens chez qui elle était allée se refaire une santé l'année dernière. J'avais peur : la grippe espagnole. C'est elle dont la santé est la plus fragile. Et toujours collée à

Augusta justement, ces derniers temps. Alors, la contagion…

Toujours collée à Augusta ? Il ne l'avait pas remarqué. Il ne croyait pas un mot de ce qu'elle lui disait et faillit s'emporter. Mais se ravisa. Cette journée avait été assez difficile déjà.

# XIV

Dans la cabane du jardin, Gerhart Schmidt nettoyait ses souliers avec une légère truelle. Novembre avait apporté son cortège de brouillards et de pluies. La boue qu'il détachait, mêlée de débris de feuilles jaunes et noirs, s'écrasait à terre avec de petits bruits mous, déplaisants. Il s'appliquait à n'en rien laisser entre semelle et talon. Pas question de créer la moindre contrariété à Maria qui pleurait depuis deux jours, depuis la fin de la guerre à l'Ouest. Comme si cet armistice mettait à vif une cicatrice qui suppurait depuis plus d'un an, depuis qu'on leur avait annoncé la disparition, quelque part en Russie, de leur seul fils, Hans.

Elle s'était écriée que sa mort n'aurait donc servi à rien, qu'elle avait honte pour l'Allemagne, pour tous ces marins qui s'étaient révoltés à Kiel, les soldats et les politiciens qui avaient provoqué le départ du roi de Bavière et du Kaiser, et honte aussi pour ce Louis III et ce Guillaume II qui ne s'étaient pas accrochés à leurs trônes jusqu'au bout. Parce que après tout, la Bavière et la Prusse étaient riches et pas un seul soldat français, ou anglais, ou russe n'y avait mis les pieds. Ils n'auraient pas osé. L'Allemagne, intacte, vierge, les aurait écrasés.

Des paroles de femme, pensait Gerhart Schmidt, de femme qui ne comprenait rien à la politique, aux réalités du monde, à l'état de l'armée.

Ce matin, après le petit déjeuner, il en avait eu assez

de l'entendre grommeler, renifler comme si elle s'interdisait de pleurer devant lui. Alors, il avait pris prétexte de ces dizaines de noix qui restaient accrochées à l'arbre, qui ne se décidaient pas à tomber bien que l'on soit à la mi-novembre et que, depuis des jours et des jours, il s'amusât à secouer les branches avec un long bâton. Il avait pris une échelle qui s'enfonçait dans l'herbe détrempée, qui manquait à chaque instant de basculer. Mais il respirait, seul. Déjà, il avait rempli un petit panier. Elle aimerait cela, Maria. Elle cesserait peut-être de pleurer et de renifler, d'insulter la Bavière, la Prusse, l'Allemagne tout entière. Elle n'aurait qu'à manger les noix, sa gourmandise préférée. Les mains de Gerhart avaient jauni, verdi, après qu'il eut enlevé les écorces une à une. Et maintenant, il en avait presque fini avec la boue de ses souliers.

Il regarda la villa blanche, par la fenêtre grillagée de la cabane. Il pensait apercevoir Maria dans la cuisine : c'était l'heure où, s'interrompant à chaque instant pour se frotter les yeux et le nez, ou s'essuyer les joues d'un coup de son tablier noir, elle préparait la soupe du repas de midi. Juste devant la grande baie de la maison.

Elle ne s'y trouvait pas. Décidément, cette triste histoire d'armistice l'avait dérangée. Presque autant que l'annonce de la disparition de leur fils. Comme s'il était mort pour de bon cette fois.

Ils avaient cultivé quelque espoir pendant des mois en dépit de l'avis officiel de sa disparition, imaginé qu'ils le verraient revenir après que les bolcheviks russes eurent capitulé, à la fin de l'année dernière. Au printemps encore, ils s'étaient repris à rêver quand les Allemands avaient repris l'offensive contre une Russie qui ne respectait pas ses engagements de paix, et l'avaient mise à genoux une bonne fois. Mais non, aucune nouvelle. Rien. Gerhart Schmidt avait couru les casernes et les bureaux de Munich. Rien. Alors, ils s'étaient faits à l'idée de cette mort. Du moins, il l'avait cru. Et voilà que l'armistice à l'Ouest la révoltait, réveillait son chagrin.

Il sortit de la cabane, à peine inquiet, soucieux surtout

de ne pas emporter à la semelle de ses chaussures de nouvelles feuilles pourries. Il détestait les feuilles mortes, moisies, chargées de l'humidité de novembre, les corvées qu'elles provoquaient à chaque automne depuis sa retraite, depuis aussi que le maraîcher qui venait donner un coup de main au jardin était parti pour la guerre. Mais il vivait, celui-là. Ou plutôt, il vivait encore, quelque part sur le front ouest, voici seulement une quinzaine. Si bien que sa femme avait couru comme une folle, riant de joie, dans les rues du village, à l'annonce de l'armistice. S'il revenait, celui-là, Gerhart Schmidt ne le reprendrait pas à son service. Maria ne le supporterait pas.

Il atteignait la maison quand il entendit son cri. Un curieux cri, comme ceux des chats les nuits de printemps. Il se précipita, la trouva à la barrière, remarqua à peine le facteur qui s'éloignait sur sa vieille bicyclette au guidon surélevé.

— Il est vivant, criait Maria. Il est vivant.

Elle brandissait une lettre dont elle avait déchiqueté l'enveloppe, tomba dans ses bras, lourde.

— Hans, il a écrit. Il est dans un hôpital. Mais vivant. Vivant. Hans !

Elle pleurait de nouveau.

Cette fois, il pleura avec elle.

Un peu plus tard, ils consultèrent, fiévreux, son vieil atlas de professeur de géographie. Ils finirent par repérer Pasewalk, où se trouvait l'hôpital, près de Stettin, en Poméranie. Au nord-est de Berlin, pas très loin de la Baltique.

Ils commencèrent d'échafauder mille hypothèses sur les raisons d'un silence si prolongé, et sur les mésaventures qui l'avaient mené jusque-là.

Mais il vivait. Sa lettre, en outre, leur était parvenue sans trop de retard. Tout n'était donc pas désordre, pensa Gerhart.

— Tu sais ce que tu devrais faire maintenant ? riait Ernst Müller. Raconter tes souvenirs dans un livre. Des aventures comme les tiennes, c'est quand même rare.

Hans Schmidt secouait la tête. Non. D'abord, il n'en était pas si sûr. Et puis il ne s'en jugeait pas capable. Écrire un livre ? Il était ingénieur, un point c'est tout. Il resterait ingénieur. Il aimait cela, le martèlement des métiers à tisser couvrant les voix des contremaîtres, le défilé des courroies de cuir, le mouvement des mains des ouvrières courant dans un sens puis dans l'autre, attelées à leurs machines, ensemble comme à la manœuvre, l'odeur des graisses aussi, celle des laines et des tissus. Et lui, comme une sorte de montreur de marionnettes, tirant tous les fils qui faisaient fonctionner cette mécanique de femmes et d'acier, comme le magicien que l'on appelait à la rescousse en cas de panne, de machine arrêtée, de fils brouillés. Pas comme à la guerre. La guerre c'est le désordre, l'aventure. L'industrie, l'ordre.

Et d'abord, comment raconter ?

Décrire l'éclat sec de la plaine russe enneigée, le ciel si pur, l'immobilité de l'air, le terne soleil, les débris de bouleaux fracassés par les obus, les relèves où des soldats raides comme bois prenaient la place de soldats raides comme bois, poudrés de givre, les chevaux de l'artillerie ou des convois de ravitaillement qui s'enfonçaient dans ce coton blanc, puis dans la grise fange du printemps en soufflant de lourdes volutes de vapeur, de chaleur, de misère.

Raconter le jour de la capture ? Un jour gris, un ciel sans soleil, bas comme un toit d'usine. Une neige qui flagellait, lancée par le vent, comme de minuscules débris de glace projetés avec force contre les visages. Avec ses hommes, le capitaine Schmidt — on lui avait donné du galon quelques jours plus tôt — s'était laissé surprendre près d'un bosquet de sapins. Contact perdu avec leur droite et leur gauche. Eux-mêmes perdus peut-être dans cette tourmente. Là-dessus, la rencontre d'une troupe de Russes couverts de ces longues capotes qui leur battaient les talons. Presque rassurants : il existait encore d'autres hommes dans cette fin du monde. Schmidt et les siens avaient tiraillé pour la forme, battus d'avance : une trentaine de fantassins contre un régiment, deux peut-être, dont il s'était demandé ce qu'ils faisaient là puisqu'on les croyait en retraite, mal partis, fichus, plus ou moins révoltés. Mais ceux-là : en ordre, obéissant au doigt et à l'œil, semblant ne manquer de rien, qui reculaient quand même. Qui les avaient emmenés. Prisonniers. La rage au cœur. Prisonniers de ceux qu'ils considéraient déjà comme des vaincus. La honte.

Raconter les pieds de von Schleicher ? C'était l'un de ses lieutenants. Un petit maigrelet de la classe 16 qui n'aurait jamais dû être soldat, encore moins officier, mais après Verdun les recruteurs de l'armée ne faisaient plus les difficiles. Et celui-là en voulait, se flattait de descendre, droite ligne, de guerriers plus héroïques les uns que les autres.

Les deux régiments russes reculaient toujours avec leurs prisonniers. Et, reculant, se défaisaient, encore groupés, mais comme un troupeau en quête de refuge. La neige ne les lâchait pas. D'une verste à l'autre — c'est ainsi qu'ils comptaient —, elle les attaquait toujours, tourbillonnait et grondait. Ils avaient échoué, au milieu de l'après-midi mais c'était déjà la nuit, dans un village désert, aux maisons presque intactes pourtant. Les Russes les avaient occupées, laissant les prisonniers s'entasser dans une grange ouverte à toutes tempêtes. Von Schleicher gémissait, criait qu'il avait les pieds gelés, que ses bottes étaient percées depuis le matin, mais qu'il n'avait rien dit, devant les hommes, devant ces Russes qui ne respectaient plus rien et qui se seraient montrés trop contents, que l'on entendait maintenant gueuler et même chanter dans les maisons du village où ils avaient peut-être trouvé de la vodka.

Avec un vieux soldat, un survivant des combats contre

les Anglais dans la Somme, à l'Ouest, Hans Schmidt avait réussi à allumer pour lui un petit feu dans un coin de la grange. Et à tenir à l'écart — un peu — les hommes qui s'étaient précipités, se battaient presque pour tendre leurs mains vers la flamme. A genoux, ils avaient tiré sur les bottes de Von Schleicher, déroulé les répugnants chiffons dont il s'était entouré les pieds, laissant apparaître des chaussettes de soie — sans doute un envoi de sa mère — maculées de sang, que l'on ne pouvait décoller du pied sans arracher des lambeaux de peau noire.

Von Schleicher hurlait qu'il faudrait l'amputer, que ce serait fini. Autant mourir tout de suite. Les hommes se battaient autour du feu crépitant pour profiter de sa chaleur. L'un d'eux avait même roulé dans les braises, soulevant de gros rires. Des cris d'envie aussi peut-être. Là-dessus était arrivé un soldat russe, dont une poche de la capote laissait dépasser le goulot d'une bouteille. Il avait regardé en riant les pieds du lieutenant. Quelques-uns avaient fait mine de l'imiter. Serviles. Ils rêvaient tous de cette bouteille, Hans le premier. Von Schleicher aussi peut-être. Mais déjà le soldat avait abaissé son fusil et tiré, lui faisant éclater la tête. Avant de rire encore. Hans s'était précipité vers son adjoint. S'était retrouvé aussitôt couché sur lui, dans son sang, le Russe l'ayant abattu d'un coup de crosse sur la nuque. Les hommes s'étaient reculés. Avant de se déchirer pour la bouteille de vodka que l'autre leur avait jetée avant de repartir. Riant toujours. Obscène.

Plus tard, il y avait eu Wanda. C'était l'été. L'été russe, pesant, où la chaleur semblait monter du sol. Soufflait parfois par bouffées molles et sèches soulevant sur les chemins des vrilles de poussière. Hans s'était évadé du camp de prisonniers où ils avaient fini par échouer au printemps.

Le Tsar avait perdu son trône. A Petrograd le pouvoir changeait toujours de mains. Lénine, revenu de Suisse pour diriger la révolution, avait dû fuir vers la Finlande en se cachant, en se coupant même la barbe, disait-on, pour ne pas être reconnu. Mais son parti bolchevik tenait librement congrès et ses troupes n'étaient pas désarmées. Un parti l'emportait un jour, l'autre le lendemain. Les prisonniers allemands, leurs gardiens russes non plus, n'y comprenaient goutte. Jusqu'au jour où le village voisin avait été emporté par la colère des moujiks : ils avaient assiégé un château tandis que, sous la vaste coupole de l'église, les cloches sonnaient à la volée et qu'une troupe d'hommes portant sur la poitrine des nœuds de toile rouge se répandaient dans les champs et sur les chemins en chantant et tirant quelques coups de feu, pour le plaisir.

Partir avait été facile. Courir dans les champs aussi, où épis de seigle, d'avoine, de blé attendaient d'être coupés, et ne le seraient peut-être jamais. Il avait aimé cette campagne qui scintillait dans une poussière solaire. Il fallait marcher, marcher, et encore marcher, bien que personne ne se souciât de lui et qu'il ait vite trouvé dans une misérable isba ouverte à tous vents une grise tunique de paysan et des bottes qui lui meurtrissaient un peu les pieds. Mais quoi, il était libre.

Le premier soir, alors que des lueurs d'incendie montaient au loin, il avait traversé une grande route empierrée, sursauté en découvrant une guérite peinte aux couleurs nationales, près d'une barrière aux chevrons blanc et noir. Mais la guérite était vide. A en juger par la saleté et les toiles d'araignée, les soldats de Nicolas — et de qui maintenant ? — avaient abandonné de longue date ce poste de garde ou de douane. Il s'était couché tout à côté, un peu en retrait de la route par prudence, sous les sapins.

Wanda, c'était le lendemain soir. Il commençait à crever de faim, n'ayant trouvé pour se nourrir, dans sa marche vers l'Ouest, que des œufs de caille, des épis de blé qu'il frottait dans les mains pour en faire jaillir les grains, une bouteille de vodka enfin, abandonnée dans un vaste hangar où s'amoncelait la paille et où se croisaient des hirondelles, gracieuses, qui filaient comme l'éclair. Il avait découvert, soudain découpé sur la rouge clarté du ciel, le château, le manoir plutôt, aux grands murs blancs coupés de verrières de couleur, à la toiture dressée, pointue comme un sommet de montagne pour faire glisser la neige de l'hiver, et à l'entrée flanquée d'antiques piliers de pierre. Une bâtisse, plus familiale que solennelle, qui semblait s'ouvrir, appeler, inviter à entrer.

Il était entré. Après avoir sonné, frappé. Il avait poussé la lourde porte de chêne, traversé une grande salle tapissée de rouge où s'accumulaient fauteuils déchiquetés et matelas déchirés sous les regards d'ancêtres en uniforme qui avaient peut-être combattu contre les chevaliers teutoniques, les Polonais ou les soldats de Napoléon. C'est là qu'il avait entendu un léger bruit, comme un chuchotement, qui l'avait guidé vers un petit salon, tout proche d'une immense cuisine où il avait trouvé Wanda en train de caresser, tremblante, un chat gris, qui continuait à parler doucement à l'animal, comme s'il n'avait pas surgi dans la pièce. Comme indifférente à sa présence, si bien qu'il l'avait crue d'abord tout à fait dérangée.

Le soir venu, elle s'était remise, réveillée de son rêve, de son cauchemar plutôt. Elle comprenait assez d'allemand, il baragouinait assez de russe pour qu'ils puissent se raconter l'un à l'autre. Veuve, elle avait vécu paisiblement en ce château jusqu'à l'avant-veille. Se traînant à peine depuis l'accident de voiture — une automobile en ce lieu perdu ! — qui avait provoqué la mort de son mari, l'avait, elle, privée de ses jambes, désormais mortes, ou presque. C'est peut-être pourquoi, la veille, la bande qui avait envahi le domaine en compagnie de quelques-uns de ses moujiks, lui avait laissé la vie. Mais ravagé le château et emmené ses trois domestiques.

Au soir, ils s'étaient partagés des biscuits et une pastèque — tout ce qui restait dans la cuisine pillée. Il l'avait portée jusqu'à sa chambre, comme une mariée songeait-il, une mariée de presque cinquante ans, avant de s'abattre, fourbu, sur le parquet de la grande salle rouge sous le nez des ancêtres guerriers que les envahisseurs de la veille avaient épargnés, saisis peut-être d'un reste de respect.

Au matin, calme et tiède, il avait exploré les lieux, découvert dans une remise une vieille voiture à cheval munie d'une capote et d'un grand coffre, une antiquaille qu'elle lui dit ensuite s'appeler un tarantass. Elle souriait en lui racontant, par gestes et mots hachés, syllabes bricolées, les longs voyages où l'avaient entraînée jadis, au siècle précédent, son père et ses jeunes oncles. Et ce sourire lui avait fait découvrir une beauté qu'il n'avait pas soupçonnée la veille. Des cheveux blonds comme ceux d'un enfant, les yeux bleus et le visage allongé d'une héroïne de légende. Une blouse blanche et rose, un peu échancrée. Une fée, avait-il pensé, une fée dans son château. Mais le château était vide, la fée infirme et quand même étrange puisqu'elle passait le plus clair de son temps à réciter des poèmes à son chat. Lui, Hans, n'était pas un chevalier, seulement un prisonnier évadé et les autres, bandits ou bolcheviks, pouvaient revenir à chaque instant.

Il ne se sentait pas le cœur de l'abandonner, à vrai dire n'y songea guère. Elle lui avait indiqué, dans un moment de lucidité, la proximité d'un village. Il décida, l'après-midi, de l'approcher. Il traversa des bois de bouleaux où le soleil jetait des flaques d'or, aperçut enfin de médiocres granges de moujiks, quelques maisons où rien ne bougeait. Il imaginait pourtant tout un monde de volailles, de chiens, de bétail, de nourriture, de grands-mères affaissées, de moujiks hirsutes ou de belles filles aux corsages ouverts et à la taille svelte. Mais impossible d'en approcher vraiment.

Il obliqua vers la droite, où le bois s'avançait plus près des maisons, où il risquait moins d'être aperçu. C'est alors qu'il entendit un hennissement. Là, dans un pré, à quelques mètres, à l'ombre d'un bouquet d'arbres, un solide alezan farfouillait dans l'herbe, happant des brindilles de ses molles babines. Il se glissa jusqu'à lui, passa sous une barrière. Il avait fait assez d'équitation, tandis qu'il suivait les cours de l'école d'ingénieurs de Munich, puis à l'armée, pour savoir apprivoiser les chevaux. Celui-ci se laissa prendre. Hans Schmidt caressa longtemps sa croupe luisante tout en surveillant le village d'où parvenaient seulement, dans la torpeur de cet après-midi d'été, quelques cris de poules. Il lui dit des mots d'amour, en allemand, l'emmena enfin, à travers bois, jusqu'au château, où les stalles de l'écurie n'avaient, d'évidence, pas reçu d'hôte depuis longtemps.

Il rêvait d'atteler le cheval au tarantass et d'emmener avec lui Wanda vers l'Ouest. Il le lui expliqua alors qu'ils mangeaient quelques radis roses et noirs, et de petits concombres abandonnés dans le potager du château. Elle avait laissé le chat et cessé de lui confier ses rêves. Elle riait. Pour la première fois, disait-elle, depuis tant d'années. Elle se moquait : comment un officier, un capitaine en outre, de cette armée allemande qui avait mis en déroute celle de Nicolas le Tsar bien-aimé, comment un ingénieur qui avait réussi à s'évader et à traverser déjà une partie de la région au prix de mille précautions, pouvait-il imaginer partir en tarantass sur les routes si peu sûres de la Russie en révolution sans se faire remarquer, embarquer, tuer peut-être ? Elle était bien rationnelle, soudain. Il s'en étonna, s'irrita d'abord, comme si la Wanda de la veille lui avait joué la comédie. Mais il aima son rire comme il avait aimé son sourire. Répondit qu'ils iraient de nuit.

Alors, elle accepta. Ou fit mine d'accepter. Elle ne craignait plus rien pour elle-même, expliqua-t-elle, et attendait la mort quand il avait surgi, la veille. Oui, ils partiraient. Mais pas aussitôt. Demain. Aujourd'hui, elle se sentait trop lasse.

L'était-elle vraiment ? Le soir, quand il la porta dans sa chambre, il ouvrit doucement la blouse blanche et rose, lui caressa la poitrine. Elle ne lui retint pas la main.

Il crut deviner un sourire, décida de rester avec elle toute la nuit. Il songea à Blandine, si lointaine et si proche. Mais cette Wanda, si elle le désirait, avait bien droit à une petite part de bonheur.

A l'hôpital de Pasewalk, section officiers, le capitaine Ernst Müller, originaire de Lindau, au bord du lac de Constance, qui avait perdu un bras dans la région de La Capelle sur le front français, ne lâchait plus Hans Schmidt.

— Raconte encore l'histoire de Wanda. Raconte pour moi, puisque tu ne veux pas faire un livre.

Ils tentaient de tuer le temps, d'oublier les malheurs de l'Allemagne, feindre d'ignorer les remous et les révoltes de Berlin et d'ailleurs, l'irruption, quelques jours plus tôt, d'un plein camion de marins mutinés brandissant des drapeaux rouges et gueulant qu'il fallait imiter les Russes, se débarrasser désormais des aristocrates, des riches et des officiers. Un discours qui, d'après Ernst Müller, avait indigné, démoralisé un soldat bavarois au point de le rendre aveugle. Une sorte de miracle à l'envers. Une curiosité.

Hans Schmidt y était allé voir. L'homme, un certain Adolf Hitler, avait perdu la vue une première fois au début d'octobre à la suite d'un bombardement ininterrompu d'obus au gaz, au sud d'Ypres, sur le front belge. Mais les médecins de Pasewalk, spécialistes du traitement des gazés, étaient parvenus à lui sauver les yeux. Quelque temps plus tard, Hitler était devenu capable de distinguer à nouveau formes et contours. La sensation de brûlure de la cornée faiblissait. Jusqu'au jour où étaient arrivés ces marins qui empestaient l'alcool et la révolution. Il avait pleuré de rage. Mais seulement perdu la vue de nouveau, expliqua-t-il à Hans Schmidt, le jour où un pasteur protestant avait annoncé aux malades et aux blessés la prochaine signature de l'armistice. A présent, les médecins recommençaient à le guérir.

Hans Schmidt et lui s'aperçurent qu'ils avaient appartenu, au début de la guerre, au même régiment et s'étaient probablement croisés sans se connaître. Adolf Hitler avait expliqué qu'en réalité il n'était pas Bavarois mais Autrichien, qu'il s'était engagé parce qu'il habitait Munich et n'aimait pas son propre pays. Là-dessus, il s'était tourné vers le mur en pleurant. Ses voisins avaient raconté que les crises de larmes étaient fréquentes, qu'il s'agissait d'un neurasthénique à l'esprit obscurci — l'effet des gaz, assuraient-ils — et que personne dans cette grande et triste salle ne serait surpris si l'on découvrait un matin qu'il s'était tranché la gorge. Un cas.

Hans Schmidt s'était promis de ne pas le revoir, avait repris les longues promenades dans le jardin de l'hôpital en compagnie d'Ernst Müller. A qui il se reprochait d'avoir parlé, un soir, de Wanda. Parce que Müller, désormais, le relançait, exigeait presque des détails qu'il se refusait à lui abandonner. Qu'il était incapable de donner. Une aventure.

Car ils étaient partis enfin, empruntant, la nuit, des chemins de campagne, trouvant de l'eau dans les ruisseaux des forêts, des navets, des oignons, d'autres légumes dans les potagers où il se glissait, des graines de tournesol, et de l'avoine pour le cheval dans les champs abandonnés, parfois une poule dont les abats faisaient les délices du chat. Depuis leur départ, elle ne s'intéressait plus qu'à ce gros matou, lui parlait toutes les nuits, chantait parfois, douce, perdue dans son rêve. Le jour, ils dormaient dans les bois. Il ne la touchait plus. Elle ne semblait pas le désirer, s'écartait même quand ils trouvaient une grange abandonnée, une meule de paille où ils pourraient s'allonger le temps d'une brève nuit d'été.

Ils avaient avancé ainsi trois nuits, quatre nuits, cinq nuits — toujours dans la direction de l'Ouest.

Un soir, alors qu'ils allaient reprendre leur route, des

cavaliers étaient apparus, rapides, brandissant des sabres dont le soleil rouge du crépuscule faisait luire par instant les lames grises. Impossible de reculer ou de se jeter de côté avec le tarantass. Hans Schmidt n'eut même pas le temps de songer à fuir sur le cheval en abandonnant Wanda. Il crut sa mort imminente.

La bande les emmena. Prisonniers. L'un des cavaliers, qui semblait être le chef, avait pris la femme en croupe. Hans Schmidt, les mains liées, suivait à pied, à l'arrière-garde du petit groupe.

Ils arrivèrent bientôt dans une grande bâtisse aux allures de caserne qui servait de quartier général à ces étranges cavaliers aux tenues disparates. Ils emmenèrent Wanda. Le chat avait disparu, et elle discutait avec le chef du groupe, comme réveillée, sortie d'une hypnose où l'avait plongée l'animal. Hans Schmidt n'eut pas le loisir d'observer longtemps cette transformation soudaine : on le jeta dans une cave pour la nuit.

Alors avait commencé l'étrange équipée. Le jeune officier allemand comprit rapidement qu'il s'agissait de bandits qui mettaient à profit le désordre pour voler et piller, s'agrégeaient tantôt à un groupe de soldats révoltés, tantôt à leurs adversaires, tiraient parti de toutes les émeutes, courant d'un village l'autre, d'une ville l'autre. De très jeunes hommes, des enfants presque, pour la plupart, qui avaient établi une sorte de tour de rôle pour passer la nuit avec Wanda. Wanda qui semblait revivre, marchait presque normalement, prenait part aux pillages, s'était armée d'une carabine, riait follement de voir fuir, chassés par les émeutes, des bourgeois aux cheveux grisonnants, de tendres filles qui allaient être la proie de soldats noyés de vodka, de pauvres bougres de commerçants qui avaient eu le malheur d'encaisser quelque monnaie en échange de fruits, de lard ou de pain.

Hans participait parfois à ces razzias, surveillé par un jeune Mikaïl très fier de jouer avec un gros revolver de marque anglaise et qui faisait mine, parfois, de le viser pour lui rappeler qui avait le pouvoir et qui ne l'avait pas.

Le reste du temps, le prisonnier restait au château en compagnie de deux grands-mères adipeuses et d'un invalide, grièvement blessé à la bataille de Tannenberg, gagnée par les Allemands de Hindenburg en août 1914. Le général russe Samsonov ne s'en était pas remis : il avait aussitôt décidé de se suicider. Le soldat Mikaïl Koroviev non plus : à présent, il se vengeait de mille manières sur Hans. Qui en vint parfois, en dépit des leçons de morale que lui avaient prodiguées tout au long de son enfance Maria et Gerhart Schmidt, à préférer les expéditions et les razzias aux corvées que lui infligeait ce tortueux gardien. Mais il ne parvenait jamais, quoi qu'il en eût, à s'échapper. Le jeune Mikaïl, qui l'accompagnait dans ces sorties, ne le lâchait pas.

Revint l'interminable et oppressant hiver russe. La bande avait pris ses quartiers d'hiver près de Petrograd, participait encore à quelques batailles, avait enlevé quelques femmes car son chef, Oleg Bykov, se réservait désormais l'usage exclusif de Wanda. Qui se permit pourtant quelques libertés, vint même un soir s'offrir à Hans Schmidt dans le réduit où on l'enfermait. Nerveuse, impétueuse, elle lui expliqua — entre deux propos peu cohérents sur la danse et l'origine du monde — qu'elle avait découvert, avant même que ses moujiks et quelques autres la dépouillent, la justesse de la cause des bolcheviks en lisant les livres de Maxime Gorki qui décrivait la misère du peuple.

Il se demandait si la bande qui la retenait était animée d'autres idéaux que la rapine et le sexe, s'interrogeait aussi sur l'étonnante métamorphose de cette aristocrate, et finit par conclure qu'elle avait sans doute été violée, en même temps que son manoir, par quelques-uns de ces moujiks pour lesquels elle montrait désormais tant de compassion. Ce qui expliquerait l'état de choc dans lequel il l'avait trouvée, ses égarements d'aujourd'hui.

Quand elle l'eut quitté, le soldat Koroviev, le blessé de Tannenberg, vint, revolver au point, le chercher pour nettoyer les latrines de tout le bâtiment. Au milieu de la nuit, alors qu'il s'activait encore à coups de branches de bouleau, il songea qu'il était devenu une machine, un esclave plutôt. En réalité, son esprit était ailleurs : il se demandait quel rôle avait tenu le chat dans cette histoire et se disait qu'il ne comprendrait jamais rien aux femmes, sauf peut-être à Blandine, mais que les jours de Wanda, ceux de l'été, du tarantass et du vieux manoir, resteraient pour lui un souvenir doré.

Il n'était toujours pas question de s'échapper. Les bolcheviks avaient fini par l'emporter mais devaient lutter en Ukraine contre les Allemands, en Sibérie contre les Japonais, au Caucase contre les Turcs et bientôt, au Nord, contre les Français et les Anglais. A l'approche du printemps, Hans Schmidt apprit qu'ils avaient signé avec Guillaume II un traité de paix qui leur enlevait d'énormes portions de l'Empire et des milliards de marks-or. Il espéra vaguement que les prisonniers de guerre seraient libérés du même coup. Mais il était prisonnier d'une bande de pirates sans foi ni parti.

A la fin de septembre, quand fut connu l'assassinat de toute la famille impériale, Wanda vint une nouvelle fois lui rendre visite un soir. Elle portait un chapeau fleuri et une longue robe de soie noire. Elle laissa dans son réduit un gros revolver américain et quelques balles. Quand le soldat Koroviev, après son départ, vint chercher Hans Schmidt pour ce qui devait être, sans doute, une nouvelle nuit d'écœurantes corvées, il en fut la première victime.

Suivirent des jours et des nuits de marches à travers les champs et les bois, des villes où des soldats ivres, affairés à piller boutiques et maisons, ne prêtaient guère attention à ce paysan qui affectait de clopiner. Il trouva même place un matin dans un train débordant de familles et de volailles, que des soldats débraillés et hirsutes, le bonnet orné de branches de sapin, firent évacuer à l'arrêt suivant pour l'occuper.

Alors qu'il poursuivait son exténuante marche vers l'Ouest, il finit par croiser un escadron d'hommes aux visages altiers sous de lourds bonnets à poils, sanglés dans des vareuses gri-bleu et montés sur des chevaux alezans. Des hussards de son pays ! L'Allemagne, de ce côté-là de l'Europe, faisait encore bonne figure.

Après qu'on l'ait interrogé et délesté de son revolver américain, un médecin militaire l'avait envoyé vers l'arrière. A l'hôpital de Pasewalk.

# XV

Aline ne pouvait plus se permettre d'attendre. Céline le savait, les bonnes le savaient, et même la petite Delphine : Blandine était partie le jour même de l'arrivée de Clément Boidin. Pour l'Allemagne. Afin de retrouver Hans. Ou de savoir.

Il fallait l'annoncer à Laurent Surmont-Rousset. Lui révéler du même coup qu'il était grand-père d'une petite Aurélie, fille d'un lieutenant allemand dont on n'avait plus de nouvelles. Pas plus que de cette enfant dont la trace était perdue. Ce qui, avait pensé Aline, le réconforterait peut-être. Mais ce qui la torturait, elle, tant Blandine le lui avait reproché, tant elle s'en jugeait responsable.

Ce matin-là, elle ne l'oublierait jamais.

Pour la première fois de sa vie, elle se permit de frapper à la porte de la chambre de ses parents : il importait d'informer son père discrètement, avant qu'il ne descende se faire servir son petit déjeuner. Elle craignait l'explosion. Du moins fallait-il éviter l'absence de témoins.

Elle avait sous-estimé Laurent Surmont-Rousset. Pressentant une partie de la vérité, il demanda, d'entrée, tous les détails sur le départ de Blandine.

— Je vous ai menti hier soir, père, après le départ de Boidin. Elle n'est pas dans la famille d'Augusta.

— Je le savais bien. Où, alors ?

Un aveu presque impossible. Elle crut voir la chambre

tourner autour d'elle. Il s'en aperçut, sortit enfin de son lit, la saisit de son bras valide.

— Où ? Elle a un amant, c'est cela ? Elle a été séduite par un de ces officiers anglais qui jouent les godelureaux dans les rues sous prétexte qu'ils ont enfin réussi, après quatre ans, à nous libérer ?

— Pas un Anglais.

— L'autre alors, l'Allemand, celui qui nous a ruinés. Je le savais. Je le savais.

Il la secouait, la lâcha pour taper du poing, son seul poing, sur le grand miroir qui faisait face au lit. Aline eut le temps de penser que sa mère, quand il la pénétrait, pouvait peut-être voir son dos et ses fesses dans ce miroir. Elle se reprocha aussitôt cette image. Celle-ci lui avait pourtant apporté quelque réconfort. Après tout, la vie était la vie ! Et elle n'en pouvait plus de mentir.

Alors, rapide, presque violente, elle lui raconta tout. Depuis la nuit où Blandine était venue lui annoncer sa grossesse. Jusqu'à l'autre nuit, celle de l'avant-veille, où, embarrassée, tremblante, déterminée pourtant, elle était entrée dans sa chambre pour l'informer de son prochain départ.

— Pas pour le rechercher quand même ! Pas pour l'Allemagne !

— Si. Pour l'Allemagne.

Il retomba sur le lit, son unique main devant les yeux. Pleurait-il ? Il n'avait pas versé une larme à l'annonce de la mort de Célestine. Mais couru s'enfermer dans sa chambre. Cette chambre où Aline pénétrait pour la première fois. Où elle ne pouvait s'empêcher, observant le grand miroir encadré de boiseries dorées qui imitaient des guirlandes de feuillages, d'imaginer ses parents accomplissant ce qu'ils appelaient sans doute leur devoir conjugal.

Elle expliqua qu'elle avait épuisé avec sa sœur tous les arguments de la raison, allégué l'insécurité des routes, l'absence presque totale de transports accessibles aux civils, les mille difficultés qu'elle rencontrerait dans un pays dont elle ne connaissait ni la langue ni les usages et qui était secoué, pour faire bon poids d'embûches en tous genres, par une révolution. Elle avait suggéré, avec précaution mais il le fallait bien, que cet Hans Schmidt, s'il n'avait pas disparu — hypothèse déchirante qu'il fallait bien envisager — avait voulu peut-être — une autre hypothèse déchirante mais également envisageable — faire sa vie autrement, avec une autre femme.

Oui, rapportait-elle, elle avait dit tout cela à Blandine. Mais cette entêtée, passionnée sous des dehors fragiles, donnait réponse à tout. Elle avait appris l'allemand, avec Hans d'abord, puis seule dans sa chambre, tous les soirs, en cachette. Elle connaissait l'adresse des parents du lieutenant bavarois et c'est là qu'elle se rendrait en premier lieu. Elle était prête à affronter le jeune officier s'il avait décidé de l'abandonner : il fallait quand même lui apprendre l'existence de sa fille.

Justement, sa fille. L'urgence, si Blandine l'aimait autant qu'elle le disait, n'était-elle pas de la retrouver ? Ce qui ne saurait tarder. Entre-temps, les transports auraient pu se réorganiser, la poste aussi, les risques et les difficultés d'un voyage en Allemagne seraient moindres. Mais Blandine : « La retrouver ? Tu es mieux placée que moi pour ça. Je prie tous les soirs pour elle, comme pour Hans. Ils sont tous les deux dans mon cœur. Mais toi seule pourras savoir ce qu'elle est devenue puisque tu as toujours refusé de me dire à qui tu l'avais confiée. »

C'était lancé avec rancœur et tristesse. Aline avait répété sans être écoutée, comme elle l'avait fait presque chaque jour depuis l'arrivée des Anglais, qu'elle avait gardé le secret — un pesant secret — parce que l'enfant était confiée à un homme qui faisait du renseignement pour l'armée française, une sorte d'espion dont personne dans la famille ne devait connaître l'existence pour des raisons d'évidente sécurité.

« C'était une folie », s'exclamait toujours Blandine. Elle s'était entendu répondre que la première folie avait été de coucher sans précautions avec un Allemand, au beau milieu de la guerre. Alors, la dispute et les larmes : « Les précautions, je ne les connaissais pas. Je ne savais rien. » Et Aline : « Mais lui, au moins, aurait dû le savoir. Les hommes savent cela. » Ce jour-là, elles s'étaient réconciliées en déplorant une éducation qui avait fait d'elles des ignorantes. Blandine, pourtant, avait poursuivi tous les soirs son harcèlement : « Et alors ! Où en sont tes recherches ? Tu avances ? » Les recherches n'avançaient pas. Mais comment l'avouer ?

De tout cela, elle ne dit un seul mot à son père. Il s'était relevé, arpentait la vaste chambre à grands pas, silencieux. Lança soudain :

— Je ne veux plus la revoir, jamais. On annoncera à tout le monde qu'elle est atteinte de tuberculose. Je demanderai au docteur Desmazes de le confirmer, il me doit bien cela, je lui ai prêté assez d'argent pour s'installer. On dira qu'elle est partie soigner ses poumons à Menton. Voilà. Plus tard, on annoncera sa mort. Voilà. Je vais prendre mon café. Et toi, tu ne m'en parles plus. Jamais.

Elle ne put répondre. Il avait claqué la porte.

Armand Rousset, l'aviateur, réapparut vers la fin novembre au volant d'une superbe voiture, une torpédo blanche offerte en 1917 par le ministre de l'Armement, Louis Loucheur, à quelques as de l'aviation. « Des privilégiés dont on avait fait des héros pour les besoins de la propagande », grommelait Laurent Surmont-Rousset qui l'avait pourtant invité à déjeuner, histoire de rompre l'oppressante monotonie des repas qu'il prenait avec ses trois filles.

Fringant, le pilote expliquait que, dans la dernière partie de la guerre, il avait participé aux combats sur le front italien où son escadre de chasse, entre autres, avait été chargée d'assurer la protection de Venise, régulièrement bombardée en 1916. Du ciel, disait-il, il voyait la ville posée sur l'eau à travers un voile rose, souvent taché de nuages violets. Il décrivait des palais de marbre et des campaniles dorés avec un lyrisme un peu fabriqué qui ravissait autant Céline que, naguère, les espadons dont lui parlait l'autre Rousset, cousin de celui-ci, Lucien. Elle le harcelait de questions.

Aline, elle, brûlait d'en finir avec ce repas. Elle avait tressailli de joie lorsque son père lui avait annoncé cette visite, au retour d'une réunion d'industriels qui se préoccupaient de reconstruction et de dommages de guerre. Elle revoyait le jeune barbu boiteux, enveloppé dans une houppelande de cocher, qui s'était présenté un matin dans sa maison de Roubaix, son avion cassé dans une prairie, les Allemands aux trousses, pour la faire entrer dans ce réseau de renseignements. Celui-là saurait peut-être comment retrouver Dautriche et, par elle, la petite Aurélie.

Elle l'interrogea entre deux portes, alors que son père emmenait l'aviateur au salon pour fumer des cigares. Dautriche ? il ne connaissait pas. Le réseau, il ne savait pas ce qu'il était devenu. Quand il avait regagné la France en passant par la Belgique et la Hollande, on l'avait affecté à d'autres missions dans une escadrille de chasse au camp de Saint-Pol-sur-Mer, à deux minutes de Dunkerque, où il avait eu notamment pour compagnon le célèbre Nungesser. « Et Guynemer ? » demanda Céline qui s'était approchée. Guynemer, non. Sa fameuse escadrille des Cigognes n'était arrivée dans ce camp qu'en juillet 1917, alors que lui venait d'être affecté à Venise.

Armand Rousset ne souhaitait d'évidence que parler de son séjour près de cette ville flottante, comme il disait, de ses marchés aux poissons et aux fleurs, des piquets noirs ou dorés où s'accrochaient les gondoles, de la vie mondaine qui s'y était poursuivie, brillante, en dépit de la guerre et des bombes.

Aline, qui le soupçonnait d'y avoir connu et sans doute

courtisé quelques belles Italiennes, insistait. Le réseau, il fallait l'aider à retrouver le réseau et surtout ce Dautriche — mais ce nom était peut-être un pseudonyme — dont les bureaux de la préfecture, où l'on commençait à établir des listes de prisonniers et de déportés, ignoraient tout. Il sembla croire à une histoire d'amour, promit de s'informer, passa au salon où Laurent Surmont-Rousset attendait, impatient, les havanes qu'il avait apportés de Paris.

Il tint parole.

Une semaine plus tard, Aline recevait une lettre lui donnant le nom de Lucien Roselaere, très au courant, disait Armand Rousset, de toutes ces affaires de renseignement.

Roselaere, elle connaissait un peu ce personnage. Un petit brasseur que l'on avait soupçonné pendant toute la guerre de trafics en tous genres. Quelques hommes, qui s'étaient promus eux-mêmes juges et gendarmes après le départ des Allemands, avaient même réussi à le faire enfermer quelques jours dans la prison du Palais de Justice, une antique bâtisse aux imposants murs de briques. Mais il en était vite sorti, ce qui avait scandalisé.

Elle courut chez lui, dans ce vieux quartier de Moulins-Lille, le trouva au fond d'un hangar en train de nettoyer une vieille cave à tremper, dont il lui expliqua que l'on y gonflait d'eau les grains d'orge qui, bientôt, germeraient, deviendraient du malt vert, tendre à l'ongle, qui, ensuite... Elle ne souhaitait pas suivre un cours sur la fabrication de la bière, l'interrogea, brusque, sur le réseau. Le gros homme ne parut pas trop surpris, l'emmena dans un bureau encombré d'anciens et poussiéreux panneaux publicitaires pour des bières belges, allemandes, anglaises, une sorte de collection où se mêlait bizarrement un grand panneau illustré de médailles d'or pour la chicorée Alphonse Leroux, « fabricant à Orchies ».

— Je m'doutais bien, dit-il, que vous en étiez. J'avais suivi mon camarade, un jour. Comme ça, pour voir si personne d'autre n'était à ses trousses. Une dame comme vous, pourtant...

Il la regarda longuement, de son chapeau à ses chaussures. Elle avait l'impression qu'il la déshabillait, prit le parti de s'asseoir sur une chaise de bistrot, bien qu'il ne l'en ait pas priée.

Il aimait d'évidence discourir. Aline pensa qu'après avoir évité un discours sur la fabrication de la bière elle aurait droit à un long rapport sur les activités de renseignement dans le Nord-Pas-de-Calais et en Belgique où il s'était si souvent rendu pour le marché noir pendant ces quatre ans. Elle le coupa encore :

— Dautriche, vous l'avez connu ?

Il rit, les lèvres retroussées faisant apparaître des dents d'un jaune foncé, presque marron.

— Ah, dit-il, il se faisait appeler Dautriche ? Son vrai nom, c'est Berton. Philibert Berton. On avait organisé cela comme des pyramides. Il était au sommet d'une pyramide, moi d'une autre. Vous, juste à l'étage au-dessous, comme un pharmacien de Roubaix, et des gens de la région des mines. Parce qu'il travaillait surtout dans ce coin-là, plus près du front. Il connaissait bien : avant la guerre, il était dans le charbon. Pas ingénieur, non, ni mineur, ni porion. Quelque chose d'intermédiaire, je ne sais pas. Moi, c'est la bière.

Elle faillit lui crier que, oui, elle savait. Il semblait prendre plaisir à la faire lanterner. Par jalousie peut-être : lui, un petit brasseur, vaguement trafiquant, elle, la fille d'un riche industriel. Il avait pourtant risqué sa peau. En s'enrichissant peut-être au passage. Jouant sur tous les tableaux.

— On peut le trouver où, ce Monsieur Philibert... ?

— Berton. Philibert Berton. Malheureusement, je ne sais pas. Ils l'ont arrêté, vous savez. Une dénonciation je crois. On n'a jamais été fixés exactement. Du coup, on ne pouvait plus compter sur sa pyramide.

— Ils l'ont emmené en Allemagne ?

— Allez savoir... Pas une trace. J'ai essayé de me renseigner quand les Anglais sont arrivés. J'étais parmi les premiers à entrer dans leur Kommandantur, le 18 octobre, avec un commandant français, de Maleyssis il s'appelait, qui avait suivi les alliés avec un groupe de journalistes. C'était déjà une vraie pagaille dans les bureaux. J'ai rien trouvé que des circulaires en allemand. J'aurais peut-être dû chercher ailleurs. Il n'y avait pas que ça qui m'intéressait, c'est vrai. Mais rien sur Berton. Après, les autres m'ont arrêté. Moi ! Ça n'a pas duré, heureusement. Mais entre-temps, les papiers étaient partis. Et depuis : rien. Je vais vous dire : je crois qu'ils l'ont tabassé pour le faire parler, et qu'ils y sont allés trop fort. Alors, il est décédé. Qu'est-ce que vous voulez qu'ils fassent ? Ils se sont débarrassés du corps. Comme ça, pas d'histoires.

— Et vous connaissiez d'autres membres de sa... de sa pyramide ?

— Moi, non. C'était la règle : par prudence, on ne se donnait pas les noms. Sauf pour le pharmacien de Roubaix qui était comme vous et qu'ils ont pris en même temps que Dautriche. Vous êtes passée à travers : vous pouvez remercier le bon Dieu si vous y croyez. Ah ! il y en avait un autre que je connaissais, parce que c'était moi qui l'avait signalé à Berton. Je lui avais dit : « Dans ce coin-là, tu peux aller voir celui-là. » Un curé. C'est pas vraiment de mon côté, les curés, si vous permettez, chacun ses opinions. Mais celui-là, j'avais été soldat avec lui, dans le régiment d'Arras, le 33e d'Infanterie, juste après que la République elle avait décidé que les séminaristes feraient leur service militaire comme les autres. Vous avez peut-être pas connu ça, non ? Vous êtes trop jeune. On criait : « Les curés sac au dos. » Et lui, ça l'amusait un peu, ça lui plaisait, le régiment tout ça. Quelquefois je me disais que ça aurait fait un bon sous-off. Mais les officiers, ils mettaient plutôt les curés à l'infirmerie. C'est à cause de cet amour qu'il avait pour la chose militaire que je l'avais signalé à Berton. Il faut dire que...

Elle ne l'écoutait plus, se disait qu'un prêtre était peut-être une bonne piste, que Dautriche s'était peut-être confié à celui-là, lui avait demandé de trouver une nourrice pour l'enfant. Avant la guerre, les prêtres servaient souvent d'intermédiaires à ceux qui cherchaient des bonnes, des domestiques, des nourrices.

Il s'aperçut qu'elle était ailleurs, s'interrompit, laissa s'installer un petit silence. Puis, brusque :

— Qu'est-ce que vous cherchez vraiment, Madame ? Vous vous intéressiez à Berton ?

Il eut un petit sourire. Elle crut deviner des sous-entendus, se raidit. Elle n'allait quand même pas lui dire le but exact de cette quête : tout Lille le saurait le lendemain. Ou bien il la ferait chanter ; elle ne parvenait pas à croire à son désintéressement, à une action purement patriotique. Elle s'efforça de prendre un ton dégagé, se dit qu'il sonnait faux. Mais elle n'avait pas le choix.

— Rien, dit-elle. Je voulais seulement me renseigner. Vous comprenez : nous étions en quelque sorte des... des camarades de combat. On a pris les mêmes risques. C'est normal que l'on veuille savoir, ensuite.

Il parut touché, annonça qu'il pensait créer une association des anciens du réseau, que, l'un connaissant l'autre, on arriverait peut-être à en retrouver la plupart. Il ferait passer, en outre, une annonce dans le journal.

— Vous viendrez à la réunion, n'est-ce pas ? J'en serai honoré. Les autres aussi, je pense. Une dame comme vous.

Elle voulait entendre le nom de ce prêtre, se demandait comment faire sans attirer l'attention. Mais c'est Roselaere qui l'interrogeait à présent :

— Quand même, je me demande depuis tout à l'heure : comment avez-vous su que j'étais une pointe de pyramide ?

— Par Dautriche. Enfin, Monsieur Berton.

Elle avait jeté cette réponse sans réfléchir. Il parut surpris.

— Berton ? Mais c'était contraire à nos règles.

Il fallait s'enfoncer dans le mensonge. Inventer. Vite.

— Un jour, je lui avais parlé de vous, quand on se rencontrait dans les églises. Je suis très ennuyée de vous le dire, mais bien des gens étaient au courant de vos... enfin de votre commerce. On vous critiquait, n'est-ce pas ? Alors, Monsieur Berton vous a défendu. Si vivement que j'ai compris.

Il eut d'abord un sourire satisfait, presque fanfaron. Mais cligna de l'œil. La croyait-il tout à fait ?

Il importait surtout de ne pas attirer l'attention. Elle se leva.

— Eh bien, si vous avez des nouvelles de Monsieur Berton, par chance, voudriez-vous me faire signe ? Et puis, si vous créez cette association, j'aimerais en faire partie, bien sûr. Les dames y seront admises, j'espère.

Il se récria, parla de tout ce qu'elles avaient fait pour aider les Alliés, cita Louise de Bettignies, morte dans une prison allemande, l'Anglaise Edith Cavell, à Bruxelles, morte elle aussi.

A la porte du bureau, elle lui demanda enfin, feignant de n'y attacher que peu d'importance, le nom du prêtre.

— Vanparys, dit-il. Il s'appelle Vanparys. Mais je ne sais pas où il est. Du côté de Carvin, je pense. Par là...

Julia Bondues, surprise, agitée, allait de-ci de-là à travers la petite pièce, un peu honteuse peut-être de sa pauvreté, de sa nudité. Elle redressait un cadre, appuyait à la cheminée un balai auquel s'accrochait une serpillière encore humide.

— Il faut m'excuser, Madame, je faisais mon vendredi.

Elle regarda Aline, expliqua :

— Vous savez, nous dans les villages, le vendredi c'est le grand nettoyage : le carrelage, les carreaux, les poussières.

Aline souriait, hochait la tête, se voulait bienveillante.

Julia Bondues approcha une chaise de paille :

— Vous allez bien vous asseoir un peu quand même. Surtout qu'on vous a mal reçue au presbytère. Mettez-vous.

Elle ouvrait un placard, en tirait deux verres, courait vers une commode bancale chercher un torchon de toile écrue afin de les essuyer, bien qu'ils fussent propres, les mira enfin devant l'unique vitre qui avait résisté aux combats et aux pillages.

— Vous prendrez bien quelque chose ? De la bière, non ? Une goutte de liqueur de dames peut-être ? C'est fait avec de l'écorce d'orange et du sucre. Je ne savais même plus que ça existait. Ça date d'avant la guerre. J'ai retrouvé ça dans la cave. C'est sucré, et pas très fort.

Aline finit par accepter un peu d'eau, se le reprocha bientôt en voyant Julia plonger un petit broc dans une citerne.

— C'est gentil d'être venu me voir. Justement, je pensais à vous ces jours-ci. Je me demandais comment votre père, Monsieur votre père, avait pris son deuil. C'est vous qui lui avez dit ? Excusez-moi, je suis bête, ça ne me regarde pas. Je le sais bien que c'est plus dur que dur. Moi, quand le maire est arrivé avec la feuille pour mon mari, j'ai...

Elle se détourna, pour essuyer des larmes, s'excusa.

— Je parle trop. C'est l'émotion, peut-être. Vous savez, je revois souvent votre maman, là-bas, chez les Belges. J'en rêve la nuit quelquefois.

Dans la chambre voisine, l'unique chambre pensait Aline tant la maison paraissait petite, les fillettes chantonnaient quelques mots. Il était question de chat et de lait.

Aline sourit, bien qu'elle fût désespérée. Au presbytère, on lui avait appris la mort de l'abbé Vanparys avant de lui fermer la porte au nez, un peu brusquement.

— C'est la mère, dit Julia, la mère de notre nouveau curé, je suis certaine. Elle veut tout commander. Celle d'avant — pas la mère de l'abbé Vanparys, encore une autre, avant — c'était la même chose. Ma mère à moi le disait toujours : les mères de curé, c'est souvent des veuves et quelquefois elles voudraient être curé à la place du curé.

Elle s'interrompit, confuse, s'excusa de trop parler. Aline lui fit signe que non, elle pouvait continuer. Elle écoutait à peine, se demandait si elle pourrait avancer à présent, multipliait questions et hypothèses. Elle était tentée de se confier à cette jeune femme presque inconnue, à laquelle elle avait songé en découvrant qu'elle habitait dans le même village que cet abbé et chez qui elle s'était précipitée, désemparée, à la sortie du presbytère, comme on se réfugie.

Les gamines, dans la pièce voisine, chantaient plus fort.

— Il ne faut pas leur en vouloir, dit Julia Bondues. Vous savez ce que c'est, les gosses.

— Vous en avez trois, n'est-ce pas ?

— Oui... enfin : deux et une nièce.

— Elles se souviennent de leur père ?

Julia Bondues marqua une légère hésitation.

— Pas la plus jeune, bien sûr, la nièce. Les aînées, les jumelles, un peu. Surtout quand je leur montre ses premières lettres du début de la guerre. Ou notre photo de mariage.

Aline, déjà, n'écoutait plus. Elle se demandait comment renouer le fil, à quel espoir se raccrocher. Elle interrompit Julia Bondues qui évoquait le départ de son François mobilisé — par erreur, répétait-elle — parmi les premiers.

— L'abbé Vanparys a sans doute laissé des papiers, vous ne savez pas ?

Julia haussa les épaules. Non.

— Des papiers ? Les papiers de la paroisse, sûrement. Le reste, ses affaires personnelles, il y a un de ses cousins qui est venu les chercher la semaine dernière, on a dit. Parce que l'autre, la mère du nouveau, elle menaçait de tout mettre à la cave. Madame voulait ses aises. On m'a raconté ça à la sortie de la messe, dimanche. C'était une messe pour les morts de la guerre, fallait bien que j'y aille. Pour mon François.

Aline faillit s'abandonner, lui demander si elle avait entendu parler d'un bébé dont l'abbé Vanparys aurait eu la charge, qu'il aurait confié en nourrice à une personne du village. Mais non. Cette jeune femme, ensuite, imaginerait...

Elle se leva :

— Vous savez qui est ce cousin ?

Julia haussa les épaules.

— Vous voulez que j'appelle les enfants, pour qu'elles vous disent au revoir ?

Justement non. Aline avait hâte, soudain, de partir, sauter dans sa voiture, dont le cheval, devant la petite maison, grattait le pavé.

— On leur met aux sabots des fers d'importation américaine, ils ne tiennent pas bien, dit-elle. Et ils glissent.

Elle esquissa un sourire, pour s'excuser, ouvrit son réticule garni de pierres noires, y trouva quelques billets.

— Tenez, vous leur achèterez quelque chose, à vos filles.

Julia voulut la repousser.

— Mais si, ça me fera plaisir. Vous ne pouvez pas savoir.

Elle s'enfuit.

# XVI

Le soir, souvent, Oscar Vanhoutte pleurait. On l'avait séparé de Gertrud à l'automne précédent, en 1917, pour l'envoyer non loin de là, au camp de Puccheim. Sans explications. Gertrud avait tempêté, expliqué qu'elle avait vraiment besoin d'un homme à la maison, et que celui-ci faisait bien l'affaire ; alors pourquoi le lui enlever puisque la guerre n'était pas finie, qu'il n'était pas question de le renvoyer en France. Une de ces colères ! Il était encore fier d'elle, quand il y repensait. Mais rien à faire. Les soldats qui étaient venus le reprendre expliquaient dans leur jargon allemand qu'ils avaient un ordre et qu'un ordre c'est un ordre. Befehl : ordre. C'est un mot que l'on apprend à connaître quand on est prisonnier depuis trois ans, même si l'on a la mémoire qui flanche parfois.

Depuis, il ne l'avait plus revue, s'était retrouvé dans une sorte de ville pour prisonniers. Une ville de bois. Deux alignements de baraquements. Vingt d'un côté de l'allée centrale, vingt de l'autre. Et les toilettes tout au bout. Ils étaient des milliers dans ces longs bâtiments. Des milliers de Français et quelques Russes. Certains sortaient chaque matin et rentraient chaque soir, en rangs, bien surveillés pour aller aux champs. Les Russes étaient chargés des pires corvées, le nettoyage des latrines, l'enterrement des morts par tuberculose. Lui, Oscar, on l'avait affecté aux cuisines. Les peluches, et encore les peluches. Des pommes de terre à moitié pourries parce qu'elles avaient subi le gel, qui s'écrasaient parfois sous le doigt, dégageaient une étrange odeur sucrée. Et de moins en moins de pommes de terre. De moins en moins de pain aussi, à mesure que les mois passaient.

Certains recevaient des colis : de leurs familles, de leurs marraines de guerre. Mais Oscar ne savait plus qui était sa famille, il n'avait pas de marraine de guerre. La Croix-Rouge aussi envoyait des colis, mais rarement. Gertrud, un jour, au début, lui avait fait passer deux saucissons par un gardien qu'elle connaissait mais cet homme, un certain Toller, avait expliqué à Oscar qu'il avait recommandé à la paysanne de ne plus recommencer : ce serait prendre trop de risques. Pour elle et même pour lui.

Quelques camarades, au début, avaient montré quelque pitié pour Oscar. Un paysan aveyronnais qui ne fumait plus depuis le début de la guerre, à la suite d'un vœu, mais recevait régulièrement tabac et papier à cigarettes. Un plombier parisien qui lui faisait l'aumône de quelques biscuits. Un jeune tenancier de café de l'arrière-pays niçois qui partageait des colis de figues avec ses voisins de lit. Une misère.

Un homme, ces mois-là, en cet hiver 1917-1918 qui n'en finissait pas et au bout duquel les gardiens allemands annoncèrent qu'ils étaient près de gagner la guerre à l'Ouest comme ils l'avaient gagnée à l'Est, un homme aida Oscar Vanhoutte à supporter l'enfermement, la séparation, la solitude. Sébastien Faure, un cloutier de la Haute-Loire, que le hasard avait placé sur la paillasse voisine. Serrés comme des lapins.

Sébastien Faure s'était juré de lui faire retrouver la mémoire, l'interrogeait chaque soir sur son nom : Vandoutte, Vanloutte, Vancoutte ? Oscar haussait les épaules, répondait au hasard, un peu agacé parfois, mais heureux que l'on s'intéressât à lui.

Ou bien Sébastien Faure tentait de lui faire décrire sa femme, c'était la meilleure manière, avait-il pensé, de remonter le fil ; on n'oublie pas si facilement sa femme. Alors, est-ce qu'elle était brune, blonde ? En haut, et en bas ? Et ses seins ? Est-ce qu'ils étaient gros, petits, un peu pendants, redressés, pointus ? Et ses fesses ? Quand il fouillait sa mémoire, Oscar ne revoyait que Gertrud. Toujours Gertrud. L'autre le tarabustait, gentiment : il y avait bien eu quelqu'un, quelqu'une plutôt, en France ? Oscar haussait les épaules, secouait la tête.

Alors, Sébastien Faure annonçait qu'ils recommenceraient le lendemain, qu'un jour, c'était certain, un déclic se produirait. Il avait connu ça dans son village, un homme qui perdait la mémoire, qui était parti en ville fabriquer des rubans, parce que dans le Forez on fabriquait beaucoup de rubans, jadis, il fallait le savoir, des satins, des velours, des taffetas, des imprimés, et des tissés d'or fin pour les ornements d'église. Sébastien Faure avait cru remarquer qu'une lumière s'allumait dans l'œil d'Oscar quand il parlait de ses rubans et de tissage ; il reprenait donc souvent, presque chaque jour, l'histoire de cet homme qui travaillait à la fabrication des rubans et maudissait sa propre mémoire qui ne lui permettait pas de trouver d'autres mots qui feraient surgir la petite lumière dans l'œil d'Oscar. Il lui était même arrivé, les premiers temps, d'interroger ses autres voisins, pas plus connaisseurs, qui lui parlaient de fils, de bobines, de boutons, d'échantillons. Il avait vite constaté qu'ils se prenaient au jeu, mais au mauvais jeu, de la mauvaise manière, qu'ils finissaient par considérer Oscar comme ces animaux que l'on voit sur les places dans les fêtes de village et à qui leurs maîtres veulent faire exécuter des tours.

Oscar Vanhoutte lui-même comprit qu'il était devenu une sorte de curiosité, vaguement moqué, à qui on jetait parfois un biscuit ou une figue. Comme aux animaux, pensa Sébastien Faure, qui s'en désola. Il s'en ouvrit aux médecins français du camp. Mais ils avaient assez à faire avec les tuberculeux, les mutilés, les gazés et les cassés en tout genre pour se soucier, en plus, des amnésiques. L'un d'eux avait transmis aux autorités allemandes une demande de rapatriement en France par l'intermédiaire de la Croix-Rouge et ne s'en soucia plus.

Sébastien Faure persévéra dans son entreprise de guérison. Désormais, quand il voulait poursuivre ses tentatives d'éveil de la mémoire, il s'isolait avec Oscar, autant qu'ils le pouvaient dans cette ville de bois surpeuplée où l'on se bousculait toujours, même à l'extérieur des baraques, quand les prisonniers voulaient se dégourdir les jambes, les soirs sans pluie ni neige. Quelques moqueurs leur emboîtaient parfois les pas, intervenaient pour interroger Oscar Vanhoutte sur le comportement de sa femme au lit ou sur les filles qu'il avait connues. Un jour, excédés, Sébastien Faure et Oscar en vinrent aux mains avec deux gaillards qui les poursuivaient de quolibets insultants et grossiers. Ils n'eurent pas le dessus. Les gardiens allemands, un peu plus loin, riaient beaucoup en les observant.

Dès lors, afin d'éviter de nouveaux incidents, ils cherchaient à se cacher dans des encoignures, derrière les toilettes, proches du Lazaret, l'hôpital. Sébastien Faure se borna, lors de ces rencontres, à raconter sa jeunesse. Il imaginait que le récit de ses premières années éveillerait chez son ami le souvenir des siennes. Il dit comment ses parents avaient décidé de le louer comme berger alors qu'il dépassait tout juste douze ans, comment ils l'avaient mené sur la place du marché aux bêtes, un jour de foire et fait affaire avec un gros paysan en blouse bleue : 40 francs pour le printemps et l'été, de mai à octobre ; logé et nourri. Amener le troupeau aux champs le matin, le ramener le soir, traire les vaches, coucher la nuit à l'écurie sur une paillasse de foin qu'on changeait une fois par mois. Une nourriture éternellement semblable à elle-même, sauf le dimanche : soupe le matin, soupe à midi avec pommes de terre à la graisse et un morceau de porc, soupe et fromage le soir. Découragé, il attendait l'âge de pouvoir s'engager dans l'armée. Jusqu'au jour où il avait rencontré un artisan cloutier qui cherchait un apprenti. Ils s'étaient plu, il avait travaillé jusqu'au service militaire dans une petite forge où l'on transformait en clous de fines baguettes de fer chauffées au rouge, les verges, à l'aide d'un marteau, d'une petite enclume et de matériels dont Oscar s'empressait d'oublier les noms en « ou ». Il ne manquait pas de s'étonner, pourtant, chaque fois que Sébastien Faure lui expliquait comment un bon cloutier se reconnaissait à son coup de main, sa manière de faire danser le clou sous le marteau. Lui, Sébastien, s'entendait surtout à la fabrication des « bourriquets », des clous à tête carrée pour renforcer le talon, et des « caravelles », destinées à la marine. « Moi qui n'ai jamais vu un bateau », plaisantait-il. Alors, ils riaient, se donnaient de grandes tapes dans le dos, se serraient l'un contre l'autre en plaisantant quand il faisait froid, un froid qui descendait des Alpes, prétendaient les instruits du baraquement.

Un soir, après le souper, alors qu'il en avait terminé avec le nettoyage de la cuisine, Oscar Vanhoutte n'avait pas retrouvé Sébastien Faure. C'était en avril et il pleuvait à torrents. Il arpenta en tous sens la baraque, se hasarda même à mettre le nez dehors, courut jusqu'à leurs lieux de rencontre habituels, désemparé.

Son ami était introuvable.

Il ne rentra qu'à l'heure du couvre-feu, trempé, demanda si l'on avait vu Sébastien, n'obtint guère de réponse. La plupart des occupants de cette immense bâtisse de bois le connaissaient à peine, les autres semblaient aussi surpris que lui, quelques-uns se moquèrent.

Il apprit le lendemain, aux cuisines, par le paysan aveyronnais qui lui avait fourni du tabac et des feuilles à cigarettes à son arrivée au camp, que Sébastien Faure avait été rossé la veille par les hommes du commando avec qui il travaillait à l'entretien des routes voisines.

Pourquoi ?

L'autre faisait l'important, le mystérieux, lui répéta

toute la journée qu'il ferait bien de se méfier, lui aussi, car les mêmes ennuis pourraient bien lui arriver. Oscar s'exaspérait, pleura presque, finit par penser aux aumôniers du camp. Ils étaient deux, deux Français. Il en rencontrait parfois un, à la messe où il se rendait, comme beaucoup, pour tromper l'ennui. Il s'était même confessé et avait communié car, pensait-il, on ne sait jamais. Ce prêtre, un rougeaud petit et brun, originaire de Vendée, lui semblait amical depuis qu'il lui avait donné des bonbons et un chapelet. Oscar lui expliqua son isolement, dit qu'il cherchait des nouvelles de son meilleur compagnon de captivité.

Lorsqu'il le revit le lendemain, le prêtre lui demanda d'abord de se confesser. C'était, disait-il, capital. Il avait obtenu des informations mais ne les livrerait qu'à cette condition.

Oscar se soumit. Il raconta, comme la fois précédente, qu'il lui arrivait souvent, le soir, de penser à Gertrud, qu'à la cuisine, dans la journée, il s'emportait parfois — pas trop, de peur des représailles — contre ses chefs qui voulaient que soient prêtes plus vite, toujours plus vite, des pommes de terre toujours plus difficiles à éplucher, molles, à demi pourries, dont même les cochons n'auraient pas voulu, assurait son camarade de corvée, le paysan aveyronnais. Un point sur lequel il ne pouvait se prononcer, ne se souvenant pas d'avoir élevé des cochons. Mais, c'est vrai, chez la dame à qui il servait d'homme à tout faire — c'est ainsi qu'il présentait Gertrud — les pommes de terre avaient une tout autre allure. Comme de beaux fruits.

Le confesseur s'était bientôt impatienté :

— Rien d'autre ?

Non. Oscar ne voyait pas. Il n'avait rien volé, même à la cuisine, histoire de se nourrir mieux, il avait trop peur de ses chefs, qui semblaient avoir des yeux dans le dos, tout voir et tout deviner. Il ne s'était pas non plus masturbé, contrairement à ce que faisaient, lui semblait-il, la plupart des prisonniers, et d'ailleurs il ne savait pas si c'était un vrai péché.

C'était un péché, lui confirma le prêtre. Et parmi les plus gros. Mais il ajouta qu'en raison de la situation particulière des prisonniers Dieu se montrerait peut-être plus indulgent que d'ordinaire. Car il comprenait bien des choses, Dieu.

Ce n'était pas la masturbation qui intéressait, ce soir-là, l'aumônier vendéen. Il insistait :

— Rien d'autre, vraiment rien d'autre ?

Oscar cherchait désespérément, expliqua que, bien sûr, il ne pouvait jurer de quoi que ce soit, en ce qui concernait ses actes anciens, ceux qui avaient précédé sa malheureuse blessure à la tête, comme il l'avait expliqué lors de ses précédentes confessions, mais que depuis, non, il ne voyait rien d'autre. Il avait tout dit.

Le prêtre insista, lui demanda de prêter serment en ajoutant que s'il mentait ainsi de façon solennelle en confession il commettrait un péché mortel — « et vous savez ce que signifie mortel : c'est une mort après la mort, éternelle ».

Oscar prêta le serment demandé.

Le prêtre sembla enfin le croire, lui donna l'absolution, lui révéla enfin ce qu'il savait : de l'hôpital, des malades les avaient repérés, Sébastien Faure et lui, cachés derrière les toilettes et en avaient conclu qu'il se livraient à des activités « innommables ». Et comme Oscar lui demandait lesquelles, croyant avoir deviné mais pas mécontent de mettre son interlocuteur dans l'embarras, celui-ci dut lui avouer qu'on les accusait de « faire entre hommes ce qui se fait d'habitude entre homme et femme ». Cela s'était répété. C'est pourquoi une bande de prisonniers — des Parisiens du commando, insistait le prêtre comme si cela excusait tout — avait tellement battu Sébastien Faure en « le traitant de vilains noms » que les gardiens allemands, de vieux soldats plutôt accommodants, étaient intervenus. Le cloutier forézien était maintenant à l'hôpital, et il était peu probable qu'on le revît. On allait le changer de camp.

Oscar pleura beaucoup, ce soir-là. Puis le lendemain. Presque chaque soir.

Ce fut Oscar qui changea de camp. Un matin, on l'envoya en compagnie de quelques autres à celui de Traunstein, une ville plus éloignée de Gertrud et de Munich, proche de la frontière autrichienne. Ils trouvèrent là des Russes, avec quelques Anglais. Ils étaient les premiers Français, restèrent longtemps inoccupés avant qu'on les forme en commandos, le temps des récoltes approchant.

Leurs gardiens, âgés, leur apprirent que l'offensive allemande à l'Ouest avait échoué quelques semaines plus tôt, que c'étaient maintenant les Français, les Anglais et les Américains qui menaient la danse. Ils répétaient « mauvais la guerre ». Bientôt, les paysans chez qui on les menait commencèrent à annoncer la fin, « Krieg fertig ». L'automne arrivé, ce fut vrai. Depuis des semaines, Oscar Vanhoutte s'interrogeait : si la France gagnait la guerre, il pourrait y rentrer librement, mais pour quoi faire ? Il craignait de se retrouver dans un hôpital, en voulait à ses compatriotes qui avaient démoli Sébastien Faure dont il n'avait plus de nouvelles, rêvait encore à la douceur maternelle de Gertrud.

Désormais, les quelques prisonniers qui restaient à Traunstein pouvaient en sortir et y rentrer presque librement, à condition de présenter un laissez-passer que l'administration du camp délivrait à volonté. Un critique dramatique nommé Kurt Eisner, petit homme blond au regard de myope et à la barbe broussailleuse, avait fondé à Munich une République socialiste bavaroise. A en croire le commandant du camp, qui parlait un peu de français, ce n'était pas tout à fait un révolutionnaire, mais des conseils de soldats, de travailleurs et de paysans s'étaient créés, un peu à l'image des soviets qui existaient en Russie, et les gardiens du camp arboraient des brassards rouges.

Un matin, Oscar Vanhoutte jeta dans sa musette quelques pommes, emplit sa gourde de schnaps, vola un morceau de pain aux cuisines, et prit le chemin de Munich. Il avait décidé d'aller retrouver Gertrud dans sa petite maison aux volets blanc et vert, près du bourg dont le nom se termine en « gau ».

# XVII

Laurent Surmont-Rousset n'avait pas voulu l'entendre, d'abord. Depuis l'armistice, Aline lui répétait qu'il ferait bien de se rendre à Maubeuge, que les Allemands y avaient entassé un bric-à-brac d'objets et de machines volés, qu'il y retrouverait peut-être une partie du matériel de ses usines. Il haussait les épaules quand elle revenait à la charge, maugréait qu'il ne voulait pas se montrer dans ce marché aux puces, ce déballage où ses concurrents gagne-petit accompagnés d'aigrefins se précipitaient à coup sûr, comme les chiffonniers fouillent les dépôts d'ordures. D'autant que les Allemands, quand ils s'étaient mis à démonter les usines, avaient évidemment emporté chez eux le meilleur des machines et des appareillages.

Il se récria quand elle voulut s'y rendre elle-même, le lui interdit.

Ce fut, un soir, l'objet d'une longue et rude discussion :

— J'aurai bientôt vingt-cinq ans, arguait-elle. Je ne suis plus votre petite fille. Vous étiez bien content, pourtant, au début de la guerre, de m'envoyer rassembler des voitures et des chevaux pour emporter la toile bleue à Dunkerque. Mais vous l'avez oublié.

— Ce n'était pas ton travail. Pas plus que ce n'est ton travail de courir à Maubeuge. Mais c'était la guerre. Je venais d'être opéré. On ne pouvait pas faire autrement. Et puis, tu n'étais pas toute seule dans cette opération. Il y avait l'autre...

Il répugnait à nommer Clément Boidin, comme si c'eût été lui reconnaître une dignité usurpée.

Elle revint à la charge, évoqua les soirées passées à l'écoute de la radio, durant des mois et des mois, à sa demande.

Il n'en démordait pas :

— Mais c'était la guerre, je te dis. Maintenant, les femmes doivent reprendre leur place. La tienne est ici.

Puis, presque doucereux :

— C'est ce que tu fais déjà. Depuis le décès de ta pauvre mère, tu es la maîtresse de maison, tu diriges les bonnes, tu t'occupes de l'éducation de tes sœurs...

— Et vous croyez que cela va durer toujours ?

Il la regarda, abasourdi...

— Tu veux dire que... Tu songes à refaire ta vie... ! Tu connais quelqu'un ?

Elle hésita entre sourire et larmes. Les larmes l'emportèrent. A peine. Mais il le vit.

Il s'approcha, un peu gauche, lui passa sur l'épaule son bras valide.

— Je sais bien, ma pauvre petite. Mais c'est ton devoir. Et tu n'es pas la seule. Le journal, l'autre semaine, parlait de sept cent mille veuves. C'était peut-être une estimation exagérée. Quand même, tu fais partie d'une génération sacrifiée. Et tu n'es pas la plus à plaindre : une maison à gouverner ; et puis, tes sœurs, ce sont un peu comme tes enfants.

Elle se dégagea, alla à la fenêtre, fit mine de regarder la rue que nettoyaient des prisonniers allemands, gardés par un territorial débonnaire qui avait posé son long fusil Lebel pour boire un grand demi de bière.

— Céline va avoir dix-sept ans, dit-elle enfin, et Delphine neuf.

— Et alors ?

— Alors, père, dans quelques années, Céline va se marier. Vous l'y pousserez même peut-être...

— Comme je t'ai poussée à épouser Oscar Vanhoutte, c'est ce que tu veux insinuer. Mais ma pauvre petite, c'était pour ton bien. Un gentil garçon et un beau parti. Pense à la maison que vous aviez préparée à Roubaix. Une belle maison. D'ailleurs, il faudra la vendre.

— Non.

— Pourquoi non ? Elle est vide, elle ne sert à rien, elle risque de se dégrader peu à peu, et, avec ces bombardements, il y a beaucoup de gens, même de la bonne classe, qui cherchent à se loger.

— C'est ma maison. Et il s'agit de mon avenir, père. Mon avenir, vous comprenez.

Elle pensa soudain qu'elle lui parlait comme à un enfant obstiné, décida de s'y prendre autrement.

— Nous parlions de Céline.

— Et alors, Céline ?

— Dans trois ans, quatre ans peut-être, elle va se marier. Quelques années après, ce sera Delphine.

— N'exagère pas. Delphine n'a que neuf ans, tu le disais toi-même.

— Le temps passe vite, père.

— Sauf pendant la guerre.

Cet argument l'atteignit. Elle songeait aux interminables jours d'attente, aux espoirs sans cesse reportés.

Elle se retourna vers lui, le dévisagea, observa comme jamais auparavant la profondeur des plis qui s'étaient creusés dans son visage. Un élan de tendresse l'emporta. Après tout, il avait donné sa part à la guerre. Et pourtant, il ne s'avouait pas vaincu, reprenait des ouvriers pour nettoyer les usines, discutait pied à pied avec Clément Boidin qu'il avait bien fallu mêler à la direction des affaires. Celui-ci avait eu la bonne idée d'adhérer dès la fin de décembre 1914 — « en votre nom, Monsieur, répétait-il, en votre nom » — à une Association des sinistrés du Nord, que quelques grands industriels réfugiés, Descamps, Le Blan, Dufour, Delebart, avaient créée à Paris. Puis de s'associer avec les mêmes, ou à peu près, dans une nouvelle société, créée en 1917, pour pratiquer « toutes opérations immobilières concernant des bâtiments à l'usage de l'industrie textile ». Laurent Surmont-

Rousset avait été contraint de l'en féliciter, de ratifier aussi tous les comptes que Boidin lui avait enfin présentés, des comptes qui le dépouillaient quelque peu, il en était persuadé mais comment faire ? En outre, Boidin lui avait fait commander des machines en Angleterre, acheter de gros camions dont l'armée américaine se défaisait et qui apportaient depuis les usines normandes des tissus dont le Nord démuni souffrait grande nécessité. Ce qui avait provoqué chez Laurent Surmont-Rousset, d'abord réticent, un sursaut de confiance, lui avait donné un nouvel élan, l'incitait à faire davantage crédit à son partenaire.

Chez lui, en revanche, il se montrait toujours plus entêté, semblait n'entendre aucun conseil, n'admettre aucune remarque. Aline songeait qu'elle avait peut-être sous-estimé sa mère qui parvenait, sur des détails ménagers certes, à manœuvrer ce bloc de pierre. Elle enviait Boidin de réussir plus aisément à se faire entendre, se consolait en pensant qu'il disposait d'arguments techniques, financiers que Laurent Surmont-Rousset était bien contraint de reconnaître.

Ce soir-là, elle prit prétexte de l'heure du repas pour rompre une conversation qu'elle comptait bien reprendre puisque c'était tout simplement de son propre avenir qu'il s'agissait. Quant à la visite des réserves allemandes de Maubeuge, elle en parlerait à Boidin.

Depuis qu'il était réapparu, partageant son temps entre Paris, Elbeuf, Roanne et Lille, toujours affairé, elle avait souvent songé au mouvement qui l'avait poussée vers lui, à la porte de la ville, quand il emmenait vers Dunkerque le convoi hétéroclite qu'ils avaient constitué ensemble. Elle s'interrogeait toujours sur cet élan. Mais ce n'était plus le même homme. Il avait perdu de sa simplicité un peu rude, s'exprimait avec une recherche un peu affectée. Parisien, il était devenu Parisien, voilà. Avec ce sentiment inexprimé de supériorité des Parisiens qui croient tout savoir. Ainsi lui avait-il posé peu de questions sur sa vie pendant l'invasion, comme si celle-ci n'avait pas existé.

En posait-il à sa mère, qu'il évoquait parfois, une veuve qui habitait le quartier ouvrier de Warzemmes ?

En revanche, devant elle et comme pour capter son attention — la séduire, lui arriva-t-il de penser — il multipliait les discours sur la vie à Paris pendant la guerre, évoquait avec une émotion dont on ne pouvait mesurer la sincérité les détails de la mort d'Apollinaire, emporté par la grippe espagnole et enterré le jour même de l'armistice, se flattait d'avoir été reçu chez le peintre espagnol Pablo Picasso, déjà riche, chef de file d'une nouvelle école qu'on appelait le cubisme et qui, pour peindre, s'installait dans un grand salon de la rue La Boétie d'où l'on pouvait admirer le moutonnement des toits de Paris, hérissés de cheminées rouges, grises et noires.

Boidin se laissa aisément convaincre quand elle lui parla des réserves allemandes de Maubeuge, s'y rendit lui-même à bord de la petite voiture qu'il s'était achetée, une Renault d'avant-guerre mais qui n'avait jamais roulé. Quand il rentra, le soir, Laurent Surmont-Rousset était en train de pester contre les Commissions cantonales constituées par l'administration pour constater et évaluer les dommages de guerre, contre d'autres comités, appelés « techniques », chargés, eux, d'élaborer des barèmes de prix pour les immeubles, un embrouillamini d'organisations où s'entassaient des fonctionnaires détachés de Paris et presque tous incompétents, qui retardaient la Reconstitution — c'était le terme officiel, préféré à Reconstruction — plus qu'ils ne la faisaient progresser.

Laurent Surmont-Rousset tomba de haut en apprenant qu'une partie de son matériel électrique était rangée dans ces fameux dépôts de Maubeuge, soigneusement étiquetée.

Quand Clément Boidin fut sorti, il interrogea Aline :

— Tu le savais ?

— Je pensais qu'il faudrait peut-être essayer, regarder. Je vous l'ai assez répété.

— Cette idée t'était venue comme cela ? Par hasard ?

Elle ne répondit pas.

Elle était certaine qu'il pensait à Hans Schmidt. Et à Blandine. Mais qu'il ne le lui dirait jamais.

Blandine lui avait écrit. Quatre lettres, par l'entremise du curé de la paroisse.

La première, hâtivement griffonnée, sur une carte postale de Strasbourg qui portait encore des indications en allemand et qui se bornait à dire qu'elle était arrivée jusque-là. Aline avait peiné à lire la date, presque effacée : 26 ou 28 novembre ? La seconde de Munich, à la veille de Noël : une lettre parfumée, au ton triomphal. Elle avait de ses nouvelles, il était vivant.

Les deux suivantes donnaient plus de détails, en commençant par l'essentiel : son arrivée, au début de décembre, chez les parents de son amant, qui venaient de recevoir une de ses lettres, mais l'avaient plutôt mal accueillie, elle.

« Tu ne peux pas imaginer, écrivait Blandine, combien ces gens (ce sont de petites gens, mais de braves gens, un couple de retraités) se sentent humiliés. Hans leur avait parlé de moi, bien sûr. Mais je suis Française. Je leur faisais peur. En même temps, ils disaient que la France avait toujours menti à propos de l'Allemagne. Ils me disaient cela quand ils voulaient bien me parler. En effet, au début, ils refusaient de me recevoir. Ils ne m'ont même pas dit tout de suite qu'il était vivant. Je logeais dans une petite auberge et j'allais sonner à la porte de leur jardin tous les jours. Le père venait ouvrir. La mère criait, à l'intérieur de leur petite villa, et, avec ce que je savais d'allemand, je comprenais qu'elle le lui reprochait. Elle m'en voulait, me haïssait sans doute, comme si je lui avais volé son fils. Toutes les mères sont comme cela, peut-être. Moi, en plus, je suis Française, donc ennemie. Petit à petit, pourtant, j'ai tout dit au père, à la porte du jardin, même la naissance du bébé. Cette fois-là, il a pleuré. Je pleurais aussi. Le lendemain, ils m'ont enfin laissée rentrer : peut-être à cause de cela, peut-être parce que Hans, auquel ils avaient écrit, leur avait fait la leçon, je ne sais pas. Mais la mère grimaçait. Ils ne veulent pas que je loge chez eux. Hans les a menacés de venir à l'hôtel avec moi, quand l'armée le libérera. Mais ils n'ont pas cédé. Je ne sais pas ce qu'il fera. Il ne veut pas les brusquer, je pense. Il a peut-être raison. J'ai un peu peur, quand même. Je voudrais aussi que tu me donnes des nouvelles de la petite Aurélie. Hans, qui m'écrit à l'hôtel, m'a presque reproché de l'avoir laissée. Il ne comprend pas comment nous avons perdu sa trace. Dis-moi où tu en es, cela pourrait arranger les choses. »

La quatrième lettre, longue, était plus triomphale. Hans, enfin revenu, et Blandine avaient loué un petit appartement à Munich. La ville était parfois agitée depuis qu'un socialiste avait pris le pouvoir. Mais à en croire Hans, disait Blandine, il s'agissait seulement d'une demi-révolution, guère comparable à ce qu'il avait connu en Russie.

Elle racontait aussi, rapidement, le périple qui l'avait amenée à Munich en suivant à peu près l'ancienne ligne de front, à travers la Champagne et la Meuse, réussissant parfois à se faire transporter par des camions militaires dont les occupants ne parvenaient pas à croire que la guerre était finie, avaient accueilli l'annonce de l'armistice avec autant de stupeur que de joie. Elle était passée par Metz, ayant bizarrement trouvé place dans le train qui amenait de Paris la générale Mangin, accompagnée de toute sa famille, beau-frère et nièce compris, qui désirait assister à l'entrée dans la ville des troupes françaises conduites par son mari. Mais voilà : Mangin, pour faire le fier, avait souhaité chevaucher un cheval fringant d'où il était tombé, et l'on racontait qu'il se trouvait dans le coma. En plus, un avion français qui faisait le malin en rasant les toits s'était écrasé sur une place. Finalement, le défilé avait commencé avec beaucoup de retard. Comme entrée, c'était raté, écrivait Blandine, ajoutant que la foule n'était pas très joyeuse. A son avis, d'ailleurs, la population comptait encore beaucoup d'Allemands.

Elle était passée aussi par Strasbourg, emmenée par un groupe de journalistes — « mais il ne faut pas croire », écrivait-elle — et là, c'était plus réussi, beaucoup plus réussi. Peut-être à cause des « papillons » que les filles portaient sur la tête, bien que les petites Lorraines aient eu sur les épaules, la plupart, de bien jolies écharpes. Mais les gens souriaient, acclamaient davantage les soldats. Et puis, Blandine s'était amusée de voir une grande brasserie déjà baptisée « Restaurant de la Marne ». Partout, on accrochait de nouvelles enseignes. Elle, son problème, c'était de franchir le Rhin. Elle y était parvenue avec l'aide d'un marinier et de son épouse. Mais cela, elle le raconterait une autre fois. Pour le moment, ce qu'elle voulait dire c'est qu'elle avait découvert un pays qui n'avait pas connu la guerre, qu'elle était très heureuse, mais « à moitié très » seulement, puisqu'elle se demandait où était sa fille. Un PS indiquait que, selon Hans, une partie du matériel électrique des usines était entreposée à Maubeuge.

Aline avait lu et relu ces lettres plusieurs fois. Elle parvenait difficilement à imaginer sa sœur sur les routes, comme une aventurière. Mais s'interrogeait toujours sur Aurélie. Serait-elle perdue à jamais ? Par sa faute ?

Le brouhaha et l'odeur la grisaient. Aline écoutait à peine son voisin de gauche, un riche propriétaire avait-elle compris, qui lui expliquait comment, pour réussir un bon cognac, on chauffait le vin une première fois, ce qui produisait le « brouillis », un alcool titrant près de 30°, que l'on allait passer à nouveau dans la chaudière et distiller. « Alors, s'enthousiasmait-il, on a un “cœur” de 70°

qui va vieillir dans des barriques. Et elles comptent, les barriques ! »

Elle n'entendait pas plus son voisin de gauche, un négociant anglais, un grand brun à l'accent plutôt germanique, qui tentait de lui conter comment son grand-père avait failli être ruiné, au siècle précédent, par la crise du phylloxéra, dont les fabricants de cognac ne s'étaient tirés qu'en implantant un raisin d'origine italienne, dont elle ne comprit pas le nom.

La grande salle à manger, mais aussi les salons et les dépendances, bruissaient de mille conversations. Le mariage d'Isabelle Lafeuille avec Lucien Rousset était, dans la région, la première fête de l'après-guerre. Son père avait invité, à des kilomètres à la ronde, concurrents et fournisseurs, tonneliers et vignerons, le cousinage et le voisinage, les clients de Londres et de Paris. Des tables recouvertes de nappes ajourées, des planches posées sur des tréteaux et dissimulées par des draps blancs étaient serrées partout, jusque dans les dortoirs des saisonniers. On riait beaucoup, on pleurait parfois en évoquant le sort d'un mort à la guerre, on complimentait les mutilés de s'en être tirés à bon compte, on chantait. On avait commencé par le pineau, poursuivi au bordeaux, avant d'arriver aux très attendus cognacs — « pas un n'a moins de quarante ans d'âge », avait annoncé Monsieur Lafeuille — dont le parfum épicé se mêlait aux premières odeurs d'un printemps aux douceurs prometteuses.

Alléguant son deuil, le démarrage de la filature et celui — proche — du tissage, Laurent Surmont-Rousset n'avait pas voulu quitter Lille. Depuis son amputation, il se montrait le moins possible, comme s'il se sentait humilié, ne sortait de sa maison ou de son appartement que pour ses affaires, avait souhaité — en vain — que les obsèques de son épouse se déroulent dans la plus stricte intimité et commençait à faire courir le bruit que sa fille Blandine, partie, aussitôt Lille libéré, soigner sur la Côte d'Azur des poumons en piteux état, allait de plus en plus mal. Alors, un mariage en grand tralala dans ces Charentes inconnues...

Aline et Céline, chargées de représenter la famille, avaient au contraire sauté sur l'occasion, fait halte près d'une semaine à Paris, Céline éblouie, Aline troublée par le spectacle de la rue et le luxe clinquant des salons de thé, d'abord envahie par le sentiment de montrer une silhouette de l'autre siècle, de porter des vêtements plus anciens encore. Ensuite, libérée soudain, elle s'était mise à courir les magasins pour trouver des corsets qui ne soient plus des carcans, des robes de jersey qui ne traînent plus à terre, des chapeaux qu'on ne soit plus obligée de maintenir par d'immenses épingles d'acier.

« La guerre avait tout changé », expliquait comme dans une rengaine Clément Boidin. De passage à Paris ces jours-là, comme par hasard, il s'était fait leur cicérone et les avait emmenées dans un nouveau restaurant très en vogue à Montparnasse, créé l'année précédente par des réfugiés russes, « Dominique ». La guerre et aussi, disait-il, une certaine Coco Chanel, une couturière en vogue, presque révolutionnaire, sortie de couvents d'orphelines pour prendre rang de demi-mondaine et monter d'un cran de plus en tombant dans les bras d'un jeune Balsan — « Vous savez bien, les Balsan, les fabricants de drap, le drap utilisé pour les pantalons garance de nos soldats en 1914 ! Ce qui a fait leurs affaires aux Balsan, celles des fossoyeurs aussi. » Là-dessus, un petit rire qu'Aline n'avait pas aimé d'abord. Mais quoi ? Cette folie des uniformes rouge vif, qu'il avait bien vite fallu dissimuler par des toiles bleues, avait fini par rapporter beaucoup à son père. Et à ce Boidin par la suite.

Tandis qu'il appelait les garçons, adressait des petits signes complices à des clients qui s'attablaient, comme s'il connaissait tout Paris, elle admirait son aisance. Elle le questionna, comme elle l'avait fait cinq ans plus tôt — cinq ans déjà ! — sur les peintres, apprit que, les difficultés de la guerre aidant, il avait pu se constituer une jolie collection de Modigliani, Vlaminck, Soutine. Des noms qu'elle connaissait peu. Mais, habile, il avait fait mine de s'adresser surtout à Céline pour lui expliquer les évolutions de la peinture. Aline lui en avait su gré. Et gardé un bon souvenir de ce passage à Paris.

Son voisin de table au mariage, lui, le négociant anglais en cognacs, s'intéressait plutôt à Georges Carpentier, le boxeur champion des poids mi-lourds. Il disait avoir assisté à Londres, parmi quatre mille spectateurs en tenue de soirée, au match de soixante-quatre secondes — « no more, pas plus » — qui avait permis au Français de mettre à terre son rival britannique d'un seul crochet du droit à la pointe du menton. Elle s'en souciait peu, éprouvait pourtant une vague fierté à l'idée que le champion était presque son compatriote, issu d'une famille de mineurs de la région de Lens. Mais l'accent chantant de l'Anglais l'amusait, l'odeur de tabac blond mêlée aux vapeurs de cognac qu'il répandait en lui parlant la séduisait. Elle se laissa inviter quand on commença à danser sur un parquet dressé dans la cour du domaine.

L'orchestre venu d'Angoulême avait commencé par un fox-trot, très en faveur depuis le débarquement des troupes américaines. Elle se jugea un peu maladroite, préféra le tango qui suivit. L'Anglais comprit vite qu'elle ne pouvait le suivre dans les figures compliquées où le cavalier courbait sa danseuse vers le sol, la serra davantage contre lui. Elle prit plaisir à sentir ses seins s'écraser contre la poitrine de l'homme.

Céline avait couru la campagne, en compagnie d'une jeune Eugénie, fille d'un châtelain voisin, demoiselle d'honneur comme elle, qui n'avait guère plus apprécié qu'elle la compagnie de leurs voisins de table, des garçons tout juste sortis des lycées, qui n'en revenaient pas de se trouver dispensés de tranchées et, pour montrer autrement leur virilité, s'étaient lancés dans des concours de dégustation dont les effets devenaient trop évidents.

Eugénie, qui portait ce prénom, assurait-elle, en souvenir de l'épouse de Napoléon III, très apprécié naguère dans ces régions, lui avait fait découvrir les borderies voisines, des maisons exiguës aux toits de tuiles creuses, avant de l'amener vers le petit château de ses parents, un bâtiment cossu aux toitures noircies par les champignons que faisaient naître les vapeurs d'alcool. Des vapeurs, expliquait-elle, issues du chauffage des vins puis des eaux-de-vie et que l'on appelait joliment « la part des anges ».

Céline, en vérité, s'intéressait aussi peu à la fabrication des cognacs qu'à l'architecture régionale, bien qu'elle eût apprécié la douceur des collines piquetées de bosquets et se fût amusée de l'alignement des ceps, rangés comme des militaires à la parade.

La paix qui régnait là, le bonheur de vivre qu'elle croyait deviner à chaque détour de chemin, avait provoqué chez elle une légère mélancolie. Elle découvrait soudain qu'elle avait été privée de jeunesse, mais ne s'imaginait guère vivant dans cette nonchalante campagne. Le bruit, le désordre, la hâte de la ville lui manquaient.

Tandis que sa nouvelle amie la menait de pièce en pièce, tentant de lui faire admirer ici un tableau, là les toutes premières bouteilles de cognac — assez récentes, assurait-elle car on avait craint que la liqueur, après avoir mûri dans les barriques, y perde sa saveur —, elle s'interrogeait sur les raisons qui avaient poussé son oncle à s'installer là. Car il s'y disait résolu. La mer ne lui manquerait donc pas ?

Eugénie lui avait certes expliqué que l'on n'en était pas si loin, que Cognac, port fluvial, avait eu une forte activité. Mais cette mer, quoique baptisée océan, lui semblait aussi paisible que la campagne voisine.

Elle avait tenté, depuis son arrivée, d'interroger Lucien Rousset mais n'avait obtenu de lui, trop affairé aux préparatifs de la fête, que des réponses en forme de plaisanterie. Elle pensait qu'il avait oublié la mer — la guerre peut-être — et se sentait trahie du même coup. Au cours du repas, elle lui avait fait passer son menu où elle avait dessiné un espadon, n'avait obtenu en guise de réponse qu'un bref sourire. Qui l'avait plutôt blessée. Et contribué à son désir de courir la campagne avec Eugénie.

Elle voulut pourtant rentrer, regagner le manoir des Lafeuille. Il fallait, prétexta-t-elle, assister au départ des nouveaux époux pour une destination dont on faisait grand mystère.

Elles se hâtèrent, arrivèrent juste à temps pour voir Isabelle et Lucien se hisser dans la nouvelle Citroën — une « Rosalie » — qui les mènerait à Bordeaux où ils embarqueraient, annonçait-on, pour l'Amérique. Traverseraient donc l'Océan. Ce qui rassura Céline.

Les mariés envolés, la fête reprit. Les compagnons de table d'Eugénie et Céline n'étaient plus en état de danser. Elles se résignèrent à faire tapisserie au bord de la piste, admirant l'orchestre où un grand Noir, un Américain peut-être, tirait des sons troublants d'un long instrument de cuivre qu'elles ne connaissaient guère, un saxophone.

Aline dansait toujours avec le grand Anglais, son voisin de table, qui la serrait, jugea Céline, plus que de raison.

— Vous savez que ma sœur est veuve de guerre, dit-elle à sa compagne. Eh bien je suis sûre qu'elle va se remarier bientôt. Je ne sais pas avec qui. Mais je suis sûre qu'elle voudrait avoir un enfant.

Ensuite, elle s'étonna d'avoir dit cela. Surtout de l'avoir pensé.

# XVIII

— Il faut comprendre, disait l'homme au chapeau. Les fabricants non plus ne s'amusent pas. C'est dur. Ils n'ont pas été indemnisés encore. Ils ont pourtant dû reconstituer les usines pour donner du travail à tout le monde. L'ouvrier n'est pas raisonnable. Il devrait admettre que tout cela coûte cher. Mais, un jour, ce sont les mineurs qui se mettent en grève, une autre fois les cheminots. Le gouvernement a accordé la loi de 8 heures que les syndicats réclamaient depuis longtemps. Et qu'ont-ils fait le 1er mai ? Des manifestations, des bagarres, des émeutes. Pas tellement pour les salaires, hein ? Pour la nationalisation des chemins de fer, et des choses comme ça.

Julia Bondues comptait, silencieuse, les pantalons qu'il venait de lui apporter afin qu'elle en assure la finition. Avec une mauvaise nouvelle : les finisseuses ne seraient plus payées un franc les vingt pantalons, mais 90 centimes seulement.

Elle s'essuya les yeux.

— C'est la concurrence, reprenait le commissionnaire venu de Lille. D'autres confectionneurs ont développé leurs affaires depuis 1914, à Paris et ailleurs. Maintenant, ils proposent leurs vêtements aux commerçants d'ici, à bas prix. Alors nos fabricants à nous sont obligés de résister.

Elle redressa la tête, fit front.

— Vous vous rendez compte, Monsieur. Une rabatteuse comme moi fait l'ourlet du bas, les boutonnières, les points d'arrêt aux poches, elle fixe la doublure du fond, coud les boutons : douze boutons. Sans compter que je dois fournir le fil. Ça en fait des heures, chaque jour, chaque soir. Et tous les prix montent, tout le monde le sait, même celui du pain.

— On dit toujours ça. Les gens exagèrent.

Elle n'osa pas lui confier qu'un voisin, un mineur socialiste, lui avait montré un journal selon lequel l'indice des prix était en hausse depuis deux ans, et celui des salaires en baisse, en dépit de toutes les promesses qu'on avait faites aux poilus.

Elle était au bord des larmes.

— J'ai perdu mon mari à la guerre. Mort pour la France. Et la France, qu'est-ce qu'elle donne à mes enfants ?

— Il y a eu la loi sur les pensions.

— Oui, mais ça vient au compte-gouttes. Des papiers à n'en plus finir. Ils en avaient moins besoin pour envoyer mon François se faire tuer. Et j'ai trois bouches à nourrir. Douze francs de loyer à payer. Ça me faisait plus de deux cents pantalons déjà. Maintenant...

Elle renonça à compter.

Il semblait touché.

— Je sais bien, dit-il, je sais bien. Beaucoup de femmes sont dans votre cas. La misère est grande. Figurez-vous que l'on reçoit des demandes tous les jours. Des femmes qui seraient prêtes à faire le travail pour 80 centimes seulement, même 75. Bien contentes encore.

Elle crut à une menace.

— Mais le peuple ne pourra pas supporter cela longtemps. Ça va tourner mal.

Il haussa les épaules.

— Ça ne durera peut-être pas toujours. Un mauvais moment à passer. Les choses vont s'arranger. Les usines repartent. La semaine passée, j'étais chez Fleurant, un lundi matin. Vous connaissez Fleurant, le tissage de Roubaix ? Tous les ouvriers étaient là, qui attendaient, chacun à son poste, devant les métiers. Les machines à vapeur étaient sous pression. Alors, quand Monsieur Fleurant les a remises en marche, quand les arbres se sont mis à tourner et les courroies à courir, quand les navettes ont commencé à circuler entre les fils de chaîne, tout le monde avait le sourire, je vous assure. Il n'y avait personne pour appeler à la grève. Si quelqu'un avait osé, ils lui seraient tous tombés dessus.

Il s'exaltait. Elle craignit qu'il la juge acquise aux idées des socialistes, ou des révolutionnaires russes, et qu'il ne lui donne plus de travail. Ou moins. Elle souffrait pourtant du sentiment d'une profonde injustice. La veille encore son voisin, le mineur, lui avait assuré qu'un fabricant de toile d'avion, un certain Boussac, avait reçu du gouvernement, depuis 1914, 17 milliards de subventions. Elle avait sursauté en entendant ce chiffre. Un milliard, comment imaginer ? Elle se pencha vers les pantalons, fit mine de les compter, pour cacher qu'elle pleurait.

— Alors, dit l'homme au chapeau, c'est d'accord ?

Elle ne répondit pas, se borna à hausser les épaules. Il hésitait, avant d'ouvrir la porte, la main sur la poignée.

— Bon courage, dit-il enfin.

Puis il s'approcha, souffla :

— Vous savez, on est du même bord. Tous dans le même sac, je veux dire. Moi aussi, j'ai perdu.

Elle pleurait.

Il sortit.

Le lendemain, elle se rendit au presbytère.

Elle avait songé, dans la nuit, que si elle retrouvait les parents de la petite Aurélie, la vie quotidienne serait moins difficile. Elle pourrait acheter, chaque samedi, un plus petit morceau de bœuf, chaque mercredi trois tranches de jambon au lieu de quatre. Et ainsi de suite.

Laisser l'enfant serait un déchirement. Mais, d'un autre côté, celle-ci avait sans doute, quelque part, une mère, un père, toute une famille, des gens qui seraient heureux de la retrouver, qui souffraient certainement de l'avoir perdue.

Julia fut reçue par le nouveau curé, un homme au visage souriant derrière de petites lunettes. Il lui fit des compliments sur les jumelles, Juliette et Françoise, qui venaient d'entrer au petit catéchisme et se révélaient sérieuses et appliquées. Elle lui expliqua qu'elle recherchait les cousins de l'abbé Vanparys, ceux qui étaient venus chercher ses papiers et ses affaires après sa mort, prétexta qu'ils avaient sans doute emporté un très vieux livre de messe, appartenant à sa grand-mère, qu'elle lui avait confié un jour parce que l'abbé Vanparys se montrait curieux des vieilles choses, un souvenir familial auquel elle était attachée.

Le prêtre parut à peine surpris. Mais refusa de lui donner leur adresse : « Ce serait indiscret, comprenez-vous. Ce couple est de la région d'Armentières, mais je ne me sens pas le droit de... Écrivez-leur et confiez-moi votre lettre. Je la leur transmettrai. Je vous le promets. »

Le soir même, elle leur écrivit. S'y reprit à trois fois avant de juger sa lettre à peu près satisfaisante. Elle ne voulait pas apparaître comme une quémandeuse, une menteuse ou une intrigante. C'était cette idée, surtout, qui la tourmentait : on allait la prendre pour une intrigante, la croire malhonnête peut-être. Car cette histoire, si on l'entendait, si on la lisait maintenant, après trois ans, pouvait paraître folle. Les cousins de l'abbé Vanparys se demanderaient pourquoi le grand monsieur qui l'accompagnait quand il lui avait confié le bébé ne s'était pas manifesté depuis la fin de la guerre. Ils s'étonneraient, comme elle, que personne ne cherche à retrouver la petite fille. Comme si on avait voulu l'abandonner. Pourtant, au début, quelqu'un avait payé sa pension, et bien payé, régulièrement.

Elle garda une semaine la lettre cachée derrière le petit

miroir fixé au-dessus de la cheminée, avant de se décider à la porter au curé.

Il lui promit de la transmettre aussitôt. Elle le crut d'autant plus qu'il lui fit payer le prix du timbre.

Les semaines passèrent. Elle ne reçut pas de réponse. Outre l'argent des pantalons et sa pension de veuve de guerre, les quelques francs touchés pour les jumelles déclarées « pupilles de la Nation », elle gagnait quelques sous en gardant, dans la journée, le bébé d'une employée de la poste.

Elle s'était tellement attachée à la petite Aurélie qu'elle ne souffrit pas vraiment du silence des cousins Vanparys. Elle avait fait son devoir, n'imaginait plus d'autre issue. Restait la question des papiers. Au temps des Allemands, qui aimaient tant recenser, se méfiaient de tout et de tous, l'abbé Vanparys lui avait fait fabriquer un faux acte de naissance, dans un village des Ardennes. Elle pourrait toujours l'utiliser.

Il ne la croyait pas : Aline en était certaine. Mais elle s'y était résignée dès qu'elle eut décidé de revoir Lucien Roselaere.

Le petit brasseur enrichi par ses trafics venait de réussir un joli coup, dont s'esbaudissait et se scandalisait tout le Lille des affaires, en rachetant à bas prix l'affaire d'un de ses concurrents, mort sur le front d'Orient, une malterie et une usine presque neuves, respectées par les Allemands qui les utilisaient, dont la veuve s'était hâtée de se débarrasser, pressée de rejoindre à Londres un officier anglais qu'elle avait hébergé à l'automne 1918 et souvent revu depuis.

Du coup, Roselaere avait modernisé son bureau, enlevé sa collection de vieilles affiches, fait venir de Paris un mobilier nouveau dont il s'était empressé de détailler les qualités, voire les prix, à sa visiteuse. Qui n'avait fait mine de s'y intéresser que pour le mettre en confiance, tenter de le désarmer en somme.

Mais elle était persuadée d'avoir échoué. Il ne croyait pas à l'histoire de cette amie dont elle ne pouvait révéler le nom, soulignait-elle, qui aurait confié à Dautriche — enfin, à Berton, puisque c'était son vrai nom — un enfant, né de père inconnu pendant l'invasion.

Elle, Aline, qui n'en savait pas plus, avait servi seulement d'intermédiaire : « C'était comme pour les renseignements, on ne posait pas trop de questions. Moi, j'avais confiance en Monsieur Dautriche. Je lui avais parlé de cette affaire un jour, en respectant l'anonymat. Il m'avait dit qu'il chercherait quelqu'un qui pourrait garder le bébé. Maintenant, mon amie voudrait bien le retrouver. Tout le monde peut le comprendre : c'est son enfant. Et la situation a évolué. »

Roselaere hocha la tête. Avec, sous la moustache abondante, un sourire chargé d'ironie. En plissant les paupières aux bords violets, comme soulignées d'encre. Ce qu'elle n'avait pas remarqué la fois précédente. L'alcool peut-être, la bière.

— Vous ne m'aviez pas dit cela quand vous étiez venue m'interroger. Mais je comprends, hein ? Je comprends bien. Ce sont des histoires délicates. On n'aime pas trop parler d'affaires de ce genre, dans les familles. On voudrait...

Elle le coupa, sèche, presque cinglante :

— Je ne suis qu'une intermédiaire, voilà ce qu'il faut comprendre. Je ne puis dire que ce que l'on me permet de dire. Ce n'est pas de ma famille qu'il s'agit.

Roselaere souriait toujours.

— C'est bien ce que j'avais entendu, Madame Vanhoutte. Vous êtes comme moi : on ne connaît jamais que la moitié des choses. Même en temps de paix, on ne voit jamais le devant et le derrière en même temps. Et pendant la guerre, hein ? C'était pire. Vous vous rappelez ? On aurait bien voulu tout savoir sur les boches, ce qu'ils préparaient, ce qu'ils avaient en tête...

Il tira un tiroir de son bureau tout neuf, qui grinça un peu, en sortit un dossier.

— A propos, j'ai commencé à rassembler des anciens des pyramides, celle de Berton et la mienne, et une autre encore qui était dirigée par un ingénieur des mines. Petit à petit, les gens se font connaître. Il y en a, c'est seulement pour avoir des médailles, ou des diplômes, ou des pensions...

Il tapotait sur le dossier, d'une grosse main aux doigts presque violets. Comme les paupières.

Elle pensa qu'il y avait dans ces papiers, peut-être, le nom de quelqu'un qui aurait recueilli la petite Aurélie ou qui permettrait de la retrouver.

— Je vais bientôt pouvoir constituer cette association dont je vous avais parlé, je crois. Vous viendrez avec nous, Madame Vanhoutte ? Ce que vous avez fait, c'était très bien. Et puis, j'ai appris pour votre père : le petit journal anti-boche. On se demandait toujours qui menait cela... Il devrait être décoré, Monsieur Surmont-Rousset. Vous aussi. Même si c'est plus difficile pour les femmes.

D'évidence, il se plaisait à la faire lanterner. Elle dégrafa, machinale, le premier bouton de son corsage. Il se redressa, intrigué, la regarda autrement. Troublé.

Elle tenta d'en profiter :

— Vous avez retrouvé des membres de la pyramide Berton ?

Elle crut deviner du dépit, ou de la colère, dans ses yeux. Mais il retrouva aussitôt son sourire amusé, ouvrit enfin le dossier, fit mine de lire un papier, un autre encore.

— Pas beaucoup, dit-il enfin. Normal, n'est-ce pas ? Puisque ce pauvre Dautriche, comme vous disiez — je me demande toujours pourquoi il avait pris ce nom — puisqu'il est mort, la filière est cassée. Normal, hein ?

Il remua encore quelques papiers. Mais il lui jetait de rapides coups d'œil, s'interrogeait à coup sûr, eût voulu remporter ce petit duel. Elle pensait que si elle défaisait un autre bouton, elle l'aurait sans doute à sa portée. Mais impossible. Un Roselaere. Une Surmont-Rousset.

— Alors ? lâcha-t-elle.

— Alors, quoi ?

Il ne souriait plus.

— Vous pourriez me donner ces noms, ces renseignements ? Cela rendrait un grand service à mon amie. Vous ne pouvez pas savoir comme elle est malheureuse.

Il se leva, regarda longtemps son bureau de bois exotique comme s'il l'admirait, imbu de sa nouvelle richesse, redressa enfin la tête. Avec un nouveau sourire, d'une douceur qui la surprit.

— Si, dit-il enfin, je comprends. Ma femme et moi nous avions perdu une petite fille en 1908, le 6 février 1908. La maladie. Les médecins n'ont jamais bien su ce qu'elle avait.

Il contournait son bureau, allait s'approcher. Elle se leva. Il s'arrêta.

— Ces noms, bien sûr, je vous les donnerai. Il faut s'aider, s'entr'aider. Après ce que nous avons subi...

Elle crut deviner des larmes dans ses yeux, pensa soudain qu'il devait être redoutable en affaires, capable de jouer tant de jeux, pour passer si rapidement d'un rôle à l'autre.

— Adeline, dit-il. Elle s'appelait Adeline. Adeline, Aline. Presque comme vous. Elle aurait presque votre âge.

Il ressemblait à présent à un adolescent embarrassé. Un adolescent un peu obèse quand même. Ce qui la fit sourire. Un sourire qui le trompa. Il tendit le bras. Elle recula, d'un pas.

Il avait maintenant contourné le bureau. Il respirait fort. Des relents de bière.

— Nous pourrions, dit-il...

Elle était passée de l'autre côté du bureau, rapide. S'empara du dossier.

Il parut stupéfait.

— Vous n'avez pas le droit !
— Vous me l'avez promis.
Il fit un pas, encore.
— Si vous étiez...
— Si vous me touchez, j'appelle.
— Essayez. Il y a le gardien. Mon employé aux écritures aussi, juste là à côté.
— Et qu'est-ce qu'ils feront si j'appelle ? Ils seront bien obligés...
— Rien. Ils ne diront rien. Ils m'obéissent. C'est tout.
La porte était à cinq pas, six peut-être. Mais il pouvait lui couper le chemin.
— Entendons-nous, dit-elle. Je ne suis pas venue vous voler quoi que ce soit. Seulement vous demander des noms. Pour chercher l'enfant de mon amie.
Il retrouva son sourire amusé. Ses yeux étaient secs, à présent. La moustache tremblait un peu.
— Votre amie ?
— Mon amie.
— Rendez-moi le dossier. Vous ne trouveriez pas toute seule ceux qui ont pu être en contact avec Berton. Vous perdriez du temps.
Elle lui tendit le dossier, au-dessus du bureau. Il l'ouvrit, chercha. Elle glissa, doucement, vers la porte. Il la regarda.
— Vous n'avez rien à craindre, Madame Vanhoutte.
Elle se permit un léger sourire. Biaisa.
— Je n'ai pas craint. Je connais votre réputation. Et aussi ce que vous avez fait pendant la guerre. C'était bien. Un vrai patriote. Vous devriez être décoré.
— Comme votre père. Et vous.
Elle eut le sentiment, bref, d'une complicité.
Il tendit trois feuilles. Elle se pencha pour les saisir. Il n'en profita pas.
— Méfiez-vous en sortant, dit-il. Ce printemps est encore frais.
Elle n'allait pas refermer son corsage devant lui. Elle ne lui permettrait pas de penser que...

— Depuis l'invasion, dit-elle, nous avons pris l'habitude du froid.

Il se détourna, comme pour contempler un classeur de bois clair, qui complétait le nouveau mobilier de son bureau.

— Vous êtes solide, murmura-t-il. Forte. Je ne sais pas comment elle aurait été, Adeline.

— Quel âge avait-elle ?

Il lui fit face de nouveau.

— Vous voulez dire... quand nous l'avons perdue ? Neuf ans, elle avait neuf ans. Rousse, toute frisée. Comme une flamme. Vous n'auriez pas cru. Elle ne nous ressemblait pas, ni à ma femme, ni à moi. Élise, ma femme, ne s'en est jamais remise. Elle est partie trois ans après, vous l'avez peut-être su. Poitrinaire. Heureusement, j'avais les affaires, pour m'occuper.

Elle pensait aux multiples aventures qu'on lui prêtait. Avec des employées. La femme de son comptable surtout.

— J'aurais pu refaire ma vie, reprit-il, s'il n'y avait pas eu la guerre. Quelquefois, je me dis qu'il n'est pas trop tard. Parce que, sinon, pour qui je fais tout ça ?

Il levait les bras, les étendait comme pour mesurer son domaine. Il semblait parler pour lui-même. Elle pensa pourtant que la conversation prenait à nouveau un tour gênant.

— Merci, dit-elle. Merci pour les papiers. Je vous les ferai reporter rapidement, soyez-en certain.

Elle glissa vers la porte. Il la précéda, l'ouvrit toute grande, un brin cérémonieux.

— Au revoir, Madame Vanhoutte.

L'employé aux écritures, dans la pièce voisine, ne redressa pas la tête.

— Merci encore, dit-elle.

Elle hésita à lui tendre la main à baiser, comme elle le faisait depuis quelques semaines avec Boidin, y renonça.

— J'allais oublier, dit-il, alors qu'elle atteignait la

grand-porte. J'allais oublier de vous demander des nouvelles de votre sœur, celle qui est partie dans le Midi.

Elle sursauta. A peine.

— Vous connaissez cette maladie, lâcha-t-elle : les poumons, ça ne se guérit pas en un jour. Elle n'est pas très bien. Pas très bien.

Elle se demanda ce qu'il savait. Ou ce qu'il soupçonnait.

Il lui avait donné trois noms, et trois adresses. Dans la région de La Bassée, et dans celle d'Armentières. Elle y courut, inventant des prétextes pour répondre aux questions de son père : des bonnes œuvres auxquelles elle avait décidé de se consacrer pour venir en aide aux veuves, aux sinistrés, aux orphelins.

Elle rencontra d'abord un facteur âgé, qui flottait dans sa vareuse bleue à boutons dorés. Dautriche ? Ce nom ne lui disait rien. Pas plus que Berton. Elle comprit qu'elle aurait dû commencer par lui parler de Roselaere, de la pyramide, des renseignements, lui fit une description rapide de l'agent de liaison. Il sourit quand elle compara la démarche de celui-ci à celle d'un prêtre en soutane : « Ch'est bien trouvé, il étot comme cha. » Mais le facteur n'en avait plus jamais eu de nouvelles. Et il parut époustouflé quand elle évoqua un bébé que Dautriche aurait amené dans le village.

Un paysan qu'elle rencontra ensuite n'en savait guère plus. Pour lui, comme pour elle, le sommet de la pyramide avait disparu en 1917. Définitivement.

La troisième adresse était celle d'une institutrice qui venait de prendre sa retraite et ne s'en consolait pas. Comme si elle avait perdu toute raison de vivre. « On aurait pu croire que c'était fastidieux, Madame, de faire faire des bâtons aux tout-petits, pour leur apprendre à écrire. Je les traçais au tableau, tous parallèles, penchés mais parallèles : comme des arbres poussés par le vent, je leur disais. Puis quand je regardais leurs ardoises, je voyais un peu n'importe quoi. Dans tous les sens. Ils finissaient quand même par y arriver, à peu près. J'étais si heureuse, alors. J'en ai eu beaucoup, des garçons de mes classes, qui sont morts à la guerre, ensuite. Le premier mort, c'était juste au début, à la bataille de la Marne, quand le général Joffre a bousculé les Allemands. Celui-là — le premier mort je veux dire — c'était un garçon d'une intelligence ! J'avais pleuré quand il a échoué au certificat. Pour un problème d'arithmétique où il fallait calculer la superficie d'un trapèze, son rendement en blé quand le paysan ne l'amendait pas avec de la marne — tiens : la marne, comme la Marne — et son rendement s'il l'amendait, en sachant que le marnage coûtait 50 centimes par are. Je m'en souviens par cœur de ce problème, comme si c'était aujourd'hui ! »

Aline aurait volontiers écouté longtemps ces souvenirs, qui en éveillaient d'autres, voyait revivre soudain cette retraitée, jeune encore, était poussée vers elle par un élan de sympathie. Mais Dautriche, mais Berton, mais l'enfant ? Elle fut, là, saisie d'espoir. Oui, Dautriche, que la dame appelait Bertheloot, l'avait questionnée à ce propos, lui avait demandé si elle connaissait une femme qui pouvait servir de nourrice, en allaitant elle-même, ou en achetant du lait de vache. Elle avait même pensé qu'il avait eu un enfant dans des conditions bizarres : « Je n'ai quand même pas osé le lui demander. » Elle s'était mise en quête d'une famille, en avait presque déniché une quand Dautriche, à son passage suivant, lui avait dit de ne plus s'inquiéter : il avait trouvé quelqu'un de très bien ; le problème était résolu.

Aline, en repartant, déçue, presque désespérée, s'était jurée de revenir, avait promis de revoir l'institutrice, comme si elle s'était découvert une amie. S'était dit ensuite, sur le chemin de Lille, que l'on prenait souvent de telles résolutions et qu'on ne les tenait jamais. A tort.

Elle tentait aussi de se réconforter en regardant le bleu d'un ciel de printemps aux nuages pommelés, le vert des blés qui grandissaient, les villages animés, les groupes d'ouvriers de toutes races, des Arabes, des Portugais, des Russes — il y avait même, ailleurs, des Chinois et des Tchèques, des Polonais — qui s'affairaient à refaire les routes et les trottoirs. Des cheminées d'usine laissaient échapper de grosses volutes de fumées grises ou noires. Des camions brinquebalants, chargés de matériel et de nourriture, croisaient sa voiture. Elle fut arrêtée, à deux passages à niveau, par de longs trains chargés de voyageurs, de bidons, d'éléments de bois venus de Hollande et qui servaient à construire des baraquements.

La région reprenait vie. Aline en était soulagée, fière. Puis elle se prenait à penser qu'il se trouvait là, peut-être, dans un de ces villages, une petite Aurélie. Qui entrerait dans quelque temps à l'école pour apprendre à tracer des bâtons. Penchés comme des arbres poussés par le vent.

# XIX

Elle retourna chez Roselaere.

Elle voulait simplement, dit-elle, rendre les papiers qu'elle lui avait presque arrachés, obtenir aussi de nouvelles informations, s'il en avait recueillies.

Elle devait pourtant s'avouer que c'étaient simples prétextes, avait tergiversé, s'était interrogée jusqu'à la porte de la brasserie sur ses véritables raisons. Avant de s'avouer qu'elle n'en avait guère, de se moquer d'elle-même et de ses tourments : après tout, elle était majeure et libre. « Femme sans raison ne manque en aucune saison », disait naguère la grande Augusta aux petites bonnes qu'elle asticotait. Et alors ? On pouvait adresser un pied de nez à la raison, non ? Fallait-il, toujours, rester dans les mêmes rails, comme les nouveaux modèles de tramways qui commençaient à circuler dans les rues de Lille ? Fallait-il expliquer tous ses gestes ?

Roselaere, lui, fit mine de juger normale cette visite, la remercia comme il convenait, confirma qu'il n'avait pas reçu de nouveaux noms, d'autres précisions.

Suivit un silence qui semblait interminable. Il la regardait, comme s'il s'attardait à admirer la robe de mousseline, très mode nouvelle, légère, un peu décolletée, qu'elle avait choisie pour résister aux chaleurs de l'été. Elle songea qu'il la déshabillait à nouveau, la désirait peut-être. Elle était flattée, caressée par ce regard. Heureuse.

— Votre amie doit être déçue, dit-il enfin. Quand on cherche son enfant…

— Mon… ?

Elle se reprit, comme si elle sortait d'une rêverie.

— Bien sûr, dit-elle. Moi aussi. Mettez-vous à sa place. Je veux dire…

Il eut un sourire. Qui ne se voulait pas ironique comme l'autre fois. Dans lequel elle crut lire de la complicité. Qu'elle ne pouvait, à l'instant, supporter. Elle se raidit, prête à partir.

Il l'observait, les yeux mi-clos à présent. Impénétrable.

— Écoutez-moi, Madame Vanhoutte, dit-il enfin dans un murmure. Je vous parle en ami, croyez-le. Pour moi, il n'y a plus d'avenir. Je peux avoir des femmes, des filles, comme je veux. Mais pas une femme. Une vraie femme, vous comprenez. Trop tard. Tandis que vous, Madame Vanhoutte, vous avez besoin d'un homme. N'attendez pas.

Elle se dressa. Le toisa. De quel droit ?…

Il contournait le bureau, comme la fois précédente. S'approchait. Toujours ces relents de bière. Une odeur de sueur, en plus. Elle ne bougeait pas. Paralysée.

— Là, si je voulais, dit-il, à nouveau moqueur. Qu'est-ce que vous feriez ?

Elle se sentit rougir, soudain. S'avoua en un éclair qu'elle ne savait pas.

Il posa la main sur son épaule. La première main d'homme depuis tant d'années. Elle sentait sa chaleur à travers la mousseline. Puis un doigt qui glissait, puis deux, jusqu'à l'épaulette de sa chemise.

Non. Pas comme cela. Pas lui.

Elle se dégagea, brusque. Il se détourna.

— Vous avez raison, dit-il. C'est mieux.

Elle ramassa l'ombrelle qu'elle avait laissée tomber.

— J'allais oublier, dit-il, railleur soudain, de vous demander des nouvelles de votre sœur. Elle doit s'inquiéter, pour l'enfant ?

Elle rassembla ce qui lui restait de forces, le fixa.

— Elle va mal, elle n'est pas bien du tout. Mais pour l'enfant, elle n'est pas au courant. Ce n'est pas son affaire.

Il baissa les yeux.

Elle s'enfuit.

Ce fut une tempête du corps et de l'esprit.

En sortant de la brasserie, incapable de monter dans le fiacre, tremblante, elle dut s'appuyer au mur de brique. Assommée. Saisie de nausée. Humiliée, furieuse contre elle-même. Comment avait-elle pu ? Prête, un instant, à tomber dans les bras d'un Roselaere. Un personnage qu'elle ne connaissait guère, qui était l'objet de mille rumeurs. Qu'elle jugeait maintenant repoussant, avec sa bedaine qu'un pantalon montant jusqu'au milieu de la poitrine recouvrait à peine, avec, aussi, ses petits yeux cernés de violet et ses doigts en boudins. Qui l'avait manœuvrée comme une enfant, jouant tour à tour les compatissants et les moqueurs, bouffi d'orgueil assurément à l'idée qu'une Surmont-Rousset était à sa portée, ayant sans doute percé son secret. Et qui pourrait la faire chanter peut-être. Si toutes celles et tous ceux qui, de Lille à Roubaix et Tourcoing, se disaient ses amis, si les relations d'affaires de Laurent Surmont-Rousset l'apprenaient, son père ne s'en remettrait pas.

— Madame n'est pas bien ?

Le conducteur du fiacre qu'elle avait pris devant la gare, renonçant à se faire emmener par son chauffeur, avait fini par s'inquiéter.

Elle secoua la tête.

— Merci. La chaleur. Ce n'est rien.

— Si Madame veut de l'aide...

— Je vous ai dit que ce n'était rien.

Il haussa les épaules, remonta sur son siège. Elle se décolla du mur, le suivit, donna son adresse. Puis se jugea imprudente. Mais, rompue, elle ne se sentait pas la force de marcher, ni de changer de voiture un peu plus loin pour donner le change.

Elle voulut se distraire au spectacle de la rue, où les automobiles étaient plus nombreuses. Mais au bord de laquelle se dressaient parfois des squelettes de métal et de briques, des murs criblés d'éclats, noircis de fumée, ouvrant sur les passants des orbites noires et vides. Ou de longues palissades couvertes d'affiches criardes derrière lesquelles se dressaient des échafaudages.

Elle croisa une équipe de prisonniers allemands aux uniformes verdâtres, le dos marqué de deux grosses lettres blanches : P.G. Ce qui la ramena à Hans Schmidt, Blandine, et la petite Aurélie. Plus d'espoir. Elle n'apercevait aucune issue, aucune piste. Il faudrait bien l'avouer à sa sœur. Qui ne lui pardonnerait sans doute jamais. Pourtant, si elle avait pris tous ces risques, ces risques qui l'avaient amenée au coup de folie d'aujourd'hui, c'était pour Blandine. Mais non. Elle ne pouvait pas se rassurer ainsi. Si elle s'était jetée chez Roselaere, ce n'était pas seulement dans le fol espoir d'une sorte de miracle. Pas du tout, même.

— Nous sommes arrivés, Madame.

Elle sursauta, eut un bref regard vers la grande maison où rien ne bougeait, où aucune silhouette n'apparaissait derrière les rideaux des hautes fenêtres.

— Continuez.

— Pour aller où ?

— Je ne sais pas moi. Où il vous plaira. Je vous dirai.

Le cocher haussa à nouveau les épaules, fit claquer son fouet, relança son cheval.

Elle se laissa emporter par le même tourbillon. Se prit à penser que Blandine et son Allemand pourraient avoir d'autres enfants, eux. Eux. Eux.

Tandis que...

Roselaere s'était trompé. Cette idée l'aveugla soudain, évidente. Roselaere s'était trompé : ce qu'il lui fallait, ce qui lui manquait, ce dont elle crevait de besoin, ce n'était pas un homme mais un enfant. Elle avait droit, elle aussi, à avoir un enfant, l'enfant que Vanhoutte n'avait pas eu le temps de lui faire, le garçon qui succéderait à Laurent Surmont-Rousset. Car on ne pouvait plus attendre. Céline était trop jeune encore. Et Laurent bien vieux, affaibli. C'était son devoir, à elle, d'assurer la succession. Sans traîner. Donc de se marier, de se remarier puisqu'il n'existait pas d'autre solution, que les enfants ne naissent pas comme cela, tout seuls, par l'opération du Saint-Esprit. Sauf un, Jésus, disent les prêtres. Mais c'était Jésus. Elle aurait beau prier, et prier encore, supplier tous les saints du Paradis et même le bon Dieu à qui il était préférable de s'adresser directement, aurait souligné la grande Augusta, son ventre ne s'animerait pas, comme cela, d'une vie nouvelle. Il lui fallait un homme.

Un homme et un enfant. Roselaere ne s'était trompé qu'à demi.

— Demi-tour, dit-elle au cocher.

Elle éclata de rire.

L'entendit-il ? Il haussa les épaules, lança quelques jurons en flamand, se retourna pour la regarder. Il se mit à rire lui aussi.

Ils ne virent pas survenir un camion fou, conduit par un chauffeur ivre, qui heurta de plein fouet le cheval, renversa le fiacre, son conducteur et sa passagère.

— Le plus inquiet, dit Céline, c'était Boidin.

Aline esquissa un vague sourire, sceptique. Lança un « non ? » encore plus chargé de doute, histoire d'en savoir davantage. Elle se sentait merveilleusement bien dans ce grand lit depuis qu'on l'avait ramenée chez elle. Contusions multiples, avait diagnostiqué le médecin. Le cocher était à l'hôpital, un bras cassé. Le cheval, à l'abattoir.

Elle bougeait avec peine. Mais on s'agitait autour d'elle, on s'enquérait de ses moindres désirs, on la bichonnait en souriant, on avait ouvert toutes grandes les fenêtres pour laisser pénétrer l'air frais du soir, on lui préparait des tisanes qui calmeraient ses douleurs, assuraient les bonnes qui rivalisaient de recettes infaillibles, lui proposaient d'autres décoctions aussi qui l'aideraient à trouver plus aisément le sommeil.

Laurent Surmont-Rousset lui-même s'était attardé longtemps près de son lit avant d'aller se plonger une fois encore dans les comptes, car Boidin lui avait proposé une nouvelle affaire : une commande de toiles spéciales nécessaires à la fabrication des pneumatiques. Ce qui supposait la formation de ses ouvrières à de nouveaux tours de mains, l'achat d'autres machines. Une opération que Surmont-Rousset jugeait trop risquée : des Américains lui avaient expliqué un jour que, chez eux, les pneus n'étaient plus conçus à base de tissu mais de câbles. Une innovation qui finirait par traverser l'Océan. Très vite peut-être.

— C'est cette histoire-là, dit Aline, qui inquiétait Boidin. Pas ma santé. Ou plutôt, il était vexé de s'en voir remontrer par père.

— Mais non, je te le jure. Quand on a appris l'accident, j'ai couru au tissage puisque je savais que père y était. Ça discutait ferme, c'est vrai : Boidin tirait une trompette pas très gaie, c'est vrai aussi. Me voilà qui arrive. Ils se demandent ce que je viens faire là. Je leur raconte ton histoire. En ajoutant, bien sûr, qu'il n'y avait rien de cassé, que tu n'avais pas perdu connaissance, que le médecin n'avait vu que des plaies et des bosses, pas beaucoup de plaies et pas trop de bosses. Bon. J'avais tellement rassuré père qu'il s'est presque moqué de moi, expliquant que je m'inquiétais toujours pour un rien — moi ! tu te rends compte ? — mais qu'il rentrerait quand même un peu plus tôt. Alors, c'est l'autre, Boidin, qui a insisté : « Je vous en prie, Monsieur, allez voir votre fille. Nous reprendrons cette affaire une autre fois. » Il semblait angoissé...

Elle rit :

— J'ai même fini par croire qu'il viendrait seul, lui-même, si père ne se décidait pas.

Puis, un rien solennelle :

— Je vais te dire quelque chose, ma chère Aline. Cet homme-là t'aime.

— Quoi ? Qui ? Boidin ? Moi ?

Le rire qui secoua Aline lui arracha un cri de douleur. Déjà, Céline se précipitait, arrangeait les oreillers.

— Installe-toi bien, tu n'auras plus mal.

— C'est ta faute.

— Ma faute ? Parce que je t'ai dit...

Elle hésitait à poursuivre.

— Tu vois bien, tu n'oses même pas le répéter.

— Bon. Je le répète : il t'aime. Boidin. Ça se sent, ça. Tiens : la façon dont il te regarde, quand il vient à la maison. Parfois, je me dis qu'il ne partira jamais.

— Qu'est-ce que tu sais de l'amour, toi, pour te permettre d'en parler en faisant la maline ?

— Qu'est-ce que j'en sais ? Tu me prends pour une gamine ? Qu'est-ce que j'en sais ? Plein de choses. D'abord, je ne fais pas la maline.

— Plein de choses ? Comment les as-tu apprises ?

— Tu sais : on n'est plus comme vous, les filles d'avant la guerre. On se parle de tout ça entre nous.

— Même les élèves des Dames de la Sainte-Union ?

— Et comment ? Et puis, j'ai bien vu pour Blandine. On le sentait bien qu'elle était amoureuse : elle avait la tête ailleurs, dans des rêves.

— Tu as vu Clément Boidin la tête ailleurs, dans des rêves ? Ce serait bien la première fois. Les rêves, ça n'est pas son genre.

— Les hommes, ce n'est pas pareil, bien sûr. Ça calcule aussi.

— Comment le sais-tu ?

— Figure-toi que je sais lire. Donc, je lis. Beaucoup. Ici, à la maison, on n'a pas tellement d'autres choses à faire.

— Quels livres ?

— Bon, je ne sais pas, moi. Beaucoup. J'ai fouillé dans la bibliothèque de père puisqu'il n'y met plus les pieds. Et puis, mère n'est plus là pour me surveiller.

— Pas des livres pour jeunes filles, alors ?

— Ceux que l'on recommande à la Sainte-Union ? Tu veux rire ? Ça risque de te faire mal. Je ne suis plus un bébé, ma grande. Alors, j'ai commencé par Balzac, puis Victor Hugo, Lamartine. Je l'aime bien, celui-là. Mais enfin, il n'a pas trop les pieds sur terre. Tandis que Zola...

— Zola !

Aline regarda sa sœur autrement. Voilà. C'était une jeune fille. Attirante, sans doute, avec ses yeux si bleus, aux mille reflets, cette chevelure immense, brune qui faisait dire qu'elle descendait peut-être d'un lointain ancêtre espagnol, comme toutes les brunes de la région, assez rares quand même. Une jeune fille, donc, mais d'une autre génération.

Zola ! Quoi, Zola ? Quel livre ? Elle renonça à poursuivre l'interrogatoire. Puisqu'elle n'en connaissait aucun. Seulement la réputation de l'auteur, sulfureuse. Un nom qui faisait presque frissonner sa mère. Aline revoyait celle-ci multipliant les signes de croix dès qu'elle l'entendait prononcer. Comme pour chasser le démon. Et son père achetait les livres de ce personnage, les rangeait soigneusement dans sa bibliothèque ! Et Céline les avait découverts ! Et lus ! Décidément, c'était un jour de folie. Sans compter que... Boidin. Elle brûlait d'y revenir. N'osait pas.

Trouver un moyen. Il fallait trouver le moyen, l'astuce, le détour.

— Tu n'as pas honte ? Agir ainsi, en se cachant.

— Je ne suis pas la seule.

— Comment : pas la seule ? Tu ne vas pas me dire que...

Céline eut un petit rire.

— Non, pas Delphine, si c'est ce que tu imagines. Elle

en est encore à la Comtesse de Ségur. Ou aux *Contes* de Perrault, je ne sais pas, moi. Quand je dis que je ne suis pas la seule, c'est à cause de père. Tu crois qu'il l'avait raconté à sa femme, qu'il achetait les livres de Zola et de Flaubert ?

Flaubert. Il y avait donc aussi Flaubert. Et Verlaine peut-être, qui avait fini par se ranger, mais sur le tard.

— Et qu'est-ce que cela t'a appris, je voudrais bien le savoir. Qu'est-ce que tu sais de l'amour ? Qu'est-ce qui te permet de dire qu'un homme est amoureux ? Quand il fait les yeux doux ?

Voilà. Elle y était, elle arrivait au but. Enfin, presque.

— Les yeux doux ? Cela, c'est dans les livres des Dames de la Sainte-Union. Moi, je crois qu'ils ne sont pas doux, les yeux des hommes, dans ces cas-là. Quand tu veux vraiment un gâteau, une belle robe, je ne sais pas, moi, n'importe quoi, tu ne fais pas les yeux doux. Tu veux. Tu désires. Il te les faut. Ce n'est pas doux.

— Tu me prends pour un gâteau ?

Elles rirent ensemble, rapprochées soudain. Aline à demi convaincue. Si un homme la désirait, l'aimait... Mais c'était Boidin.

— Supposons que tu aies raison, que Boidin me... souhaite m'épouser. Tu crois que c'est par amour ?

— Vanhoutte, il t'aimait ? Tu es certaine qu'il t'aimait ? C'était un mariage d'amour ? Tu t'es laissé faire par père et mère, c'est tout.

Alors, une petite colère. Brusque. Un soulagement au terme d'une folle journée.

— Va-t'en. On en parlera une autre fois. D'abord, je suis fatiguée. Dis aux bonnes qu'elles m'apportent toutes leurs tisanes. Je veux dormir.

Céline ne se démontait pas, courait chercher une serviette qu'elle trempa dans l'eau fraîche.

— Laisse-moi faire. Sur le front, cela te rafraîchira. Voilà. Bonne nuit, ma grande. Dors bien.

Elle semblait réprimer avec peine une envie de rire

Aline l'eût volontiers giflée. Mais son épaule droite était comme saisie dans une armure.

Elle ne dormit pas.

Boidin.

Un gamin des bas quartiers de Lille. Fils d'artisan dissait-il, d'ouvrier peut-être : on ne savait pas. Elle pouvait imaginer ce que l'on raconterait dans toutes les familles du textile où des Motte épousaient des Motte, des Motte des Lepoutre, d'autres Motte des Desurmont, des Desurmont des Pollet, et des Pollet des Motte encore, ou des Tiberghien, et des Tiberghien des Lepoutre, et des Lepoutre des Toulemonde, et des Toulemonde des Desurmont et des Desurmont des Motte toujours. Sans compter les Mulliez qui épousaient des Lestienne, et des Lestienne encore des Toulemonde. Introduire un Boidin dans cette ronde ! Déjà, Vanhoutte, cette union avait paru bizarre à quelques-uns. Elle entendait encore ses amies, à l'annonce de son mariage : « Vanhoutte ? Oscar Vanhoutte ? Connais pas. » Alors, Boidin...

Boidin.

D'abord, Céline avait peut-être rêvé. Cette gamine, parce que c'était encore une gamine après tout, qui se goinfrait de romans de toutes sortes, en avait peut-être bâti un. Comme cela. En se nourrissant d'illusions. Parce que Boidin n'avait fait aucune avance. Aucune. Bien sûr, quand elle avait commencé à porter des robes plus légères et souples, comme toutes les femmes qui en avaient les moyens, elle avait senti ses yeux s'attarder sur elle. Mais comme ceux de tous les hommes. Un peu plus peut-être. L'autre soir, par exemple quand son père avait offert à dîner pour ces Anglais à qui il voulait s'associer dans une affaire de jute, à Dunkerque. Boidin, à sa gauche, s'empressait, se penchait vers elle au moindre prétexte. C'est vrai, elle avait senti ses yeux sur sa nuque. Mais ça ne prouvait rien. Les yeux des hommes, elle connaissait. Roselaere.

Elle chassa vite cette image.

Boidin.

Ce qui comptait d'abord, c'était ce qu'elle voulait, elle. Céline avait raison : pour son mariage avec Vanhoutte, elle s'était comportée comme une bonne petite fille, bien élevée, heureuse d'obéir à ses parents. Fière aussi, il fallait l'avouer, de devenir une dame, une maîtresse de maison. Mais il n'avait pas été question d'amour. Encore aurait-il fallu savoir ce que c'était, l'amour. Encore faudrait-il le savoir même aujourd'hui. Elle en avait de bonnes, Céline, avec ses livres. Quand pouvait-on se dire : celui-là, j'en suis certaine, je l'aime ? Bien sûr, il y avait eu, elle ne l'oublierait jamais, elle l'avait revécu tant de fois, ce désir soudain qui l'avait poussée dans les bras de Boidin, au début de la guerre, quand il était parti pour Dunkerque à la tête de ces paysans avec leurs carrioles chargées de toiles bleues. Parce qu'ils avaient travaillé ensemble, lutté ensemble pour créer ce convoi. Ce geste, c'était seulement pour cela ? Ou parce qu'elle se sentait bien avec lui, proche de lui ? Est-ce qu'elle s'était sentie, depuis, poussée ainsi vers un autre homme ? Non. Si, Roselaere. Ah, non. Rien à voir. Chasser cette image.

Boidin.

Et lui, était-il capable d'aimer quelqu'un ? Ou bien n'avait-il en tête que les affaires, les usines, l'argent ? Ce qui expliquait peut-être l'attention qu'il lui portait. Un calculateur qui pesait tout, se disait qu'épouser une fille Surmont-Rousset, veuve de surcroît, un second choix en somme comme il y en avait beaucoup, lui permettrait de mettre la main sur toutes les entreprises du père. Il se montrait parfois sensible, pourtant : lorsque à son retour de Paris, des mois plus tôt, il lui avait annoncé la mort de ce peintre, Modigliani, tuberculeux rongé par la drogue et l'alcool, il pleurait presque. Cela ne se commande pas. Et il n'avait aucune raison de jouer la comédie. Donc, il était capable de sentiment.

D'ailleurs, pendant ces quatre années, il avait certainement eu d'autres femmes. Ce n'était pas un moine. Il en retrouvait peut-être, chaque fois qu'il allait à Paris, ou Elbeuf, ou Roanne. Il menait peut-être une double vie, comme on en racontait sans doute dans les romans que lisait Céline. Ou plusieurs : une maîtresse à Paris, une à Roanne, une troisième à Elbeuf. Cela, elle ne le supporterait pas. Il faudrait qu'il l'admette. Des femmes l'avaient peut-être aidé à changer, à devenir ce qu'il était, à perdre son accent, à tenir conversation avec aisance. Très bien. Elle ne voudrait pas le savoir. Mais ensuite, terminé. Pas de ces histoires que l'on chuchoterait dans les salons de Roubaix à Lille, et de Lille à Bruxelles, ou à Paris. Terminé.

Il n'empêche. Tout Boidin qu'il était, sorti du peuple en somme, aidé par les femmes ou non, il avait bien mené son affaire. En trichant un peu, sans doute. Et si une autre l'épousait — car il n'avait pas fait vœu de célibat, certainement pas —, celle-ci récupérerait la mise. « Le petit Boidin », comme on disait jadis dans la famille, était devenu un beau parti. Il se trouverait même peut-être un jour une Motte, ou une Lestienne, ou une Lefebvre pour se jeter dans ses bras, accepter qu'il lui passe la bague au doigt. Ou une inconnue, d'Elbeuf, de Roanne, de Paris. Qui lui ferait un garçon, des garçons, prêts à prendre dans vingt ou trente ans la direction des usines.

Aline imaginait la tête de son père à cette perspective.

Elle sentait le sommeil la gagner, se lassait de brasser soupçons, rêves et hypothèses, voulut chercher la fraîcheur et se caler dans les oreillers, ce qui réveilla ses douleurs. Si un homme était étendu, là, dans ce lit, à ses côtés, elle pourrait lui demander de la caresser, doucement, pour faire oublier le mal. Mieux encore, il en prendrait peut-être l'initiative. Était-il doux, Clément Boidin ? Et prévenant ? Peut-être. Il s'était toujours montré attentionné. Il l'avait toujours écoutée : par exemple dans cette histoire, déjà ancienne, de matériel électrique que les Allemands avaient entreposé à Maubeuge. L'autre jour encore, quand elle était passée prendre son père au tissage et les avait trouvés absorbés par un de leurs habituels débats stratégiques, il s'était permis — peut-être par défi, mais enfin — de lui demander son avis. Plus tard, quand il les avait reconduits jusqu'à leur voiture et l'avait aidée à y monter, sa main s'était attardée sur sa taille, avait même glissé — par accident ? — un peu plus bas. Là où revenait ce soir la douleur, précisément.

Elle releva sa chemise de nuit pour retrouver l'endroit, se caresser, douce. Elle aurait demain un bel hématome. La main de Boidin ne lui avait pas porté chance. Elle se sourit.

— Tu me vois aller demander la main du petit Boidin ? Pour ma fille aînée ? Tu imagines la scène ? Moi ? Boidin ?

Laurent Surmont-Rousset s'esclaffait, amer.

Il ne s'était pas laissé convaincre aisément. Mais, depuis des semaines, chacune de ses objections renforçait la détermination de sa fille. Une longue escalade.

Première étape : l'explosion. « Tu l'as donc dans la peau, tu es sa maîtresse ? Comme ta sœur avec l'autre. Mais qu'est-ce qu'elles ont, mes filles ? Qu'est-ce qui les rend folles de leur corps ? »

Ce jour-là, elle était sortie en claquant la porte. Il était revenu s'excuser, un peu plus tard. Mais il n'entendait pas céder.

Le lendemain, il était reparti de lui-même à la charge. Sur un autre thème : « Est-ce que tu l'aimes, au moins ? » Ce qui l'avait surprise, et entraîné une réponse facile : « Quand vous m'avez mariée à Oscar Vanhoutte, vous ne vous êtes pas posé cette question. » Il avait battu en retraite, silencieux. Mais, à la nuit tombante, il grattait à la porte de sa chambre : « Tu as raison, pour Vanhoutte. Cela dit, on peut changer d'avis, même à mon âge. » Un dialogue s'était ébauché. « Avec mère, demandait Aline, vous formiez un vrai couple, non ? Quand vous vous êtes mariés, je ne sais pas si vous étiez amoureux, je ne crois pas. Pourtant, quand elle a été emmenée en Allemagne, et plus tard quand on a appris sa mort, j'ai bien vu... » Il semblait désarçonné, presque scandalisé par une telle question, avait fini par lâcher quelques phrases, parlé d'habitudes, de découverte mutuelle, évoqué les qualités de Célestine. Elle avait même cru entendre le mot « loterie », une loterie où la chance lui avait permis de tirer le bon numéro. Tout cela murmuré, chuchoté, avant qu'il ne s'éclipse. Pressé de disparaître, comme si ce dialogue entre père et fille était impudique.

Après trois jours d'un silence qu'elle s'était gardée de rompre, jugeant qu'il fallait lui donner du temps, laisser mûrir en lui l'idée de cette union, il avait encore changé de registre. Mais rien cédé. Ce Boidin n'était qu'un intrigant et s'il avait fait la cour à la fille c'était pour mieux contrôler les affaires du père, après en avoir détourné une partie. Alors, Aline : « La cour ? Quelle cour ? Jamais une parole, jamais un geste. A tel point que je me demande... » Elle n'avait pas osé lui parler des observations de Céline, de crainte qu'il ne lui rie au nez. Mais c'était l'occasion rêvée pour contre-attaquer. Boidin ? Pas de frère, ni de sœur. Seulement des cousins éloignés. Autrement dit, les usines resteraient dans la famille Surmont-Rousset, y compris celles qu'il avait acquises pour son propre compte. Certes, il faudrait peut-être repeindre un jour les grands panneaux fixés aux portes des fabriques, changer les en-tête du papier à lettre, inscrire Boidin-Surmont au lieu de Surmont-Rousset. Mais qui dirigerait l'affaire ? « Vos petits-enfants, père, vos petits-enfants. » Elle avait compris à ses yeux, et à son silence, qu'il y avait déjà pensé. Et que cela ne lui déplaisait guère.

La dernière objection avait été la plus rude. C'était le

qu'en-dira-t-on, le cadeau, disait-il, offert sur un plateau aux concurrents, qui iraient raconter aux fournisseurs, aux clients et aux banquiers que les affaires du père Surmont-Rousset devaient tourner décidément mal pour qu'il en soit réduit à donner sa fille à un Boidin, un parvenu. Un argument contre lequel elle ne pouvait rien : elle le savait vrai ; elle connaissait assez ce petit monde. Elle avait pourtant plaidé que cela s'oublierait à mesure que s'affirmerait le succès de leurs affaires. Elle pensait que c'était l'orgueil qui lui faisait élever cet obstacle. Mais elle ne voulut pas le blesser. Elle n'osa pas jouer cette carte.

Il avait tenu encore huit jours, rebelle à tout dialogue. Jusqu'à ce qu'elle reparte à l'assaut, ce dimanche, à la sortie de la messe où le curé, que certains jugeaient un peu « rouge », avait prêché sur le thème : les premiers seront les derniers.

Laurent Surmont-Rousset s'était borné à répondre, las : « C'est ta vie. J'espère que tu ne te trompes pas. » Avant de poser cette question : « Comment faire puisqu'il ne bouge pas, lui ? Tu me vois aller demander la main du petit Boidin ? Pour ma fille aînée ? Tu imagines la scène ? Moi ? Boidin ? Et si jamais il refusait ? Tu imagines ? »

Alors, elle a ri :

— Cela, je m'en charge.

# XX

Voilà. C'est ce soir.

Ils ont voulu que leur mariage soit célébré à Paris. Laurent Surmont-Rousset a aussitôt approuvé : il eût été impossible de se réfugier, à Lille, dans l'intimité qu'il souhaitait ; difficile, aussi, d'affronter au cours d'une cérémonie et d'une réception les regards sceptiques, les sourires moqueurs, le chuchotis des remarques malveillantes. Paris permet l'anonymat. Enfin, presque.

Car Boidin, dès que Surmont-Rousset et ses filles ont débarqué gare du Nord, a tenu à les ramener à Montparnasse, aux cafés et aux restaurants où il avait eu quelques habitudes, les amis et les amies qu'il s'y était fait. Aline s'est parfois demandée, en rencontrant quelques longues jeunes femmes aux cheveux courts, à la poitrine aplatie et aux décolletés profonds, si l'une ou l'autre avait été sa maîtresse. Elle s'est surprise à guetter quelque signe de connivences. Elle a souffert de l'entendre évoquer, avec celui-ci ou celle-là, un passé où elle n'a eu aucune part. Puis s'est réjouie de penser que cette souffrance, cette jalousie étaient peut-être le signe de l'amour. Ou de son commencement.

D'amour, il n'a pas été question entre eux, depuis qu'ils se sont accordés. Ni dans les mots, ni dans les gestes. Elle a découvert chez cet entrepreneur, un « bagarreur » disait Surmont-Rousset, une timidité, une réserve qu'elle ne soupçonnait guère. Qui ne se révélaient peut-être que dans les affaires privées.

Son père le disait ambitieux et elle l'avait trouvé comme ébahi de ce qui lui arrivait. Elle s'était même demandé s'il ne faisait pas l'innocent, s'il ne jouait pas une comédie dont elle ne comprenait pas bien le sens. Pourtant, il avait d'abord reculé devant la perspective de ce mariage. C'est sa mère, la petite Madame Boidin, au visage ridé comme une vieille pomme sous un chignon maigrelet, une ouvrière aux pouces noircis d'avoir épluché trop de pommes de terre, sa vie durant, dans l'arrière-cuisine d'un restaurant de moules-frites, qui l'avait poussé, qui avait mené le jeu.

Une curieuse histoire, à laquelle Aline ne peut songer sans s'attendrir.

Au vrai, quand elle a déchargé son père de la corvée que représentait pour lui une démarche aussi singulière auprès de son nouvel associé, elle ignorait ce qu'elle ferait. Elle avait beau se dire que bien des femmes savaient attirer les regards des hommes, leur montrer qu'ils ne leur étaient pas indifférents, elle eut beau se précipiter à son tour, en se cachant, dans la bibliothèque de son père, dans l'espoir d'y trouver quelque recette, quelque exemple à suivre, elle se sentait novice, maladroite, voire un peu sotte, craignait de paraître ridicule.

Ses hésitations n'avaient guère duré. Quelques jours plus tard, elle apprenait que la mère de Clément Boidin, trouvée presque inanimée au pied de son lit, avait été emmenée à l'hôpital. Les examens des docteurs n'avaient donné aucun résultat. Elle souffrait de vieillesse plus que de maladie. Son fils lui avait donc trouvé une maison de repos, près de la frontière belge.

Aline était allée lui rendre visite.

D'abord incertaines, embarrassées, les deux femmes avaient fini par s'apprécier. Quand la vieille dame racontait sa vie d'ouvrière, Aline écarquillait les yeux comme si elle découvrait un monde étrange, exotique. Quand elle lui parlait de son fils, elle le décrivait fragile, ce qu'Aline refusait de croire. Ce qu'elle ne croit toujours pas. Pour elle, c'est simple : cette mère n'a pas vu grandir et changer son enfant, même si elle se montre fière d'une telle ascension sociale qu'elle attribue à la seule chance : « S'il avait dû faire la guerre, comme les autres... » Et parce qu'elle le juge faible, elle se lamente de le voir rester seul : « Il lui faudrait une femme solide, qui le comprendrait et le protégerait. Même une femme simple, parce qu'on est des ouvriers, il ne faut jamais l'oublier. Il ne doit pas prétendre plus qu'il n'est, mon Clément. Même une pauvre, comme moi, si elle avait de la qualité, ce serait convenable. Ce n'est pas la fortune qui compte le plus. Ma mère disait toujours : femme de bien vaut un grand bien. »

Aline a cru assister à la résurrection de la grande Augusta, a souri, sauté sur l'occasion : « Mais à son niveau, il peut épouser qui il veut, je ne sais pas moi, une fille d'industriel par exemple. »

L'autre a d'abord hoché la tête. Non. Puis :

— Pas comme vous, quand même, Madame Vanhoutte.

— Pourquoi pas ?

— Ce n'est pas bien de vous moquer. Pas bien du tout.

Là-dessus, un petit sourire. Et les yeux qui se plissaient pour scruter le visage d'Aline.

L'idée avait fait son chemin.

Souterrain.

La mère, un lundi :

— Je lui ai parlé.

— De quoi ?

— Vous saviez : quand vous me disiez qu'il pouvait prétendre à une femme dans votre genre.

— Et alors ?

— Il m'a dit que j'étais folle. Cinglée, même. C'est la première fois qu'il osait me dire une chose pareille. Dans ma famille, on a toujours eu du respect. Mais il était furieux. Il tournait dans la chambre comme les chiens qu'on met en cage pour les emmener à la fourrière. J'ai compris que s'il criait si fort, c'était pour cacher quelque chose. C'est qu'il y pense aussi, que cette idée-là, croyez-moi, elle lui trotte dans la tête. Mais c'est un drôle de bonhomme, mon fils. Il aimerait mieux avoir une femme en dessous de lui, je crois, quelqu'un qu'il pourrait commander. Une femme comme vous, une dame du monde, ça lui fait peur.

— Il a déjà eu des amies quand même ?

— Vous voulez dire, des bonnes amies ? Sans doute. A Paris. Et ici, avant. Mais on ne raconte pas ça à sa mère. Sauf une petite, dans la rue, avant la guerre : je l'avais vu, alors il ne pouvait pas mentir. Mais pour un mariage, ce n'est pas la même chose. C'est important, ça, c'est pour la vie.

Deux semaines plus tard, c'est encore la mère qui est revenue sur la question. Intriguée de voir revenir Aline. Amusée aussi. Mais timide.

— Mon Clément, vous savez, il est venu me voir comme tous les dimanches. Je lui ai tiré les vers du nez. Eh bien, il a un petit faible pour vous. Vous vous rendez compte ? Pour la fille de son patron. Parce que Monsieur Surmont-Rousset est quand même son patron, n'est-ce pas ? Je lui ai dit qu'il était fou. Cinglé. Il m'avait dit « cinglée », l'autre fois. Je lui ait dit « cinglé ». Rendu pour rendu. De toute façon, il n'osera jamais vous en parler.

A nouveau, un petit rire, amusé et moqueur à la fois. Qui cachait peut-être quelque ruse. Mais Aline s'est lancée :

— Dites-lui que c'est d'accord.

— D'accord, quoi ? Quoi ? Pourquoi ?

La vieille femme balbutiait, bégayait presque.

— D'accord pour l'épouser. Moi. Je veux l'épouser.

Trois semaines plus tard, il acceptait.

Donc, c'est pour ce soir.

Le plus long a été de rassembler les papiers, d'obtenir, enfin, d'une administration réticente qu'Oscar Vanhoutte soit déclaré « Mort pour la France ». La bénédiction, à l'église Notre-Dame-des-Champs par fidélité à Montparnasse, le passage à la mairie ont été rapides.

Laurent Surmont-Rousset a invité les nouveaux époux et ses filles à dîner au Ritz. En tout petit comité. C'est à peine s'il a remercié à la sortie de l'église les témoins, des amis parisiens de son nouveau gendre : Lucien Rousset, sollicité par Aline, étant immobilisé en Charente par une chute malencontreuse.

Aline se demande si son père, tellement sombre et tendu alors que les serveurs s'empressent autour d'eux, fait le compte de tous ceux qui manquent à cette table. Ou s'il n'a pas encore accepté, vraiment, ce mariage.

Par chance, Céline meuble les silences en s'extasiant sur les beautés de Paris qui ruisselle désormais de couleurs, celles des nouveaux magasins et des affiches criardes le jour, celles des enseignes aux lumières tellement éclatantes que Montparnasse projette vers le ciel, la nuit, un grand cercle rouge. Boidin, de son côté, fait un numéro sur l'Agha Khan, descendant du prophète Mahomet et l'un des hommes les plus riches du monde qui vient précisément de louer tout un étage de cet hôtel somptueux. Un personnage, ajoute-t-il, qui chasse le chacal et le tigre dans la jungle indienne, mais aussi un ami des peintres et des poètes, de Marcel Proust, des musiciens surtout, Stravinski et Massenet.

Ces histoires ne surprennent guère Aline. Elle s'interroge toujours sur l'intérêt, la passion que son époux — il faut s'habituer à penser : son époux — éprouve pour ce monde de fêtes, de clinquant, de folies et de génie, elle craint qu'il ne finisse comme ces papillons attirés par la lumière qui leur brûle les ailes. Puis, elle se réconforte, vite, en songeant aux usines qu'il gouverne avec un redoutable sérieux, s'étonne d'avoir lié son existence à un homme qu'elle ne connaît pas. Ou si peu. Mais n'en va-t-il pas toujours ainsi ? Des amis d'enfance exceptés, peut-être, tous les couples sont formés de demi-inconnus.

Du moins, certaines femmes entendent-elles des déclarations d'amour, ou de désir. Elle, jusqu'à ce jour, non. Ils ont plutôt discuté de leur avenir commun comme d'une affaire. Il lui a souvent baisé la main, parfois la joue. Rien de plus. Mais elle a vu aussi un feu brûler dans ses yeux. Dix fois, alors, elle a failli se jeter dans ses bras comme elle l'avait fait — presque — quand il partait pour Dunkerque avec son convoi de paysans. Elle maudit ce qui l'a retenue de le faire, les interdictions, les leçons et les sanctions célestes que lui ont serinées sa mère et les Dames de la Sainte-Union.. Elle a même fouillé l'Évangile, en vain, pour retrouver les traces d'une telle sévérité.

Ce soir, pourtant, leurs corps iront au-devant l'un de l'autre. Ils vont s'exposer, s'explorer. Elle en rêve tandis que Clément Boidin raconte que, pour fêter un ballet de Diaghilev, un prince persan a donné à Robinson une réception très arrosée au cours de laquelle Stravinski, enivré, est monté dans les chambres pour rafler oreillers, traversins, draps et matelas et les jeter par-dessus le balcon dans la salle où les invités se sont battus jusqu'au matin dans les plumes et la literie. Elle se demande à nouveau d'où lui vient cet amour des histoires du monde et du demi-monde, lui est reconnaissante d'animer ce repas, mais regrette qu'il ne rêve pas, comme elle, à ce qui va venir, à ce qu'ils vont devenir.

Depuis des semaines, elle a pensé à cette nuit. Elle a revécu dix fois, cent fois, le moment où elle a laissé Oscar Vanhoutte la prendre, dans la grande chambre de velours cramoisi où la chaleur était si pesante. Elle envie Blandine qui ne s'est pas posé tant de questions, qui a osé tous les risques, mais a aimé et été aimée tout simplement, et qui vient de lui annoncer l'attente d'une naissance.

Qui ferait oublier Aurélie ? Elle voudrait bien. Une

plaie s'est ouverte, là, pour sa sœur et pour elle, qui n'est pas près de guérir.

Clément Boidin avait retenu une suite au Ritz pour cette première nuit. Elle a refusé, sans trop savoir pourquoi, peut-être parce qu'il avait choisi seul, l'a contraint à réserver à l'hôtel du Palais d'Orsay, un palace un peu suranné, aux ors et aux tentures d'un autre siècle, qui surplombe une gare souterraine. Il s'est incliné. Avec un évident respect.

Ces jours-ci, elle le sait, elle le croit, pèseront beaucoup dans la vie de leur couple. La première nuit surtout. Tout comptera.

La voici donc, cette nuit.

Ils sont seuls, dans la grande chambre que prolonge un salon.

Elle regrette, maintenant, d'avoir choisi cet hôtel. Cette chambre est triste.

Il a défait sa cravate, ouvert son col dur. Lent. Comme s'il ne savait que faire.

Cette chambre est triste et laide.

Elle a rêvé qu'il s'approche, commence par détacher sa ceinture, lui prenne la taille à deux mains, la félicite de sa finesse, déboutonne, doucement, son corsage, dénoue, plus brusque déjà, les rubans de sa chemise, lui prenne, caressant, les seins, perde patience en enlevant sa jupe et la déchire un peu, tombe avec elle sur le lit.

Il est près de la fenêtre, fait mine de regarder couler la Seine. Immobile.

Alors, elle lui demande de se retirer — « s'il vous plaît » — d'aller dans le salon afin qu'elle puisse se préparer. Il sort. Elle en pleurerait. Elle détache, seule, sa ceinture. Elle déboutonne, nerveuse, son corsage — qu'il vienne ! —, dénoue, rageuse, les rubans de sa chemise

— mais qu'il vienne ! —, s'échappe de sa jupe, jette jarretelles, bas, culotte, libère ses cheveux qui coulent sur ses épaules nues.

— Maintenant, hurle-t-elle.

Vite.

Il bondit, il est déjà là, elle est dans ses bras, elle agite la tête de droite à gauche, elle crie « Oui, oui ».

Cette chambre est belle.

*Cet ouvrage a été imprimé par la*
SOCIÉTÉ NOUVELLE FIRMIN-DIDOT
*Mesnil-sur-l'Estrée*
*pour le compte des Éditions Plon*
*en février 2000*

*Imprimé en France*
Dépôt légal : février 2000
N° d'édition : 13177 – N° d'impression : 50013